विजय के लिये संघर्ष

विजय के लिए संघर्ष

मा. स. गोलवलकर ('गुरुजी')

संकलन : संपादक

वचनेश त्रिपाठी

नीलकंठ प्रकाशन

महरौली, नई दिल्ली-30

ISBN: 978-93-95145-28-2

मूल्य : 395.00

संस्करण : 2022

प्रकाशक : नीलकंठ प्रकाशन
1/1079-ई, महरौली, नई दिल्ली-110030

शब्द-संयोजक : प्रतिभा प्रिंटर्स, शाहदरा, दिल्ली-110032

मुद्रक : विशाल प्रिंटर्स नवीन शाहदरा, दिल्ली-110032

VIJAY KE LIYE SANGHARSH by M. S. Golvalkar

गुरुजी की जन्म-पत्री

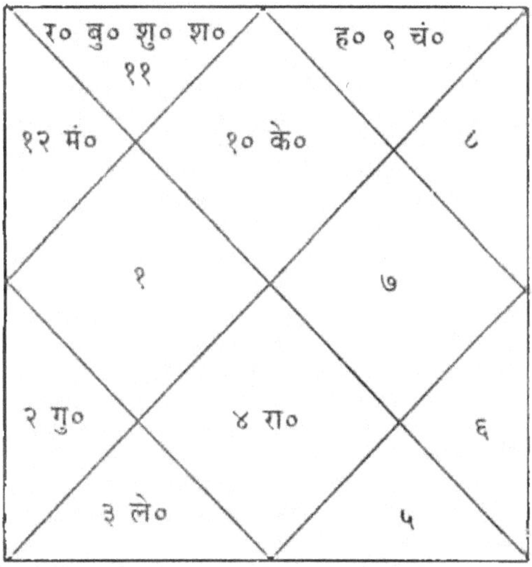

जन्म, दशमी सहएकादशी—माघ कृष्ण ११ शक० १८२७,
प्रात: ४ बजकर ३४ मिनट पर नागपुर में
(१९ फरवरी, सन् १९०६)

भूमिका

बलिदानी परम्परा की बात

गुरुजी हमसे-आपसे, संघ के प्रत्येक स्वयंसेवक से क्या आशा करते थे, यह बात उनके एक पत्र से, जो उन्होंने 1940 की 29 जून को संघ के एक वरिष्ठ कार्यकर्ता को लिखा था, भली भाँति हृदयंगम की जा सकती है; गुरुजी का कहना था कि, 'कोई अन्य मार्ग नहीं।'

'व्यक्तिगत समस्त आशा-आकांक्षाओं को भस्मसात कर, विशेषतः व्यक्तिगत व्यक्तित्व को गाड़कर, मान-अपमान, राग-द्वेष सब कुछ भूलकर एक विचार, एक ध्येय से निश्चयपूर्वक कार्य करने के सिवाय ('नान्यः पंथः विद्यते') कोई अन्य मार्ग नहीं है। मान-अपमान करें तो किससे करें ? संघ के स्वयंसेवकों के पारस्परिक सम्बन्ध मानापमान के परे हों। उनके बीच राग-द्वेष आदि को स्थान न हो। परम पूज्य (संघ-संस्थापक हेडगेवार जी) डाक्टर जी कहा करते थे कि 'पूर्ण विश्वास, प्रेम, अचल ध्येय-निष्ठा को सदैव मन में जागृत रखकर कार्य में आगे बढ़ते रहना, व्यक्ति-विषयक विचार न करना यही एकमात्र कार्य होना चाहिए। उनका यह उपदेश आचरण में लाने का हम प्रयास करें और उनके जीवन का एकमात्र ध्येय पूर्ण करें।'

किसी महत् उद्देश्य के लिए शारीरिक कष्ट सहन करने की आदत गुरुजी ने अपने छात्र-जीवन में ही डाल ली थी जिसका ज्वलंत प्रमाण इस घटना से प्राप्त होता है; वे जब 21 वर्ष के थे, सन् 1928 में बी. एस-सी. की अन्तिम परीक्षा देने की तैयारी कर रहे थे—तभी एक रात उनके पैर में एक भयंकर बिच्छू ने डंक मार दिया। बिच्छू-दंश के तीव्र दर्द की अवहेलना कर गुरुजी ने तब भी उसी मनोयोग से अपनी पढ़ाई जारी रखी। हाँ इतना अवश्य किया कि जिस पैर में बिच्छू ने काटा था, उस पैर को उन्होंने गर्म जल से भरी एक बाल्टी में डाले रखा और मन व नेत्र अविराम पाठ्य-पुस्तकों में तल्लीन रहे। यह देखकर उनके एक पड़ोसी मित्र ने जब पूछा कि पाँव में जबकि बिच्छू ने काटा है तो पढ़ते कैसे हो ? इसका उत्तर गुरुजी ने यह दिया कि 'भाई ! बिच्छू ने तो मेरे पैर में काटा है—दिमाग में डंक नहीं मारा, इसलिए उससे मेरे अध्ययन में क्यों बाधा पड़ने लगी !' सुनने वाला चकित-स्तंभित ! उसे जीवन में कदाचित प्रथम छात्र ऐसा मिला था जो अपनी पढ़ाई को इतना महत्त्व देता था। ऐसा आदर्श छात्र-जीवन रहा था गुरुजी का। इसी तरह

एक बार जब गुरुजी तीव्र ज्वर से आक्रान्त थे—तब भी वे पढ़ाई करते रहे—इस पर जब उनसे पूछा गया कि 'आपको तो इतना तेज बुखार है—फिर कैसे पढ़ रहे हैं ?' तो गुरुजी ने उत्तर दिया—'अरे भाई ! इसमें कठिनाई क्या ! बुखार अपना काम कर रहा है और मैं अपना काम कर रहा हूँ ।' ऐसे परिश्रमी, अध्ययनशील छात्र कितने होंगे ?

गुरुजी जिस मानवता को मान्यता ही नहीं अपने नित्य के व्यवहार में आचरित करते थे उसका भी एक छोटा-सा उदाहरण दक्षिणस्थ गुण्टूर के श्री गोविन्द राजलु के अनुसार उल्लेखनीय है और वह यह कि एक बार सन् 1943 की 24 जनवरी को गुरुजी जब आन्ध्र के विजयवाड़ा रेलवे स्टेशन के प्लेटफार्म पर ट्रेन आने की प्रतीक्षा कर रहे थे, गुरुजी के साथ वहाँ दत्तात्रेय जी आदि कई और कार्यकर्त्ता भी थे—तभी एक मुसलमान बूढ़ी स्त्री अपने 2 वर्ष के पौत्र के साथ वहाँ आई और बैठने का स्थान न होने के कारण वहीं गुरुजी के ही निकट खड़ी हो गई, परन्तु गुरुजी ने उसे देखा तो स्वयं उठकर खड़े हो गए और उस मुस्लिम वृद्धा को संबोधित करते हुए कहा—'माँ जी ! आप यहाँ बैठ जाएँ ।' वह आराम से उनकी जगह बैठ गई और गुरुजी ट्रेन आने की प्रतीक्षा खड़े-खड़े ही करते रहे। तात्पर्य यह कि वे ऐसे अवसरों पर कभी अपनी स्वयं की सुविधा-असुविधा या सम्प्रदाय-भेद का विचार किए बिना मानवता के आदर्श का ही श्रेष्ठ आचरण दूसरों के लिए स्वयं अपने व्यवहार में प्रस्तुत कर देने में एक क्षण की भी देर नहीं करते थे। हिन्दू धर्म और जीवन-दर्शन का तो सनातन काल से ही यह सिद्धान्त रहा है कि—

'स्वे-स्वेचरित्रन शिक्षेरन
पृथिव्यां स्र्वमानवाः ।'

अर्थात् हम अपने-अपने चरित्र से पृथ्वी-भर के समस्त मानवों को शिक्षा दें, केवल मौखिक शिक्षा नहीं । क्योंकि दूसरों को उपदेश देना सरल है—'परोपदेशे पाण्डित्यं सर्वेषाम् सुकृतम् नृणाम् ।' गोस्वामी तुलसीदास ने भी कहा है कि, 'पर उपदेश कुशल बहुतेरे ।' गुरुजी का जीवन इस धारा से सर्वथा भिन्न रहा था । वे किसी का भी दुःख-संकट मूक दर्शकवत् नहीं देख सकते थे । और हाँ, गुरुजी ने केवल उस मुस्लिम वृद्धा को अपनी जगह पर बिठाया ही नहीं, वरन उसके साथ जो उसका 2 वर्षीय पौत्र था, उसे नीचे से उठाकर अपनी गोद में ले लिया—उसे प्यार-दुलार दिया तो वह बच्चा भी आनन्द और सहज भाव से गुरुजी की लम्बी काली अलकों को हाथ में लेकर उनसे खेलने लगा । कैसा विलक्षण दृश्य ! जिनकी आँखों ने यह दृश्य स्वयं नहीं देखा, वे कैसे कल्पना कर सकते हैं कि गुरुजी जो कि उन दिनों 'राष्ट्रीय स्वयंसेवक संघ' के सरसंघचालक थे, संघ-परिवार के प्रमुख थे—उनका अहिन्दू मत-सम्प्रदायों के विषय में कैसा उदात्त और मानवतावादी दृष्टिकोण एवं बर्ताव रहा था ! जो लोग संघ-विरोध में आये दिन हौआ खड़ा करते हैं, उन्हें संघ के वास्तविक स्वरूप की जानकारी ही कितनी है ! एक अन्य प्रसंग पर गुरुजी ने एक माता के सामने स्वयं को 'भिखारी' बताया । हुआ यह था कि सन् 1946 के नवंबर महीने में गुरुजी पंजाब प्रान्त में व्यापक प्रवास कर रहे थे । इसी दौरे में वे स्यालकोट भी पहुँचे । वहाँ के लाला चरणदास

एडवोकेट के यहाँ वे ठहरे । उन दिनों जम्मू जिले की रणवीरसिंहपुरा तहसील के प्रचारक थे, मुलकराज जी । सिन्ध प्रान्त के प्रचारक थे राजपाल जी । इनसे मेरा भी परिचय रहा है । उन्हीं वकील साहब के यहाँ राजपाल जी की माता जी गुरुजी से भेंट करने आईं । उनका परिचय गुरुजी को दिया गया कि 'ये प्रान्त प्रचारक राजपाल जी की माताजी हैं ।' तभी माताजी ने अपना आँचल गुरुजी के सामने फैलाकर कहा, 'आप मेरा लड़का (राजपाल जी) मुझे लौटा दें । बिना उसके साथ रहे हमारी गृहस्थी बिगड़ रही है ।' यह सुनकर गुरुजी एकदम मौन खड़े रह गए । फिर पूछा, 'माता जी, बात क्या है ?' तो उन्होंने पुनः वही शब्द दुहरा दिए । गुरुजी ने समझाया, 'माताजी, उसे वही कार्य करने दो । वह अच्छे कार्य में लगा है । और विवाह आदि करना हो तो अपने दूसरे पुत्र का कर दें, और परिवार चलाइए ।' इसके पश्चात् कुछ क्षण चुप रहकर पुनः गुरुजी ने कहा, 'माँ ! तुम्हारे तो दो पुत्र हैं, परन्तु एक मेरी माँ है, जिसका सिर्फ एक ही लड़का है और वह भी भिखारी है । माँ ! मेरे जैसे भिखारी के पास भला तुम्हारा पुत्र कैसे हो सकता है ?' बकौल मुलकराज जी के तब उस माता ने अपना आँचल गुरुजी के सामने से समेट लिया । कैसा मार्मिक उत्तर तत्कालीन सरसंघचालक गुरुजी का ! कैसी निरभिमानी, निस्पृह वृत्ति ! और क्यों न होती ! आखिर वे स्वयं भी तो कहते थे कि 'अहं का सर्वथा त्याग आवश्यक है ।' इसका भी एक ज्वलंत उदाहरण पं. दीनदयाल उपाध्याय ने दिया है । हुआ यह कि सन् 1938 के संघ-शिक्षा वर्ग में जब तत्कालीन सरसंघचालक डा. केशवराव हेडगेवार की सेवा में संघ के स्वयंसेवकों की तरफ से श्रद्धा-निधि समर्पित की जाने वाली थी, उस उपलक्ष्य में सभी कार्यकर्त्ताओं (स्वयंसेवकों) ने जिससे जो बन पड़ा, अपनी श्रद्धा के अनुसार कुछ न कुछ समर्पित किया परन्तु यह निधि-समर्पण-प्रक्रिया इस तरह की रहती थी कि किस स्वयंसेवक ने क्या दिया है, वह राशि गोप्य नहीं रहती थी, अन्य स्वयंसेवक पर प्रकट नहीं हो पाती थी । परन्तु उस प्रक्रिया के बीच एक स्वयंसेवकों ने क्या किया कि उसकी कलाई में सोने की चेन वाली जो घड़ी थी, उसकी वह चेन निकालकर डाक्टर जी की सेवा में समर्पित कर दी । अब क्योंकि यह समर्पण वहाँ प्रचलित गोप्य प्रक्रिया से सर्वथा भिन्न एकदम खुले रूप में हुआ, इसलिए सभी स्वयंसेवकों ने यह देखा और सब ओर वहाँ उसकी सराहना होने लगी । आत्म-प्रशंसा सुनकर वह स्वयंसेवक फूला न समाया । परन्तु उस शिविर के सर्वाधिकारी के नाते जब गुरुजी बोलने खड़े हुए तो अपना समापन-भाषण करते हुए उन्होंने इस घटना को अनदेखा नहीं किया वरन् टिप्पणी की । कहा, 'मैं यह बात मानता हूँ कि जिस स्वयंसेवक ने यहाँ श्रद्धा-निधि में अपनी घड़ी की सोने की चेन भेंट की, उसके मन में, हृदय में अपने डाक्टर जी के प्रति श्रद्धा-प्रेमादर भाव है किन्तु इसके बाद भी अभी वह पूरा स्वयंसेवक नहीं सिद्ध हो सका—उसके स्वयंसेवकत्व की पूर्णता में अभी कमी है, क्योंकि सोने की चेन भेंट करना यह प्रकट करता है कि उसके मन में कहीं-न-कहीं अहं भाव अवश्य कुण्डली मारे छिपा हुआ है । क्योंकि अन्य सभी ने जो भी श्रद्धानिधि यहाँ समर्पित की है, उसमें किसी को अपने व्यक्तित्व की पृथक्ता या अलगाव अनुभव नहीं होता, परन्तु जो निधि (सोने की चेन

के रूप में) उन सब स्वयंसेवकों के साथ संयुक्त रूप से न देकर अलग से सर्वथा निराले या कि भिन्न रूप में दी गई, उसमें अपने निज के व्यक्तित्व की पृथक्ता के साथ ही अहंकार का भाव निहित है।' बकौल दीनदयाल जी गुरुजी के ये शब्द सुनकर सभी लोग सन्न रह गए। समझ में आया कि संघ का पूर्ण स्वयंसेवक बनने के लिए अपना व्यक्तित्व भी संघ में विलीन करना आवश्यक हैं। उस दिन जो स्वयंसेवक वहाँ उपस्थित थे, गुरुजी द्वारा प्रदत्त यह शिक्षा जीवन-भर कभी विस्मृत नहीं कर सके। क्या गुरुजी के सिवा अन्य कोई मार्गदर्शक या नेता ऐसे अवसर पर कोई ऐसी अप्रत्याशित और अकल्पित किन्तु अपने ढंग की सर्वथा विलक्षण टिप्पणी कर सकता था जबकि वहाँ अन्य सभी स्वयंसेवक गण सोने की चेन भेंट करने वाले की प्रशंसा कर रहे थे !

'फूलों के हार नहीं···'

और अपने चरण-स्पर्श करने देने तथा फूलों के हार स्वीकार करने में भी गुरुजी को कितनी आपत्ति रहती थी, इसका आत्म-साक्ष्य 'आर्गनाइजर' साप्ताहिक के लम्बे अर्से तक संपादक रहे भाई केवल रत्न जी मलकानी लिखते हैं कि जिन दिनों वे सिन्ध प्रांत के कराची शहर में एक कालेज के छात्र थे, उन्हीं दिनों गुरुजी का सिन्ध प्रान्त में प्रवास चल रहा था। दीवाली की छुट्टियों में मलकानी जी अपने घर हैदराबाद (सिन्ध) आये। सन् 1943 चल रहा था। उस दीवाली पर गुरुजी हैदराबाद में ही विद्यमान थे। वहाँ जब गुरुजी एक कार्यक्रम में पधारे तो प्रारंभ में वहाँ के संघचालक होतचंद जी ने अपने हाथों में ली हुई फूलों की माला गुरुजी को पहनाने का प्रयास किया तो गुरुजी ने मना करते हुए कहा—'यह फूलों की माला किसलिए ? मुझे आज इसकी जरूरत नहीं। हम तो भारत माता की पूजा करने चले हैं। उस मातेश्वरी को हमारा समर्पण चाहिए, हम उसके लिए तैयार हों—तत्पर, फूलों के हार पहनने के लिए हम नहीं हैं।' कैसा दिव्य जीवन-प्रवाह था उनका ! आज भी लोग संघ को 'साम्प्रदायिक', 'संकीर्ण मनोवृत्ति' का बताकर नारा लगाते हैं, 'विश्वबन्धुत्व' का। इस परिप्रेक्ष्य में सन् 1941 की 9 जनवरी को गुरुजी ने जालंधर-प्रवास में जो कहा था, वह उल्लेखनीय है। गुरुजी का कहना था कि 'अपने देश के कुछ बड़े नेता 'वसुधैव कुटुम्बकम्' का विचार प्रतिपादित करते हैं। परन्तु अनेक बार ऐसा लगता है कि विश्व-कुटुम्बत्व सम्बन्धी उनकी यह बात मात्र दाम्भिकता है। जिसने अपने सर्वस्व का त्याग किया हो, ऐसा संन्यासी विश्व-कुटुम्बत्व का प्रतिपादन करे, यह समझ में आता है, परन्तु धन-दौलत के लिए अपने सगे भाई के साथ जो अदालत में लड़ता हो, वह विश्व की व विश्वबन्धुत्व की बात करे, तो हमें उसे दाम्भिकता ही कहना चाहिए। हम जब हिन्दू-संगठन करने की बात कहते हैं, तब ऐसे लोग विश्वबन्धुत्व का विचार प्रतिपादित करने लगते हैं। किसी के साथ अपना शत्रुत्व नहीं, दुश्मनी का भाव नहीं, परन्तु हम यह क्यों न कहें कि अपना समाज-जीवन वैभव-सम्पन्न हो, अपने राष्ट्र की सर्वांगीण उन्नति होनी चाहिए, यह हमारा राष्ट्र है।'

'सन् 1941 की जनगणना में अंग्रेज सरकार ने हिन्दुओं के एक समूह को 'आदिवासी' कहा-लिखा था। अंग्रेज सरकार जैनियों का भी अलग जाति के रूप में उल्लेख करती थी,

किन्तु अंग्रेज सरकार क्या कहती है, क्या लिखती है, इसकी हमें चिन्ता करने का कोई कारण नहीं । सत्य यह है कि बौद्ध-जैन-सिख सब बन्धु हिन्दू ही हैं ।'

'यही हमारी परम्परा है'

संघ के जन्मदाता डा. केशवराव हेडगेवार की कर्म-निष्ठा, अविश्रांत श्रमशीलता की बात गुरुजी भूलते नहीं थे । कहते थे, 'डाक्टर जी के जीवन का रहस्य यही था कि उनका व्यक्तिगत जीवन और सामाजिक जीवन दोनों एक थे । अंगूर के समान अन्तर्बाह्य एक था । परिपूर्ण अमृतमय चारित्र्य, ध्येय की प्रखर निष्ठा, अहोरात्र अनथक कार्य—यही थी उनकी परम निधि । अस्वस्थ रहने पर भी वे विश्रांति नहीं लेते थे । लोग उनसे कहते थे कि 'इस तरह काम करने से तो आपका जीवन शीघ्र ही समाप्त हो जाएगा ।' किन्तु डाक्टर जी को जीने की तनिक भी चिन्ता न थी । वे कहा करते थे कि 'मेरा अस्तित्व तो मेरा कार्य ही है । इससे भिन्न मैं किसी अस्तित्व की कल्पना नहीं कर सकता ।' यदि उन्हें कभी थके शरीर के विश्राम की आवश्यकता अनुभव भी होती तो वे छलाँग लगाकर आगे बढ़ने की वृत्ति धारण कर लेते थे । उनके मन में सदा यही विचार रहता था कि जवानी में कुछ दिन यदि आराम के लिए ले लिए, तो बुढ़ापे के निकम्मे दिन ही काम करने के लिए मिलेंगे । कभी कहीं यदि वे विश्रान्ति के लिए गए भी, तो आस-पास घूमकर दस-पाँच शाखाएँ खोलकर वापस आना उनका स्वभाव बन गया था ।'

गुरुजी बताते थे कि 'एक बार डाक्टर जी की बीमारी बहुत बढ़ी और उन्हें डाक्टरों ने बहुत बाध्य किया तो पूर्ण विश्रांति की योजना उन्होंने स्वीकार कर ली । अपने साथ वे मुझे भी उस स्थान पर लेते गये । वहाँ अस्वस्थता में भी जबकि उनका शरीर साथ नहीं देता था, तब भी रात-रात भर जागकर वे एक-एक को बुलाकर बातचीत करते रहते थे । इसी तपस्या में उनका भीमकाय शरीर घोर परिश्रम से टूट गया । अंतःकरण की अग्नि-ज्वाला को भौतिक शरीर सह नहीं सका । आंतरिक उष्णता से स्थूल शरीर का यंत्र नष्ट हो गया । जीवन की परवाह न की । सारी जवानी देशार्थ काम करने में गई और यौवन में ही कर्तृत्व की प्रखर अग्नि में शरीर स्वाहा हो गया । बड़े-बड़े महान पुरुष अल्पकाल में ही शरीर छोड़कर चले गये । शंकराचार्य 32 वर्ष की आयु में, विवेकानन्द 36 वर्ष की अवस्था में तथा शिवाजी 50 वर्ष की आयु में ही इस लोक से प्रस्थान कर गए थे । उन्हें अधिक काल तक जीने की इच्छा न थी । जिस प्रकार योगाभ्यासी पुरुष अपने शरीर में से प्रकट की हुई अपनी योगाग्नि में जलकर समाप्त होने में ही आत्म-कल्याण समझता है, उसी प्रकार प्रचण्ड परिश्रम की तपस्या में शरीर को होम करें यही हमारी परम्परा है । देहरूप पुष्प पूर्ण यौवन की गंध से जब विकसित हो, उसी समय उसे हमें राष्ट्रदेव को अर्पित करना चाहिए । गंधहीन और शुष्क पुष्प आराध्य देव के चरणों पर नहीं चढ़ाया जाता । यही था डाक्टर जी का आदर्श और इसी हेतु जीवन के मध्य में ही उनका जीवन-दीप बुझ गया ।' गुरुजी ने ये विचार विक्रमी संवत् 2003 में मेरठ के संघ-शिक्षावर्ग में व्यक्त किए थे, जो आज भी वही ताजगी रखते हैं, उनकी सामयिकता वैसी ही आज भी अक्षुण्ण है और आगे भी राष्ट्र-कार्य में संलग्न आत्माओं को प्रेरणा प्रदान करते रहेंगे । इसी प्रलोभन में अनेक बंधुओं के चिरपरिचित

विचारों को मैं यहाँ उद्धृत किए बिना नहीं रह सका। वस्तुतः ब्रिटिश दासता काल में यही जीवन-दर्शन, भरी जवानी में ही अपने प्राण-पुष्प भारतमाता की स्वतंत्रता के लिए बलि-बेदी पर चढ़ा देना उनका जीवन-मंत्र, जीवन-ध्येय बन गया था। खुदीराम बोस, कन्हाई लाल दत्त, सत्येन बोस, बाघा जतीन, प्रफुल्ल चाकी, रामप्रसाद 'बिस्मिल', राजगुरु, सुखदेव, भगतसिंह और चन्द्रशेखर आजाद सरीखे क्रांतिवीरों ने यही किया था। रामप्रसाद बिस्मिल ने तो फाँसी लगने के एक दिन पूर्व 18 दिसंबर को जेल में मिलने आई अपनी माँ को यही उद्‌गार कविता की चन्द पंक्तियों के रूप में लिखकर दिए थे, कहा था, 'माँ ! इन्हें घर में जाकर पढ़ना।' उनमें एक पंक्ति यह भी थी कि—

'आजादी की शम्मा पर मेरा भी ये परवाना।
खुद शौक से जल जाए, बस इतनी दुआ देना॥'

अर्थात् 'हे माँ ! स्वतंत्रता की यह जो दीप-शिखा जल रही है, उस पर मेरा भी यह प्राण-पतिंगा, यह जीवन-शलभ बड़े शौक के साथ, सोत्साह जलकर राख हो जाय, बस हे जननी ! मैं तुमसे केवल यही आशीर्वाद चाहता हूँ।'

और चन्द्रशेखर आजाद का भी तो देशवासियों के नाम यही अन्तिम संदेश रहा था कि—

'किस तरह से जंग करते है वतन के वास्ते।
किस तरह से जान देते है वतन के वास्ते॥
फकत, दुनिया में तुम्हें थे यह बताने आये हम,
खुश रहो अहले-वतन, चलते हैं—'वन्देमातरम्॥'

आजाद का यह प्रिय गीत था, जिसे वे गुनगुनाया करते थे कि 'माँ ! हमें विदा दो, जाते हैं, हम निज शीश चढ़ाने आज, तेरी बलिवेदी पर चढ़कर···।' और यही जीवन जिये थे, अपनी तरुणाई तिल-तिल इस समाज के सेवार्थ खपा गये संघ-संस्थापक डा. केशवराव हेडगेवार तथा गुरुजी। ब्रिटिश दासता-काल में संघ के स्वयंसेवक कभी यही कामना समवेत स्वर में व्यक्त करते रहते थे कि—

'चढ़ रहे हों शीश अगणित, एक सिर मेरा मिला लो।'

इस संकलन में चिन कृतियों से मैंने गुरुजी के या डाक्टर जी के विचार-उद्‌गार उद्धृत किये, उन सबका मैं चिर आभारी हूँ। वैसे लम्बे समय से संपादन-कार्य करते हुए 'पांचजन्य', 'राष्ट्रधर्म', 'स्वदेश' (दैनिक, लखनऊ), तथा 'तरुण भारत' (दैनिक) की जो जर्जर, दीमक लगी फाइलें मेरे पास थीं, क्योंकि मैं क्रम-क्रम से इन सब पत्र-पत्रिकाओं का संपादक रहा था—उनमें से गुरुजी के लेख संकलित कर स्वेच्छा से उन्हें पुस्तक रूप में प्रकाशनार्थ दे सका। गुरु जी के लेखों के कई संग्रह छपे होंगे, परन्तु विगत 14 वर्षों से पत्रकारिता के कार्य से अवकाश ग्रहण करने के कारण उन पुस्तकों में से यदा-कदा ही कोई लेख या भाषण देख पाया। 'खाली बनिया क्या करे, इस कोठी का धान उस कोठी में करे' वाली ही उक्ति सम्प्रति जीवन की इस ढलती संध्या में मुझ पर लागू होती है—यह क्षुद्र प्रयास शायद मेरी उसी मनःस्थिति तथा अवस्था का प्रमाण प्रस्तुत करता हो !

—वचनेश त्रिपाठी

क्रम

समय की माँग

उत्तम राज्य के लक्षणों में, शान्ति, सुव्यवस्था और परकीय आक्रमणों से संरक्षण करने की क्षमता व तत्परता को सर्वश्रेष्ठ कहा जाता है । परकीय आक्रमण होने पर सुरक्षा कर सकने की अपेक्षा कोई आक्रमण ही न हो सके ऐसी व्यवस्था करना अधिक महत्त्वपूर्ण और श्रेष्ठ है । उचित नीति के अवलंब से जगत के अन्यान्य जन-समूहों से अपना सम्बन्ध स्नेहपूर्ण तथा परस्पर आदरयुक्त बनाने का प्रयास करना उक्त व्यवस्था का एक महत्त्वपूर्ण अंग है । किन्तु केवल नीति और चातुर्य से इस प्रकार के परस्पर सम्बन्धों को सदा के लिए स्थायी रखने की संभावना कम ही रहती है । अतः नीति-चातुर्य के पीछे, अपने राष्ट्र की ऐसी शक्ति खड़ी करना अनिवार्य रहता है जिसे देखकर परस्पर स्नेह एवं अनाक्रमण के संबंधों का पालन करने के लिए अन्य समाज बाध्य हों । दण्ड देने की शक्ति के अभाव में कोरी नीतिमत्ता के मानवतावाद के शुष्क शान्तिपाठ से अपने ही समाज में परस्पर सद्व्यवहार बनाए रखना कठिन होता है तो फिर भिन्न-भिन्न स्वार्थों से भरे भिन्न-भिन्न जन-समूहों में—राज्यों में, परस्पर स्नेह आदर अथवा अनाक्रमण का वायुमण्डल बनाने में व उसे स्थायी रखने में केवल शांतिपाठ कितना निरर्थक और निरुपयोगी सिद्ध होगा यह समझना कठिन नहीं है । अतः राष्ट्र की अपनी जागृत शक्ति, सुरक्षा का एकमात्र आधार होता है ।

हम कम शक्तिशाली नहीं

अपने राष्ट्र की दृष्टि से विचार करने पर इस शक्ति का पुनर्निर्माण शीघ्र करने की आवश्यकता स्पष्ट है । गत कई शताब्दियों से परकीय राज्य में होने के कारण अपना भार स्वयं सँभालने के दायित्व का हमें विस्मरण सा हो गया है । उसके मार्ग और साधन ध्यान में आते ही नहीं । किंकर्तव्य-विमूढ़ता और निराशा मन में घर कर बैठती है । इसी निराशा में से वैफल्य का अनुभव करते हुए, अपने में औरों की तुलना में शक्ति का अभाव है, ऐसा मानकर चलते हुए किसी भी मूल्य पर शांति बनाए रखने की चिन्ता उत्पन्न होती हुई दिखाई देती है । इस कृत्रिम शान्ति के हेतु अपनी भूमि, धन और प्रतिष्ठा तक की बलि चढ़ाने की लज्जास्पद अवस्था सबके अनुभव में आ रही है । यह अवस्था पराभव की है, जागतिक शान्ति-साधना की नहीं; इस तथ्य को समझना, स्वीकार करना आवश्यक है । भ्रम

से इसी नीति को श्रेष्ठ मान कर वास्तविकता की ओर से मुँह मोड़ लेने से सर्वनाश के अतिरिक्त और कुछ हाथ नहीं लग सकता।

प्रतिकार की भावना दृढ़ करें

जैसे इस निराशा का एक कारण नेतृत्व में सच्चे धैर्य का व साहस का अभाव है वैसे ही अपने देश की वर्तमान परिस्थिति भी है। स्वार्थ, सत्ता-लोलुपता, दंभ एवं तदुत्पन्न आन्तरिक विच्छेद, चरित्रहीनता और राष्ट्र की यथार्थ परख कर तदर्थ सम्पूर्ण शक्ति तथा बुद्धि से प्रयास करने की तत्परता का अभाव, शत्रु-मित्र विवेक-भ्रष्टता इत्यादि अनेकविध दुर्गुणों से राष्ट्र शरीर खोखला हो रहा है। देश की सीमाओं पर अमित्र शक्तियों का दबाव बढ़ रहा है। अपनी सीमा लाँघकर आक्रमण करने की धृष्टता वे निःशंकता से कर रहे हैं, तो भी स्वार्थरत, मोहग्रस्त समाज अपने सत्य स्वरूप की तथा सामर्थ्य की विस्मृति में डूबा हुआ अन्तःकलहों से अपनी प्रतिकार-शक्ति को नष्ट कर रहा है। प्रतिकार की सद्भावना भी अन्तःकरण से लुप्तप्राय होती जा रही है। शत्रु अत्यन्त सतर्क, साहसी तथा शस्त्रास्त्र-संपन्न है—साथ ही वह राज्य-विस्तार की उत्कट इच्छा लेकर अपने देश को जीतने पर तुला हुआ हैं। यह भी निराश मनोवृत्ति का भीतियुक्त पराभव आकांक्षाभिहत हृदय का अति महत्त्व का कारण है। अपने देश की आर्थिक विपन्नावस्था तथा सेना की अक्षमता को भी कुछ लोग निराशा का कारण बतलाते हैं, परन्तु इसका योग्य विचार तथा मूल्यमापन किया ही नहीं जाता। इस प्रकार केवल वृथा भ्रम फैलाकर राष्ट्र को हतोत्साह मात्र करने का अनिष्ट प्रचार होता है।

उचित नेतृत्व की आवश्यकता

मेरी समझ में सेना निर्बल या अक्षम नहीं है। उचित नेतृत्व पाने पर अपने सेनाधिकारी से सामान्य सैनिक तक, सब असीम शक्ति, साहस एवं रण-चातुर्य प्रकट कर सकते हैं, इसका मुझे पूर्ण विश्वास है। उदाहरणार्थ कश्मीर की पूर्ण मुक्ति न होने के लिए सेना की अकार्य-क्षमता कारण नहीं तो देश के नेतृत्व की विपरीत अयथार्थवादी नीति रही है, इसे आज सभी लोग जानते है।

आर्थिक विपन्नावस्था भी नेतृत्व की नीति का ही परिणाम है। अयथार्थवादी योजनाएँ समूचे देश को ऋण-भार के नीचे दबाकर धराशायी बना रही हैं। ''समाजवाद की मृगमरीचिका, उत्पादन-वितरण के सब साधनों को शासनांकित कर, सामान्य जनसमाज के उत्साह को नष्ट कर रही है।'' जनसाधारण में राष्ट्र-भक्ति का पूर्ण उदय हो नहीं पाया, अपने दायित्व की पहचान भी पूर्ण नहीं हुई, ऐसी अवस्था में शासन-केन्द्रित अर्थव्यवस्था से उसका थोड़ा-बहुत बचा हुआ उत्साह भी नष्टप्राय है। इस नीति को छोड़कर तथा प्रत्येक व्यक्ति की राष्ट्रभक्ति का आह्वान कर यदि हम उसकी सर्वशक्तियों को विकसित होने की स्वतंत्रता प्राप्त करा सकें तो आर्थिक विपन्नावस्था नष्ट करने के लिए उत्साहपूर्ण वायुमण्डल बन

सकेगा और पराभूत मनोवृत्ति का यह कारण भी दूर हो सकेगा।

वस्तुतः राष्ट्र का यश भौतिक साधनों पर उतना निर्भर नहीं होता जितना राष्ट्र के व्यक्तियों की मनोभूमि तथा सत्संकल्प पर होता है। अतः सर्वाधिक आवश्यकता जन-साधारण की मनोरचना को परिवर्तित करने की है।

एकात्मक संविधान चाहिए

आसेतु हिमाचल एक देश, एक ही संस्कृति, एक राष्ट्र, यह भाव प्रस्थापित करना आवश्यक है। राष्ट्र-हित में व्यक्ति-हित समाविष्ट हो, अतः राष्ट्र-हित की ही उपासना सर्वोपरि जानकर उसमें संलग्न रहने का सद्भाव जगाना आवश्यक है। इस निमित्त उचित वायुमण्डल बनाने के लिए भाषा, पंथ, जाति आदि विच्छेदकारी भावनाओं का निर्माण करनेवाली स्वायत्त या अर्ध-स्वायत्त प्रदेश-रचना का सर्वथा त्याग करना होगा—एक देश, एक राष्ट्र तथा एक ही राज्य की एकात्मक शासन रचना ही स्वीकार करनी होगी। देशभर के जनतांत्रिक पद्धति से चुने हुए लोक-प्रतिनिधियों की एक ही संसद हो, एक ही मन्त्रिमण्डल हो जो देश की शासन-सुविधा के अनुकूल विभागों में व्यवस्था कर सके, इस प्रकार यदि मध्यवर्ती शासन द्वारा नियुक्त योग्य विभागीय अधिकारी की देख-रेख में प्रत्येक विभाग का कार्य चलाने की रचना की गई तो एकात्म राष्ट्र-भाव का पोषण व संवर्धन होगा तथा विच्छेदकारी दुर्भावों को पनपने के लिए अवकाश ही नहीं मिलेगा।

विशुद्ध राष्ट्रभाव जगाएँ

राष्ट्र-भाव का भी सत्य पर आधारित होना आवश्यक है। इतिहास की कसौटी पर खरा उतरने वाला, धर्म-संस्कृति आदि से एकता जगाने वाला राष्ट्र-विचार ही स्वीकार्य है। इसी से स्वकीय-परकीय का भेद समझ सकने की यथार्थ शक्ति उत्पन्न हो सकती है; स्वराष्ट्र की विशुद्ध शक्ति का संग्रह करने की प्रेरणा तथा दिशा प्राप्त हो सकती हैं। इतिहास तथा विश्व भर के विद्वानों के मतों का पूर्वग्रह दोष विमुक्त बुद्धि से विचार करने पर अपनी पवित्र मातृभूमि का यह राष्ट्र 'हिन्दू राष्ट्र' है, इस सत्य का साक्षात्कार होता है। इस सत्य की हत्या करने का जो योजनाबद्ध प्रयास गत कई दशकों से हो रहा है, उसी के परिणामस्वरूप आज की किंकर्तव्यविमूढ़ निराशावृत्ति सब क्षेत्रों में व्यक्त हो रही है। जनमानस में विफलता का संचार इसी से हो रहा है। देशव्यापी एकात्म राष्ट्र-जीवन का विस्मरण हो रहा है, इसी से शुद्र स्वार्थों की वृद्धि हो रही है, राष्ट्रशक्ति छिन्न-विच्छिन्न होकर क्षीण हो रही है, देश में ही राष्ट्र-विनाशक तत्त्व अकुतोभय होकर भीषण वृद्धि कर रहे हैं। सब अनर्थों को जन्म देनेवाले असत्य को, मोह-भ्रम को हटाकर, यह हिन्दू राष्ट्र है, इस पुनीत सत्य को ग्रहण करना, इसका उद्घोष करना, और व्यक्ति-व्यक्ति को इससे परिपूरित करना अत्यावश्यक है।

इस रीति से विचारों की, भावनाओं की शुद्धि अनिवार्य है तथा सुचारु योजना और

सुनीति का अवलंबन भी जरूरी है—तब कहीं पूर्ण समाज जागृत होगा, एकात्म शक्ति का निर्माण होगा, इसी से राष्ट्र में उस सामर्थ्य, उत्साह, आत्मविश्वास और निर्भय पौरुष का आविष्कार होगा जो सब आक्रामकों पर धाक जमाकर उन्हें शान्ति से रहने के लिए बाध्य कर सके।

व्यक्ति-व्यक्ति को जुटाना पड़ेगा

अतः निराशा या विफलता का भक्ष्य बनने का कोई कारण नहीं है। अपना पूर्वेतिहास, यश, गौरव एवं पराक्रम से पूर्ण है। अपनी शक्ति आज अव्यक्त होगी परन्तु वस्तुतः प्रचण्ड है, अजेय है, सर्व विजयशालिनी है। उचित विचार, उचित प्रचार तथा उचित व्यवहार से उसका आवाहन कर उचित नीति से उसे कार्य में लगाने से आज के संकटों का पूर्ण निराकरण तो होगा ही, भविष्य में निर्भय, निःशंक, सुरक्षित, निरंतर उत्कर्ष का सम्मान्य जीवन भी अपने भाग्य में प्रकट होगा। प्रत्येक हिन्दू अपने तन-मन-धन से इस सूत्रबद्ध एकात्म राष्ट्रीय सामर्थ्य का शीघ्रातिशीघ्र निर्माण करने में जुट जाए, यही समय की माँग है, परिस्थिति का संकेत है। फिर श्री भगवत्-कृपा से सुख-समृद्धि एवं वैभव-गौरव भी हमें प्राप्त होगा ही।

('पांचजन्य', सितंबर, 1960)

शिवो भूत्वा शिवं यजेत्

आज हम लोग परम पूजनीय आद्य सरसंघचालक को श्रद्धांजलि समर्पित करने को एकत्रित हुए हैं। हम अपनी श्रद्धांजलि उन्हें किस प्रकार अर्पण करना चाहते हैं ? हमारी माँ हम पर जिस प्रकार प्रेम करती हैं, वैसे ही प्रेम का अनुभव उनके सहवास में रहने पर हमें मिला है। उन्होंने हम पर मातृवत प्रेम किया है। वह प्रेम शब्दों में प्रकट नहीं किया जा सकता। वस्तुतः निरपेक्ष मनुष्य ही प्रेम करना जानता है। बाकी के लोग केवल शब्दों का जाल फैलाते हैं। कुछ समय के पहिले किसी ने मुझ से पूछा कि डाक्टर जी के विषय में आपका क्या ख्याल है ? मैं समझता हूँ कि इस प्रश्न का उत्तर देने की कोई आवश्यकता नहीं। डाक्टर स्वयं एक अत्युच्च आदर्श बन चुके थे और ऐसे महापुरुष के चरणों में जो नत-मस्तक नहीं हो सकता, वह संसार में कुछ नहीं कर सकता। उनमें माँ का वात्सल्य, पिता का उत्तरदायित्व तथा गुरु की शिक्षा का समन्वय था। ऐसे महान व्यक्ति की पूजा करने में मुझे अतिशय गर्व मालूम होता है। यदि मैं ऐसा कहूँ कि वे ही मेरे इष्ट देव थे, तो इसमें किंचित् भी अतिशयोक्ति न होगी। डाक्टर जी की पूजा व्यक्ति-पूजा नहीं हो सकती और यदि कोई उसे व्यक्ति-पूजा समझे, तो भी मुझे उसमें अभिमान ही होगा। उनके प्रति ये सद्भाव तथा आदरवृत्ति मुझमें एक ही दिन में उत्पन्न नहीं हुई है। आदमियों को परखने की मेरी वृत्ति अत्यन्त छानबीन की है। आरंभ में मैं उन्हें केवल एक निराली पद्धति से काम करनेवाला एक नेता समझता था। उसके अतिरिक्त डाक्टर जी के प्रति मेरे मन में किसी प्रकार की भावनाएँ न थीं। किंतु केवल पंद्रह-सोलह दिन के निरन्तर सहवास से मुझे अनुभव हुआ कि इस सर्वसाधारण मनुष्य की तरह रहने वाले व्यक्ति में सचमुच ही कुछ असाधारणता है। किसी प्रकार का सहारा न होते हुए भी इतना प्रचंड कार्य करनेवाला व्यक्ति सचमुच में एक महान विभूति ही हो सकता है। अतः व्यक्ति, इस नाते से भी उनकी पूजा करने से मैं न हिचकिचाऊँगा। चंदन-पुष्प आदि से पूजा करना तो घटिया मार्ग है, जिसकी पूजा करना उसके समान बनने की कोशिश करना यही सच्ची पूजा है। 'शिवो भूत्वा शिवं यजेत्' यही तो हमारे धर्म की विशेषता है और इसी प्रकार की पूजा हमें करनी चाहिए। डाक्टर जी की दी हुई इस पूँजी के भरोसे हमें आगे बढ़ना है। राष्ट्र के लिए हृदय के तार-तार में कसक होती रहे, इतनी राष्ट्र-विषयक आत्मीयता हममें होनी चाहिए। भावावेश में

आकर एक सामान्य मनुष्य भी हुतात्मा बन सकता है। किंतु दिनोदिन शरीर को घुलाना तथा वर्षानुवर्ष अपने आपको कण-कण जलाते रहना केवल अवतारी पुरुष का ही काम है और हमारे सौभाग्य से ऐसी विभूति हममें निर्माण हुई। यदि हम परम पूज्य डाक्टर जी के दिव्य आदर्श का पालन प्रामाणिकता के साथ करें और जहाँ पर उन्होंने इस महान संगठन के सूत्र को छोड़ा है, वहाँ से उसे उठाकर आगे ही बढ़ाते ले जाएँ, तभी यह कहा जा सकेगा कि हमने अपने कर्तव्य का पालन ठीक रीति से किया। उनकी कृपा तथा बलिदान से हमारा कार्य पूर्ण होगा ही।

''डाक्टर साहब के कार्य की परिणति पंद्रह साल में केवल एक लाख स्वयंसेवक संगठित होने में हुई; इससे अधिक संगठन न हो सका। इस संबंध में बहुधा लोग कई प्रकार के तर्क-वितर्क करते हैं और कभी-कभी यह भी कहने का साहस करते हैं कि डाक्टर जी की विभूति ही अपर्याप्त थी। परन्तु वास्तव में उनकी महत्ता में रंच मात्र भी न्यूनता न थी। हम लोग ही उनके सच्चे अनुयायी होने के अपात्र सिद्ध हुए। हिन्दू समाज के पत्थरों में से एक लाख चैतन्ययुक्त मूर्तियों का निर्माण होना ही उनकी महानता का प्रमाण है। आज तक, 'संगठन चाहिए, संगठन चाहिए' ऐसा शोर मचानेवाले कई लोग हुए, किंतु सच्चे हृदयों का अभेद्य संगठन किसने निर्माण किया ? एक-एक स्वयंसेवक के विषय में चिन्ता करनेवाले तथा उसके लिए आँसू बहानेवाले हजारों हृदय किसने निर्माण किए ? डाक्टर जी ने असम्भव को सम्भव कर दिखाया।

डाक्टर जी की पूजा करने के लिए हम लोग श्रद्धापूर्वक एकत्रित हुए हैं। इस संगठन के द्रष्टा की पूजा करने का एकमेव मार्ग है अपने संकीर्ण व्यक्तित्व को भूलकर इस संगठन रूपी विराट देह का संवर्धन करना। हम डाक्टर साहब के पुजारी कहलाने के अधिकारी तभी बनेंगे, जब जिस ध्येय की प्राप्ति के लिए यह संगठन निर्माण किया है, उस ध्येय को शीघ्र से शीघ्र प्राप्त करने के निश्चय से हम अपने-अपने स्थान पर संघकार्य में डट जाएँगे। डाक्टर जी ने मुझ सरीखे बिल्कुल साधारण मनुष्य पर इस प्रचण्ड कार्य का भार सौंपा है। उनका यह निर्वाचन देखकर मुझे श्रीरामकृष्ण जी की एक बात याद आती है। उनके एक धनवान शिष्य के घर में एक अतिमूर्ख तथा निरुपयोगी लड़का था। पर वह रामकृष्ण जी के लिए नित्य, नियमितता से पूजा के लिए फूल ला दिया करता था। श्रीरामकृष्णजी ने उस लड़के को अपने पास रखकर 'अ, आ' सिखाने का प्रयास किया। छः मास तक माथापच्ची करने पर भी वह 'आ' तक नहीं लिख सका पर रामकृष्णजी के स्वर्गवास के पश्चात् वह लड़का उनके आशीर्वाद से उपनिषद् जैसे ग्रंथों पर प्रवचन करने लगा तथा बड़े-बड़े विद्वानों को भी ज्ञानामृत देने लगा। महापुरुष केवल अपने स्पर्श से किसी भी मनुष्य में महान् योग्यता उत्पन्न कर सकते हैं तथा उसे उच्च पद पर पहुँचा सकते हैं। डाक्टर जी के पुण्यप्रसाद तथा आशीर्वाद से मेरे विषय में भी वैसी ही परिस्थिति होगी, ऐसा मेरा पूर्ण विश्वास है। परम पूजनीय डाक्टर जी ने मुझ पर सरसंघचालकत्व की कल्पनातीत महत्त्व की जिम्मेदारी का कार्य सौंपा है। किंतु यह तो है विक्रमादित्य का सिंहासन। इस पर बैठने

वाला गड़रिए का लड़का भी योग्य न्याय ही करेगा । आज इस सिंहासन पर बैठने का प्रसंग मुझ जैसे साधारण मनुष्य को प्राप्त हुआ है । किन्तु डाक्टर जी मेरे मुँह से योग्य बातें ही कहलाएँगे । इसमें कोई शंका नहीं कि हमारे महान् नेता के पुण्यप्रताप से मेरे हाथ से योग्य बातें ही होंगी । यदि कुछ त्रुटियाँ हुई तो मैं दोषी होऊँगा । अब हम पूर्ण श्रद्धा के साथ अपने कार्य में अग्रसर हो जावें । और यह संघ-कार्य पहिले जैसी निष्ठा से, किंतु दूने उत्साह से और अधिक वेग से आगे बढ़ाएँ । यह जबर्दस्त संगठन हमें सौंपकर डाक्टर जी चल बसे है । अब अनेक उपदेशक हमें उपदेश देने के लिए आगे बढ़ेंगे । किंतु मैं इन सभी उपदेशकों को नम्रतापूर्वक, पर स्पष्ट रूप से, यही कहना चाहता हूँ कि हमारे डाक्टर जी ने मत-मतांतरों के कोलाहल में विलीन होने लायक पिलपिला संगठन हमारे स्वाधीन नहीं किया है । हमारा संगठन एक अभेद्य किला है । इसकी दुर्गबंदी पर चंचुप्रहार करनेवालों की चोंचें टूट जाएँगी । इतनी दृढ़ तथा मजबूत मोर्चेबंदी हमारे डाक्टर जी ने कर रखी है । हमारा मार्ग उन्होंने बिल्कुल निश्चित रूप से निर्धारित कर दिया है और हम लोग उसी मार्ग से जाएँगे, ऐसा हमने दृढ़ निश्चय किया है । इसी में राष्ट्र का अंतिम कल्याण है और केवल इसी मार्ग से हिन्दू जाति को पूर्व वैभव के मंगल दिवस प्राप्त होने वाले हैं । किसी भी प्रकार के विरोध की परवाह न करते हुए तथा सब प्रकार के मतभेदों के बवंडर में न फँसते हुए, हम अपने मार्ग पर अटल रहें । इसके लिए अन्तःकरण में संघकार्य की प्रखर ज्योति सदैव जागृत रखकर तथा मन को कार्य की ओर निरन्तर प्रेरित करते हुए, अपना यह कार्य अथक करते रहें । आप सब मित्र और बंधुओं के सहकार्य से, डाक्टर जी के इस कार्य की इष्ट सिद्धि हम प्राप्त कर ही लेंगे, ऐसा मेरा पूर्ण विश्वास है ।

('युगधर्म', 1961)

हमारी देशभक्ति को चुनौती

लोग कहते हैं कि कश्मीर समस्या गंभीर होती जा रही है, उसका शीघ्र हल आवश्यक है। पर मैं समझता हूँ किसी राष्ट्रीय समस्या के प्रति हमारा यह संकुचित दृष्टिकोण ही विभिन्न समस्याओं का जनक है। और जब तक हम व्यापक दृष्टिकोण से इन समस्याओं की गहराई में जाकर विचार नहीं करेंगे, तब तक स्थानीय और तात्कालिक उपचार व्यर्थ ही सिद्ध होंगे। कश्मीर पर किया गया आक्रमण केवल कश्मीर की समस्या नहीं, वह सम्पूर्ण भारत का अपमान है और उसका विचार भी इसी व्यापक आधार पर किया जाना चाहिए। वास्तव में कश्मीर पर आया हुआ संकट देश के दुर्भाग्यपूर्ण विभाजन का अवश्यंभावी परिणाम है। जो आक्रामक प्रवृत्तियाँ विभाजन के मूल में काम करती थीं, उन्हें दबाने के स्थान पर जब उभरने का हमने अवसर दिया, चोर और डाकुओं को दण्ड देने के स्थान पर जब हमने उनके सामने घुटने टेकना प्रारम्भ किया और कुछ देकर उनकी राक्षसी भूख शान्त करने की चेष्टा की, तब हम यह भूल गए कि पाशवी भूख का कोई अन्त नहीं हुआ करता। एक उच्चकोटि के नेता ने मुझसे कहा था कि यदि कश्मीर को देने से ही पड़ोसी की मित्रता अर्जित की जा सकती है तो उसे दे देना चाहिए। मैंने उनसे प्रश्न किया कि "क्या आप सचमुच यह समझते हैं कि शत्रु की भूख इससे शान्त हो जाएगी ?" इसका कोई समुचित उत्तर उनके पास न था।

श्रीमद्भगवद्गीता में आसुरी प्रवृत्ति का वर्णन करते हुए लोभी स्वभाव के बारे में कहा गया है कि :

इदमद्य मया लब्धमिमं प्राप्स्ये मनोरथम्।
इदमस्तीदमपि मे भविष्यति पनर्धनम् ॥

लोभी के कदम कभी रुकते नहीं; उसकी क्षुधा का कोई अन्त नहीं। आक्रमणकारियों को संतुष्ट करने के लिए मातृभूमि का विभाजन तक हमारे नेताओं ने स्वीकार किया, पर क्या आक्रमणकारी उसके बाद संतुष्ट होकर चुप बैठ गया ? उसके बाद भी आक्रमणों का क्रम निरन्तर चल रहा है। क्या ये आक्रमण इस बात को सिद्ध करने के लिए किए गए समझौते केवल उसकी दानवी क्षुधा की ज्वालाओं में घृत का ही काम करते हैं ?

कश्मीर पर किए गए आक्रमण को यदि ऐतिहासिक पृष्ठभूमि में देखें, तो पता चलेगा

कि यह कोई आकस्मिक दुर्घटना नहीं, यह तो एक हजार वर्ष से चलने वाले आक्रमण का एक अध्याय मात्र है। आखिर क्या देश का विभाजन भी उसी पुराने आक्रमण की ही एक कड़ी नहीं ? इस भारत-भूमि से हिन्दुत्व का समूलोच्चाटन कर यहाँ इस्लाम की पताका फहराने का ही स्वप्न क्या विभाजन की माँग करने वाले नहीं देखते थे ? कश्मीर भी उनको किसलिए चाहिए ? क्या इसलिए कि कश्मीर की भूमि से उन्हें बड़ा प्यार है, आत्मीयता है ? हिन्दू के अन्तःकरण में कश्मीर के कण-कण के प्रति जो श्रद्धा है, आत्मीयता है क्या उसका लेशमात्र भी उनके मन में है ? उन्हें कश्मीर इसलिए नहीं चाहिए कि उसके बिना उनका जीवन उन्हें सूना लगता है। उन्हें कश्मीर इसलिए चाहिए कि बचे-खुचे भारत के उत्तरी सीमान्त पर अपना प्रभुत्व स्थापित करके वे भारत के इन हिस्सों को भी हरे झण्डे के नीचे ला सकें। जब तक आक्रमणकारियों का मन्तव्य और उनके स्वभाव को ठीक प्रकार से हम नहीं समझेंगे, तब तक न हम कश्मीर की रक्षा कर सकेंगे, न शेष भारत की।

इससे भी अधिक महत्त्वपूर्ण बात है मातृभूमि की ओर देखने का दृष्टिकोण। क्या यह केवल निर्जीव जमीन का टुकड़ा है ? जिसे चाहे जिस प्रकार क्रय-विक्रय के रूप में लाया जा सके। मातृभूमि की ओर देखने का दृष्टिकोण यदि बदला तो हमारा राष्ट्र-जीवन छिन्न-विच्छिन्न होने में किंचिदपि देर न लगेगी। यह देश हमारे लिए एक सजीव माता के रूप में है। माँ शब्द के अन्दर विश्व की श्रेष्ठतम श्रद्धा के भाव निहित हैं। जिसे हम माँ मानते हैं, उसके सम्मान के साथ खिलवाड़ हम एक क्षण के लिए भी बर्दाश्त नहीं कर सकते। चाहे हमें उसके लिए प्राण ही क्यों न देने पड़ें, पर मातृभूमि की ओर बुरी दृष्टि से देखने वाले को सहन नहीं कर सकते। यह मातृभाव ही आसेतु-हिमाचल फैले इस विस्तृत भू-भाग के कण-कण के प्रति हमारे मन में श्रद्धा का जागरण करता है। फिर यहाँ के पेड़-पौधे, नदी-नाले, पशु-पक्षी सब हमारे लिए पूज्य बन जाते हैं। इसके कण-कण के प्रति पावित्र्य और एक-एक कंकड़ में ईश्वरत्व का साक्षात्कार होता है। हृदय की यह श्रेष्ठ भावना ही इस पवित्र मातृभूमि की सुरक्षा और सम्मान के लिए जीवन-सर्वस्व की बाजी लगाने की प्रेरणा देती है। राजस्थान की शुष्क मरुभूमि की एक-एक इंच भूमि के लिए हजारों-लाखों राजपूतों का बलिदान इसी भावना की अभिव्यक्ति है। मातृभूमि के प्रति यह भावना यदि नष्ट हो गई, तो कोई भी समाज अपने देश की रक्षा नहीं कर सकता।

क्या अपने समाज में मातृभूमि के प्रति वह उत्कट भाव आज जाग्रत है ? मैं साधारण लोगों की बातें नहीं करता। जब हमारे श्रेष्ठ पुरुष भी कहते हैं कि अमुक भाग में घास का एक तिनका भी नहीं उगता, उसके लिए लड़ाई-झगड़े क्यों किए जाएँ, तब तो यही लगता है कि मातृभूमि के प्रति हमारी निष्ठा समाप्त हो गई। इस खण्डित निष्ठा के बल पर हम आक्रमणों का सामना कदापि नहीं कर सकेंगे। देशभक्ति की प्रखर भावना ही किसी राष्ट्र के नागरिकों को देश के लिए बलिदान की प्रेरणा देती है। वह भक्ति, वह श्रद्धा ही समाप्त हो गई तो बलिदान की भावना का स्रोत ही सूख जाएगा।

हमें यह नहीं भूलना चाहिए कि मातृभक्ति की इस उत्कट भावना की कमी के ही

कारण देश-विभाजन का दुर्भाग्यपूर्ण प्रसंग उपस्थित हुआ । आज लोग कहते हैं कि उस अपमानजनक प्रसंग को भूल जाओ । पर क्या कोई भी देशभक्त उसे भूल सकता है ? कोई राष्ट्र इस प्रकार अपनी अस्मिता को बेचकर स्वाभिमानपूर्वक जीवित नहीं रह सकता ।

आवश्यकता इस बात की है कि हम इस उत्कट राष्ट्रभाव को जाग्रत करें । एक-एक व्यक्ति के अन्तःकरण में मातृभूमि के प्रति आत्मीयता और श्रद्धा का जागरण करें । उसी जागरण में से देश के लिए 'करने और मरने' की वृत्ति पैदा होगी । राष्ट्रीय अपमान फिर सहन नहीं होंगे । फिर देश के किसी भी भाग पर संकट आने पर आसेतु-हिमाचल भारत का बच्चा-बच्चा उसके प्रतिकार के लिए जीवन-सर्वस्व की बाजी लगाने को उद्यत होगा । देश का यह चैतन्ययुक्त संगठित जीवन ही सब समस्याओं का अन्त कर आक्रमणकारियों से देश की रक्षा कर सकेगा ।

('पांचजन्य', 28 अक्तूबर, 1962)

प्रखर राष्ट्र-प्रेम—सुरक्षा का अभेद्य दुर्ग

विगत पाकिस्तानी आक्रमण ने हमारे सामने अनेक तथ्य प्रस्तुत किए हैं। उनका सम्यक् विचार करना अपने देश की सुरक्षा के लिए आवश्यक है।

पाकिस्तान को सन्तुष्ट करने के लिए हमारे नेताओं ने उचित-अनुचित अनेक प्रयास किए। अपमानजनक कच्छ समझौता उसका सबसे ताजा उदाहरण है। पर कच्छ समझौते की स्याही सूखने भी न पाई थी कि पाकिस्तान ने पहले छद्मवेश में और बाद में खुले रूप में हमारी भूमि पर आक्रमण कर दिया। जो लोग यह समझते हैं कि पाकिस्तान को कुछ ले-देकर शान्ति स्थापित की जा सकती है, इस आक्रमण से उनकी आँखें खुल जानी चाहिए।

पाकिस्तान—एक स्थायी सिरदर्द

वास्तव में पाकिस्तान के बारे में कोई भी विचार करते समय हमें उसके इतिहास को ध्यान में रखना चाहिए। इस देश की राष्ट्रीय परम्परा में समरस न होते हुए, इस देश के धर्म और संस्कृति को नष्टभ्रष्ट करने का विचार रखने वालों ने मातृभूमि के विभाजन का प्रस्ताव किया और हमारे नेताओं ने इस आज्ञा से उसे स्वीकार कर लिया कि इससे रोज-रोज का झगड़ा और रक्तपात समाप्त हो जाएगा। पर क्या उनकी आशा फलवती हो पाई ? पाकिस्तान के रूप में अलग राज्य पाने के बाद उन लोगों ने 'हँस के लिया है पाकिस्तान, लड़ के लेंगे हिन्दुस्तान' का नारा लगाया। केवल नारा ही नहीं लगाया, उसके अनुसार काम भी प्रारम्भ कर दिया। विगत 18 वर्षों में पाकिस्तान में अनेक शासक बदले पर उनकी मनोवृत्ति और भारत के प्रति द्वेष में कोई अन्तर नहीं आया। आज भी हमारे लिए यह स्थायी सिरदर्द बना हुआ है।

विषबेलि को नष्ट करना होगा

अब, जो लोग यह कहते हैं कि "पाकिस्तान से हमें कोई बैर नहीं, हम उसकी खुशहाली चाहते हैं, पर उसे हमारे साथ शान्तिपूर्वक रहना चाहिए"—वे लोग उपरोक्त इतिहास को भुला बैठते हैं। जिस राज्य का निर्माण ही द्वेष से हुआ है—उसमें प्रेम और सद्भावना के फल कैसे लग सकते हैं ? अतः उससे मैत्री के अमृत फल की आशा करना कोई बुद्धिमानी

की बात नहीं। वह सम्भव ही नहीं। हमें यदि विश्व में सुख-सम्मान के साथ रहना है तो इस विषवेलि को ही नष्ट करना होगा। इसके अतिरिक्त अन्य कोई मार्ग नहीं। जब तक पाकिस्तान नाम का यह राज्य विद्यमान रहेगा तब तक ये रोज-रोज के झगड़े समाप्त नहीं हो सकते।

पाकिस्तान की जनता को भारत में ही गौरवपूर्ण स्थान मिल सकता है

जब मैं पाकिस्तान के अस्तित्व की समाप्ति की बात करता हूँ तब लोग कहते हैं कि वहाँ की जनता क्या करेगी ? यह प्रश्न ही निरर्थक है। अपने देश में करोड़ों की संख्या में मुस्लिम समाज रहता है। आनन्दपूर्वक रहता है। फिर आज के पाकिस्तान में रहने वाला मुस्लिम समाज भी इस अखण्ड भारत में सुख से क्यों नहीं रह सकेगा ? आज तो उन्हें सभी प्रकार से अज्ञान में रखकर वहाँ के तानाशाह उन्हें मानवोचित स्वतन्त्र जीवन से भी विमुख कर रहे हैं। यहाँ पर उन्हें स्वतन्त्र व्यक्ति के नाते प्रजातन्त्र में रहने का सौभाग्य प्राप्त होगा। उनके स्वार्थी नेताओं ने देश का जो कृत्रिम विभाजन किया—वह नष्ट होने के बाद वे यहाँ की परम्परा में घुलमिल कर इस माता के पुत्र रूप में अधिक स्वाभिमान का जीवन जी सकेंगे। भारत की संस्कृति और परम्परा में घुलमिल कर रहने वाले किसी भी सम्प्रदाय को यहाँ कभी भी कोई खतरा नहीं हो सकता। उनकी उपासना पद्धति पर कोई आँच नहीं आ सकती। उपासना के सभी मार्ग अन्ततः उसी परमेश्वर तक पहुँचते है, ऐसा विश्वास रखने वाला हिन्दू समाज किसी को भी इस्लाम का त्याग करने का दुराग्रह नहीं कर सकता। अतः पाकिस्तान की समाप्ति से जहाँ एशिया के इस भूखण्ड से द्वेष का साम्राज्य समाप्त होगा वहीं वहाँ के करोड़ों लोगों को स्वतन्त्र और स्वाभिमानी जीवन जीने का भी अवसर प्राप्त होगा।

सुरक्षा और शान्ति का आधार—शक्ति

दूसरी बात जो इस युद्ध ने अनुभव कराई है, वह यह है कि हम अपनी रक्षा के लिए दूसरों पर आश्रित नहीं रह सकते। हम न केवल सदिच्छाओं से ही अपने यहाँ शान्ति प्रस्थापित कर सकते हैं। सुरक्षा और शान्ति केवल शक्ति पर ही आधारित है। इस युद्ध में इस शक्ति का स्वरूप भी निखर कर सामने आ गया।

पाञ्चजन्य

लोगों की यह धारणा आज दूर हो गई कि हिन्दू केवल भीरु—मार खाने वाला है। लोग अब यह समझने के लिए बाध्य हुए हैं कि ऊपर से शान्त दीखने वाला यह हिन्दू समाज जितना नम्र है उतना ही कठोर भी है। प्रत्यक्ष रणक्षेत्र में हमारा जो शौर्य और स्वाभिमान प्रकट हुआ उससे दुनिया की हमारी ओर देखने की दृष्टि बदल गई। मेरा तो यह भी विश्वास है कि इस समय यह युद्ध-विराम न होता—और कुछ दिन बाद होता—और अपनी सेनाएँ जिस प्रकार पराक्रम करती हुई यश प्राप्त कर रहीं थीं, उसी प्रकार आगे बढ़ती हुई लाहौर और

सियालकोट पर भी अधिकार कर लेती तो हमारी ओर देखने की दुनिया की दृष्टि पूर्णतः बदल जाती। हमें कुछ अधिक बलिदान करना पड़ता—पर स्वाभिमान की रक्षा के लिए वह कीमत अधिक न होती। आखिर आज भी क्या हमने कम कीमत चुकाई है ?

पाकिस्तान से शान्ति की अपेक्षा करना ही गलत

अब युद्ध-विराम के बाद लोग स्थायी शान्ति का मार्ग ढूँढ़ने में व्यस्त दिखाई देते हैं। एक ओर शान्ति-वार्त्ताओं का दौर चल रहा है और दूसरी ओर रोज गोलाबारी भी जारी है। दोनों ओर के लोग मर रहे हैं। इससे तो खुली लड़ाई ही अच्छी होती। मित्रता की बातें सोचना बुरा नहीं पर यह भी तो विचार करना ही होगा कि जिससे हम मैत्री की अपेक्षा कर रहे हैं उसका स्वभाव क्या है ? अपने ही देश में जो अपने स्वधर्म-बान्धव पख्तूनों को सब प्रकार अपने पैरों तले कुचलने में संकोच नहीं करते और पूर्वी बंगाल में भी अपने ही नागरिकों को द्वितीय श्रेणी का नागरिक मान कर उनकी स्वतन्त्रता का अपहरण कर रहे हैं—ऐसे धर्मान्ध तानाशाहों से अपना पाला पड़ा हैं। क्या उनसे किसी भी कीमत पर शान्ति की अपेक्षा की जा सकती है ?

पाकिस्तान की युद्ध शक्ति शस्त्रास्त्रों में नहीं

अपने नेता सोचते हैं कि पाकिस्तान की युद्ध शक्ति समाप्त कर देने से शान्ति हो जाएगी, पर यह कितना भ्रामक विचार है। प्रथम महायुद्ध में क्या जर्मनी की युद्ध शक्ति मित्रराष्ट्रों द्वारा समाप्त नहीं कर दी गई थी ? फिर 20 वर्ष के अन्दर-अन्दर ही क्या द्वितीय महायुद्ध का सामना करने के लिए उन्हें बाध्य नहीं होना पड़ा ? अभी हमने शत्रु को शस्त्रास्त्रों की दृष्टि से पर्याप्त हानि पहुँचाई, पर उसे पूर्ण करते उसे कितनी देर लगेगी ?

स्थायी इलाज

फिर पाकिस्तान की युद्ध शक्ति क्या शस्त्रों में निहित है ? सैनिक दृष्टि से वह हमसे तो कभी भी अधिक बलशाली नहीं था। पर 18 वर्षों से निरन्तर हमें अपमानित करने की चेष्टा करता रहा है। अतः यह बात असन्दिग्ध रूप से समझ लेनी चाहिए कि उसकी युद्ध शक्ति शस्त्रों में नहीं, उसकी हमारे विरुद्ध द्वेषमूलक प्रवृत्ति में निहित है और वह प्रवृत्ति उसे कभी भी शान्त बैठने नहीं दे सकती। उसका तो हमें स्थायी इलाज ही करना होगा और मैं पुनः इस बात को दुहराना चाहता हूँ कि वह इलाज एक ही है कि भारत का यह कृत्रिम विभाजन समाप्त कर पाकिस्तान का अस्तित्व नष्ट किया जाए।

आदर्शों के पीछे भी शक्ति चाहिए

कभी-कभी हमारे नेता सोचते हैं कि ऊँचे आदर्शों और नारों से ही दुनिया हमारी बात मान लेगी। पर आज तक ऐसा कभी नहीं हुआ। आदर्शों के पीछे जब तक शक्ति नहीं

रहती तब तक उन्हें कभी भी सम्मान नहीं मिलता। क्या महाभारत का ही उदाहरण हमारे लिए पर्याप्त नहीं होना चाहिए। संयुक्त राष्ट्र संघ—स्वार्थ का अखाड़ा ! आज भी हमारा न्याय पक्ष होते हुए भी दुनिया के कितने देश हमारा साथ देने को तत्पर हैं ? कश्मीर के मामले को शान्तिपूर्ण ढंग से सुलझाने के लिए हमारे नेता न्याय-प्राप्ति की आशा से संयुक्त राष्ट्र संघ गए। पर हमें वहाँ पर न्याय मिल पाया क्या ? पाकिस्तान को आज तक आक्रामक घोषित कर वहाँ से हट जाने का आदेश राष्ट्र संघ दे सका क्या ? दुबारा पुनः हजारों की संख्या में सशस्त्र पाकिस्तानी कश्मीर में घुस आए और राष्ट्र संघ के पर्यवेक्षक ने स्पष्ट रूप से इसकी सूचना भी दी; पर फिर भी राष्ट्र संघ मौन ही बना रहा। उसका मौन तो तब भंग हुआ जब आत्मरक्षार्थ ही क्यों न हो हमारी सेनाओं ने लाहौर की ओर बढ़ना प्रारम्भ किया। न्याय का दम भरने वाली इस विश्व संस्था की क्या यही न्यायप्रियता है कि पाकिस्तान आक्रमण करे तो वह चूँ तक न बोले और जब भारत अपनी रक्षा के लिए अग्रसर हो तो उसके हाथ पकड़ने की कोशिश करे ?

वास्तव में यह राष्ट्र-संघ आज मात्र कुछ स्वार्थी राष्ट्रों की राजनीति का अखाड़ा बना हुआ है। उसे न्याय-अन्याय से कोई मतलब नहीं। जो बात उन राष्ट्रों के स्वार्थ के अनुकूल पड़ती है वही उनकी दृष्टि में न्याय है। मित्रता का दम भरने वाले ब्रिटेन ने भी हमारे साथ कैसा बर्ताव किया ? इतना पक्षपातपूर्ण व्यवहार देखने के बाद राष्ट्रमण्डल में बने रहने का क्या कोइ औचित्य हो सकता है ?

अपनी शक्ति पर ही भरोसा करें

इन सब बातों से एक बात स्पष्ट हो जाती है कि हमारा पक्ष कितना भी न्यायपूर्ण क्यों न हो पर अपनी सुरक्षा के लिए हमें अपनी शक्ति पर ही भरोसा करना पड़ेगा। चीन की मैत्री का फल हम भुगत चुके। पाकिस्तान को दोस्ती अर्पित करने का भी हमने फल देख लिया। इंग्लैण्ड, अमरीका व रूस के इरादे भी अब छिपे नहीं रहे। ये सब बातें यही सिद्ध करती है कि संसार में कोई भी किसी का स्थायी शत्रु अथवा मित्र नहीं होता। सबके कार्य उनके स्वार्थों से ही अनुप्राणित हैं। इस नियम को पहिचान कर हमें भी अपने राष्ट्र के स्वाभिमान और सुरक्षा का स्थायी विचार करना चाहिए।

प्रेरणा का स्रोत : मातृभक्ति

सम्पूर्ण राष्ट्र के एक-एक नागरिक में इसके लिए नई आकांक्षा, नई प्रेरणा जगानी होगी। उस प्रेरणा का आधार क्या होगा इसके सम्बन्ध में भी आज कुछ भ्रम दिखाई देता है। कुछ लोग समझते हैं कि प्रजातन्त्र, सेक्यूलरवाद या समाजवाद राष्ट्र के प्रेरणास्रोत बन सकते हैं। इन तीनों के विस्तृत विवेचन में न जाते हुए मैं केवल एक ही उदाहरण देना चाहूँगा। जर्मनी ने जब रूस पर आक्रमण किया तो अपने देश की जनता में शत्रु से लड़ने की प्रेरणा जगाने के लिए फील्ड मार्शल स्टालिन ने अन्तर्राष्ट्रीय समाचार की दुहाई दी।

उसको विश्वास था कि यह नारा लोगों के लिए प्रेरणा का स्रोत बनेगा। पर उससे लोगों में कोई चेतना नहीं आई। जर्मनी की सेनाएँ बराबर आगे बढ़ती चली गईं। अन्त में मार्शल स्टालिन ने अपना रुख बदलकर मातृभक्ति के नाम पर लोगों से अपील की कि "यह रूस अपनी मातृभूमि है, पितृभूमि है। इसकी रक्षा के लिए आगे बढ़ो। हम तो उन यशस्वी पुरुषों के वंशज हैं, जिन्होंने नेपोलियन जैसे विजेता की भी यहाँ पर कब्र खोद डाली थी। उसी राष्ट्र की रक्षा के लिए—अपनी पितृभूमि की रक्षा के लिए खड़े हो जाओ।"

मातृभक्ति के इस आवाहन ने रूस के एक-एक बच्चे को सर्वस्वार्पण की प्रेरणा दी और द्वितीय महायुद्ध में उसे विजयी बनाया। यदि समाजवाद लोगों में प्रेरणा उत्पन्न करने की ताकत रखता तो उस समाजवाद के जनक कहे जाने वाले देश को राष्ट्रभक्ति के नाम पर आवाहन करने की आवश्यकता क्यों पड़ती ? वे लोग तो राष्ट्र और राष्ट्रीयता अथवा मातृभूमि जैसी बातों पर विश्वास ही नहीं करते। पर उन्हें भी अन्ततः उसी राष्ट्रभक्ति का आवाहन करने के लिए बाध्य होना पड़ा।

अतः यह सोचना कि समाजवाद या सेक्यूलरवाद अथवा प्रजातंत्र का नारा लोगों में बलिदान और कर्त्तव्य के भाव जगाएगा—यह बिल्कुल गलत है। लोगों की प्रेरणा का स्रोत एक ही हो सकता है—और वह है अपनी पवित्र मातृभूमि। उसकी भक्ति लोगों के हृदय में जाग्रत करनी होगी, प्रखर बनानी होगी। 'कश्मीर से कन्याकुमारी तक विस्तीर्ण यह भूमि मेरी माँ है, साक्षात दुर्गा का अवतार है, पार्वती की प्रत्यक्ष प्रतिमा है। हमारे भगवान शंकर की तपोभूमि यह मनोरम कैलास, यह पवित्र हिमालय, हमारा है। इसका चप्पा-चप्पा हमारे लिए तीर्थ है, इसका एक-एक कण हमारे लिए पवित्र हैं; अपने जीवन सर्वस्व का बलिदान करके भी मैं पवित्र मातृभूमि की रक्षा करूँगा'—देशभक्ति का यह प्रखर भाव ही लोगों में देश की रक्षा के लिए सर्वस्वार्पण की प्रेरणा जगा सकेगा।

अन्यायी शक्तियों की कब्र भारत में खुदेगी

अभी तो हमारी विजय-यात्रा प्रारम्भ मात्र हुई है। जो थोड़ा-सा पराक्रम हमने दिखाया, राष्ट्र की वैसी एकता प्रकट हुई उससे ही विश्व के राष्ट्रों में हमारे प्रति कुछ अनुकूलता निर्माण हुई है। जब हमारा सम्पूर्ण राष्ट्र राष्ट्रभक्ति के भावों से ओत-प्रोत होकर स्वाभिमानपूर्वक अपने देश की अखण्डता के लिए आगे बढ़ेगा तो हमारा विरोध करने वाली शक्तियाँ अपने आप हमारी समर्थक बनकर खड़ी होंगी। फिर चीन और पाकिस्तान दोनों मिलकर ही हमारे ऊपर आक्रमण करने क्यों न आयें—दोनों की ही कब्र एक साथ यहीं पर खुदेगी। मेरा तो यह विश्वास है कि विश्व की अन्यायी शक्तियों के नाश का दायित्व परमेश्वर ने इस हिन्दू राष्ट्र पर ही छोड़ा है। उस दायित्व को पूरा करने के लिए पूरी निष्ठा के साथ हम आगे बढ़ें तो परमात्मा की कृपा से विजयश्री हमें अवश्य ही वरण करेगी।

(एक अभिभाषण के आधार पर)

('पांचजन्य', 24 फरवरी, 1966)

काश, वे ताशकन्द न जाने की सलाह मान लेते !

मैं आसाम के दौरे में तेजपुर से नौगाँव जाने के लिए तैयार ही था कि एक मित्र ने फोन से मुझे प्रधानमंत्री श्री लालबहादुर शास्त्री के निधन का दुःखद समाचार सुनाया। सुनकर स्तब्ध रह गया। थोड़ी ही देर बाद रेडियो से सुना कि उन्होंने दोपहर बाद ताशकन्द के शांति समझौते पर हस्ताक्षर किए थे और उस समय से लेकर रात में सोने के लिए जाने तक वे प्रसन्न दिखाई दे रहे थे। आधी रात के कुछ बाद उन्हें दिल का दौरा आया जो कुछ मिनटों में ही उनके देहांत का कारण बना। यह अत्यन्त आकस्मिक और अविश्वसनीय बात थी। लेकिन ऐसी अवांछित खबरें बहुत कम झूठ निकलती हैं। यह भी सही ही निकली। यह आघात इसलिए और अधिक तीव्रता से अनुभव हुआ क्योंकि वे देश से बहुत दूर अपने प्रिय स्वजन, अनेक सहकारियों, परामर्शदाताओं और शुभचिंतकों आदि से दूर विदेश में थे। मुझे असीम आघात पहुँचा और अपने शेष दौरे को स्थगित कर दिल्ली के लिए जाने वाले पहले ही विमान से मैं रवाना हो गया ताकि कम से कम उनके अन्तिम दर्शन कर सकूँ और उनके पार्थिव अवशेषों के प्रति अपना आदर व्यक्त कर सकूँ। परमात्मा की कृपा से मैं तदनुसार समय पर पहुँच पाया।

पहली बार मैं उनसे उनके प्रधानमन्त्री का कार्यभार ग्रहण करने के बाद ही मिला था। मैं उनके सरल किंतु मोहक व्यवहार, उनकी विनम्रता और निष्कपटता से प्रभावित हुआ। उनमें सब महत्त्वपूर्ण विषयों पर मुक्त और स्पष्ट रूप से विचार-विमर्श करने, अपने से भिन्न विचारों को धैर्यपूर्वक सुनने, समझने और सहानुभूतिपूर्वक आदर करने का अद्वितीय गुण था। यह हमारी बातचीत का प्रथम और सुखद अनुभव था। इस बातचीत में हमने अपने देशवासियों के जीवन को प्रभावित करने वाले अनेक महत्त्वपूर्ण विषयों और हितों पर विचार-विमर्श किया था।

लेकिन, इसके पश्चात् मैं उनसे कम ही बार मिल सका। स्वभावतः ही वे अत्यन्त व्यस्त रहते थे और मैं तो कहूँगा वे अपने निर्बल स्वास्थ्य के हिसाब से अत्यधिक काम करते थे। मैं उनके काम में बाधा नहीं डालना चाहता था।

मैं भी सर्वदा संगठन के, जिसका मैं एक छोटा सा कार्यकर्ता हूँ, कार्य के सिलसिले में पूरे देश के दौरे में व्यस्त रहता था। जब मैंने पिछली बार उन्हें देखा—और दुर्भाग्य से

वह उनके जीवनकाल में मिलने का मेरा अन्तिम अवसर सिद्ध हुआ, मैंने अनुभव किया कि वे थके से और कमजोर दिखाई देते थे और मैंने उसे उनसे कहा भी। किन्तु अपनी सहज मुस्कान से उन्होंने मुझे विश्वास दिलाने का प्रयत्न किया कि वह बिल्कुल ठीक है और बिल्कुल स्वस्थ और अच्छा अनुभव करते हैं। अब, जबकि वह दुःखद घटना घट चुकी है तब मैं सोचता हूँ कि उन्होंने ऐसा इसलिए कहा था कि मुझे और दूसरे लोगों को कोई चिंता न हो।

वे बहुत थोड़े समय तक प्रधानमन्त्री रहे। उन्हें जिस वातावरण में कार्य प्रारम्भ करना पड़ा वह उनके बहुत अनुकूल नहीं था। पं. नेहरू के नाम और लोकप्रियता की भूमिका के सामने और निराशावादियों द्वारा वर्षों तक यह विश्वास फैलाए जाने कि उनके बाद एक शून्य उत्पन्न हो जाएगा जिसे भरने के कोई योग्य नहीं है, देश में झगड़े शुरू हो जाएँगे, वह छिन्न-विच्छिन्न हो जाएगा और अनेक समस्याएँ न सुलझ पाने के कारण बरबाद हो जाएगा तथा चीनी आक्रमण के बाद देश पर छाई अपमान की भावना आदि के कारण अनेक सोचते थे कि वे सफलतापूर्वक स्थिति सँभाल पाने में समर्थ न होंगे। अब हम जानते हैं कि उन्होंने उन सब भविष्यवाणियों को झूठा सिद्ध कर दिया। समझा पाने की क्षमता, चतुरता, मतभेद को दूर कर सकने में कुशलता, दृढ़ता, चरित्र, मातृभूमि की सम्पन्नता और गौरव के हेतु सर्वग्राही विचार-प्रस्तावना आदि अपने गुणों के द्वारा उन्होंने अपने छोटे से शरीर के विपरीत अपने लिए एक महान् प्रतिष्ठा उपलब्ध की। भाग्य ने भी उन्हें भारत पर पाकिस्तान के आक्रमण के रूप में एक अवसर प्रदान किया। शांति के लिए अपनी आस्था के बावजूद उन्होंने राष्ट्र की नाड़ी को सही-सही परखा और संकट का सामना उन्होंने सशस्त्र बल द्वारा करने का दृढ़ मार्ग अपनाया और सफलता को हस्तगत कर उन्होंने मित्र देशों की इच्छा का आदर करने और शान्ति का मार्ग ढूँढ़ने का निश्चय किया। और इस प्रकार, यद्यपि प्रस्तुत प्रसंग में हमारा बल-प्रयोग न्याय्य और आवश्यक था, उन्होंने शक्ति के पुनः प्रयोग के बिना, वार्ता द्वारा एक सम्मेलन में सम्मानपूर्ण समझौता करने का प्रयास किया। सम्पूर्ण राष्ट्र अनुभव करता है कि चीनी आक्रमण के दौरान उसका सम्मान फिर प्राप्त हो गया है और उसकी प्रतिष्ठा विश्व में ऊँची उठी है। इसके साथ ही श्री लालबहादुर शास्त्री ने भी देशवासियों के हृदयों में प्रेम और सम्मान का एक स्थायी स्थान पा लिया है।

लेकिन वे युद्ध के द्वारा प्राप्त गौरव के अभिलाषी न थे। वे शान्ति से प्रेम करते थे और शान्ति एवं सद्भाव के लिए काम करना चाहते थे, भले ही वह झगड़ालू और समय से पिछड़े हुए पाकिस्तान जैसे पड़ोसी के विषय में ही क्यों न हो। वस्तुतः जब मैं पिछली बार उनसे मिला—जो युद्ध-विराम के कुछ समय बाद था—उन्होंने मुझसे अनेक प्रकार से बताया कि शान्ति की ही उनकी अभिलाषा और आकांक्षा है। उनकी वही इच्छा उन्हें ताशकंद ले गई यद्यपि उससे कोई सुफल प्राप्त होने की आशाएँ बहुत धुँधली थीं। कुछ भी हो, मैं नहीं चाहता था कि वे जाएँ। मैंने स्पष्ट रूप में अपने विचार रखे। इसके अतिरिक्त मैं चाहता था कि वे आमंत्रण को अस्वीकार करने का कोई ठोस कारण पा सकें और न जाएँ।

लेकिन शान्तिपूर्ण हल खोजने की उनकी तीव्र इच्छा होने से वहाँ वे गए।

वह हमारे राष्ट्र की परम्परा के अनुकूल ही था। महाभारत की कथा के धर्म और सत्य के प्रतीक युधिष्ठिर शान्ति के लिए इस अपमानजनक सीमा तक प्रयास करते दिखाए गए हैं कि वे पाँचों भाइयों के लिए प्रत्येक को एक छोटा-सा गाँव तक उन्हें लेना स्वीकार है और वे सम्पूर्ण राज्य के अधिकार को भी छोड़ सकते हैं।

प्रस्तुत समझौते में भी, कुछ पीछे हटना दिखाई देता है। शान्ति के लिए वापस होना स्वीकार किया गया है और विवादों को शक्ति-प्रयोग के बिना सुलझाने की बात है। श्री लालबहादुर शास्त्री ने यह समझौता स्वीकार कर लिया, किन्तु सप्ताह भर का तनाव उनके शरीर के लिए बहुत अधिक था, लगता है कि पूरी बातें उनके मन के लिए बहुत बोझिल थीं। उनका देहपात हो गया। उन्होंने शांति की वेदी पर अपना जीवन निछावर कर दिया है। हम आशा और प्रार्थना करें कि शान्ति की देवी क्षणस्थायी न सिद्ध हो और भविष्य में हमसे आँख-मिचौनी न खेले, जैसा कि उसका स्वभाव है।

किन्तु उसकी गति चाहे जो हो इतिहास लिखेगा कि एक ऐसा व्यक्ति था जो युद्ध के मुहाने पर दृढ़ संकल्पमय साहस से युक्त था तथापि उसके पास एक दयालु मानवी हृदय भी था जो देश में परराष्ट्रों के सम्बन्ध में और सारे संसार में शान्ति और सद्‌भावना के लिए कठिनाई उत्पन्न करता था।

एक स्नेहास्पद व्यक्तित्व चला गया। विषमशील को भी परस्पर निकट लाकर एक समशीलपूर्ण इकाई के रूप में जोड़ने वाली मधुमयी संयोजक शक्ति अब नहीं है। उन्होंने इतिहास में अपने लिए एक स्थान बना लिया है किन्तु एक बड़ा भारी शून्य उन्होंने छोड़ा है जिसे भरने का दायित्व हम शेष लोगों का है। हम आशा से युक्त हो प्रार्थना करें कि श्री लालबहादुर शास्त्री की स्मृति आने वाली पीढ़ियों को ऐसे असंख्य रत्नों के रूप में फूलने-फलने की प्रेरणा दे जो अपने श्रेष्ठ पुरुषों के अनुरूप हों—नहीं, नहीं, उन महान् गुणों को भी पार कर जाए जिन्होंने उन्हें ऐसा बनाया था कि वे हमारे देश की नौका को कसौटी और तनाव के क्षणों में सफलतापूर्वक मझधार से पार करने में सफलता पा सके थे।

मैं उन्हें उनके जीवनकाल में अपना प्रेम और आदर देता था। अब जब हम उनसे बिछुड़ गए हैं, मैं विनय और श्रद्धा से उनकी स्मृति में उनके प्रति विनत होता हूँ।

('पांचजन्य', 24 फरवरी, 1966)

उठो

मेरी अपने सभी स्वयंसेवक बन्धुओं से यह प्रार्थना है कि किसी भी नियमित स्वयंसेवक को बहुत दिनों के बाद आए हुए दूसरे स्वयंसेवक के सम्बन्ध में ऐसी कोई दृष्टि नहीं रखनी चाहिए, जिससे वह समझे कि संघकार्य में उसे कुछ न्यून समझा जा रहा है। सभी स्वयंसेवक अपने बन्धु हैं। मनुष्य अनेक प्रकार के आकर्षणों में पड़ा रहता है, विविध दायित्व उसके ऊपर होते हैं, इन्हें निभाते समय कभी-कभी उसकी स्थिति बड़ी खराब हो जाती है। चारों ओर फैली हुई आज की महँगाई में अपने परिवार का भरण-पोषण करने के लिए पता नहीं कितने लोगों को असीम कष्ट उठाना पड़ता है। इस पर भी वे यदि ठीक से भरण-पोषण नहीं कर पाते तो उनके अन्तःकरण में कितनी व्यथा होती है।

अनेक बन्धुओं को इसका निजी अनुभव होगा। यह ठीक है कि हम सब प्रकार की व्यथा को नगण्य मानते हुए अपने कर्तव्य को प्रमुख समझकर कार्य में जुटे रहते है परन्तु उपर्युक्त व्यथा से अन्तःकरण में होने वाला प्रक्षोभ अनुभव-सिद्ध है।

ईसा मसीह के जीवन का एक प्रसंग है। आखिर में जब उनके विरोधियों ने उन्हें पकड़वा दिया, तब की एक घटना है; उनका एक अच्छा भक्त था। उसने ईसा से कहा, 'जिसने आपको पकड़वाया है, वह कितना दुष्ट, कितना कृतघ्न और कितना पापी होगा!' ईसा मसीह ने कहा, 'उसे पापी आदि मत कहो। तुम अपने को बहुत बड़ा भक्त भी मत मानो।' उसने जिज्ञासा की, 'क्या मैं आपका भक्त नहीं हूँ?' ईसा ने इस पर उससे कहा, 'कल सवेरे मुर्गा बोलने के पहले तुम तीन बार मेरे साथ अपने सम्बन्ध को अमान्य करोगे।' वह बोला, 'मैं यह कैसे कर सकता हूँ?' ईसा ने कहा, 'देख लेना।'

ईसा मसीह को पकड़कर कारागार में बन्द कर दिया गया। उनके शिष्य प्राणभय से तितर-बितर हो गए। वह शिष्य भी अपने को जहाँ तक हो सकता था, गुप्त रखकर घूम रहा था। बाद में जिस कारागार में ईसा मसीह को रखा गया था, उसके पास दीवाल की छाया के अँधेरे में वह बड़े दुःख के साथ बैठ गया, परन्तु रक्षा करने वाले सन्तरियों में से एक ने उसे देख ही लिया।

पूछा, 'कौन हो?' उसने उत्तर दिया, 'मैं केवल एक राहगीर हूँ। गन्तव्य मालूम न होने से रात यहीं बिताकर दिन निकलने पर गन्तव्य-स्थान खोज निकालूँगा।'

सन्तरी ने उसे जरा गौर से देखा। कहा, 'क्यों रे! आज हमारे यहाँ जो नया कैदी आया है उसका भी तो तू भक्त, शिष्य या साथी है न? वैसा ही तो दिखता है।' उसने पूछा, 'वह कौन है?' सन्तरी ने उत्तर दिया, 'वह अपने को ईसा कहता है।' इस पर उसने कहा, 'मैं ईसा-वीसा कुछ नहीं जानता। मेरा उससे कोई सम्बन्ध नहीं है।' सन्तरी चला गया। उसकी जगह दूसरा आया। उसने भी चहलकदमी करते हुए उसे देखा।

पूछा, 'भाई, तुम कौन हो?' उससे भी उसने वही बात कही, वही उत्तर दिया, 'मेरा अन्दर के कैदी से कोई सम्बन्ध नहीं है।' उसकी भी बारी बदल गई। तीसरा आया। सन्दिग्ध अवस्था में उस आदमी को बैठा देखकर तीसरे सन्तरी ने पूछा, 'तुम यहाँ क्यों बैठे हो?' उसके सामने भी उसने वही उत्तर दिया।

सन्तरी ने जब पूछा, 'तुम तो अन्दर के कैदी के साथी प्रतीत होते हो?' तो उसने कहा, 'कौन ईसा? मैंने उसका नाम भी नहीं सुना।' इतने में मुर्गा बोला। मुर्गे के बोलते ही उसे ईसा के कथन का स्मरण हो गया। मन में सोचा, 'देखो, मैंने कितना घोर पाप किया जो अभी अपने आराध्य को अमान्य कर दिया।'

निष्कर्ष यह कि जब 'मसीहा' के नाम से सम्बोधित किए जाने वाले महान् पुरुषों के भक्तों की यह हालत होती है, तो अभिमान करने से हमारी भी हो सकती है। अतः हमें अभिमान नहीं करना चाहिए। सबके प्रति अन्तःकरण में अभिनन्दन का भाव ही रखना चाहिए।

हम 'राष्ट्रीय स्वयंसेवक संघ' के नाम से हिन्दू समाज को संगठित करने के निमित्त कटिबद्ध हैं। संघ के कार्यक्रम तो इसके लिए उपकरण हैं, साधन है। कार्यक्रम करना हमारा लक्ष्य नहीं है, किन्तु लक्ष्य की पूर्ति भी उत्तम रीति से साधनों का उपयोग करने से ही होती हैं। अतः हम साधन को भी अधिकाधिक अच्छा बनाने के लिए प्रयत्नशील हैं।'

लक्ष्य

लक्ष्य क्या है? यह समझकर ही हमें कार्य की ओर पूरा ध्यान देते हुए आगे बढ़ना चाहिए। इस सम्बन्ध में हम दो बातों को स्मरण रखें।

यह अपना हिन्दू समाज है। मानव-समुदाय अन्तरिक्ष में नहीं, इसी भूमि पर रहता है। अन्य किसी ग्रह-उपग्रह में हमारा निवास नहीं है। अभी जो लोग चन्द्रमा पर गए थे उन्होंने वहाँ अपने जैसा कोई मनुष्य या अन्य प्राणी नहीं देखा। भूमि के भी इस विशेष भू-भाग में हिन्दू समाज रहता है। हिमालय और उसके इधर-उधर की तमाम शाखाओं के विस्तार से दक्षिण महासागर एवं उसके निकटवर्ती सभी छोटे-बड़े द्वीपों को मिलाकर जो भूभाग बनता है, इसी का नाम भारतवर्ष है। यही हमारा निवासस्थान है। इसके प्रति हमारे मन में प्रेम है। मनुष्य एक छोटी सी कुटिया बनाता है, झोंपड़ी बनाता है, कई वर्षों तक उसमें रहने से उसके प्रति उसके मन में आकर्षण उत्पन्न हो जाता है। वह बड़े प्रेम और अभिमान से लोगों को बताता है कि यह मेरी कुटिया है। महाराष्ट्र में एक अहमदनगर जिला है। उसके

एक प्रमुख स्थान पर एक किला बना है । सन् 1942 के आन्दोलन में केवल महात्माजी को छोड़कर उस किले के कारागार में अपने बड़े-बड़े नेतागण रखे गए थे । अंग्रेजों के बाद जब राज्य का कार्यभार सँभालने का दायित्व हमारे देश के लोगों को मिला तो 'यह पंडित नेहरू का कमरा, यह सरदार पटेल का कमरा' इस प्रकार से बड़े अभिमान के साथ लोग उन कमरों का परिचय कराते थे । मैंने सुना है कि सबके अन्तःकरण में उसकी स्मृति अंकित कराने के लिए उस किले में उचित परिवर्तन करने का विचार भी लोगों ने किया है । यही बात अण्डमन के सम्बन्ध में भी है । वहाँ के कारागार में काला पानी की सजा पाए हुए बहुत बड़े-बड़े देशभक्तों के रहने के जो कमरे थे, उन्हें लोगों ने बहुत पवित्र, यहाँ तक कि तीर्थ मानना शुरू कर दिया है । यानी मनुष्य जहाँ पर रहता है, बड़े-बड़े लोग जहाँ रहते हैं, उसके प्रति अन्तःकरण में प्रेम, आदर, सम्मान और श्रद्धा की भावना अपने-आप ही जाग्रत हो जाती है ।

पवित्र तीर्थ

इस भारत-भूमि पर हमारा समाज कब से रहता है, इसका किसी को पता नहीं । अतः इसके साथ हमारा अटूट सम्बन्ध है यानी हिन्दू समाज यहीं पर प्रकट हुआ । और इस भूमि में इस समाज के अतिरिक्त अन्य कोई मानव न था । ऐसी स्थिति में इस समाज ने अपने हृदय में इसके प्रति पूर्ण आत्मीयता रखकर अपने जीवन का निर्माण किया । बड़े-बड़े महापुरुष हुए, बड़ी-बड़ी घटनाएँ घटीं, श्रेष्ठ क्षण आए । अनेक स्थानों पर बड़े-बड़े विद्वान हुए, भगवान का साक्षात्कार करने वाले महापुरुष उत्पन्न हो गए । स्थान-स्थान पर समाज, धर्म, संस्कृति और राष्ट्र की रक्षा के लिए प्राणों की बाजी लगाने वाले, श्रेष्ठ और पराक्रमी वीर उत्पन्न हुए । उक्त सभी स्थान हमारे लिए पवित्र तीर्थ के रूप में अभिव्यक्त हुए । हिमाचल से कन्याकुमारी तक ऐसे पवित्र स्थान बिखरे हुए हैं । उन्हें देखकर हमारे मन में यह विचार उठता है कि जिस पवित्र भूमि की मिट्टी में पलकर ये पुरुष इतने बड़े, श्रेष्ठ और असामान्य बने हैं, उसका एक-एक कण पवित्र है, वह सम्पूर्ण पवित्र है । जिस जल से उनका पोषण हुआ, उसकी एक-एक बूँद अति पवित्र है । पवित्रता की यह भावना हृदय के अन्दर धीरे-धीरे इतनी अधिक विकसित हो जाती है जब वृक्ष-पाषाण आदि देश की सभी जड़-चेतन वस्तुएँ हमारे लिए पूज्य हो जाती हैं । ये भिन्न-भिन्न क्षेत्र, जहाँ बड़े-बड़े महापुरुषों का, उनकी पवित्रता का, उनके ज्ञान और पराक्रम का आविष्कार हुआ है वे मानो इस सम्पूर्ण भूमि की पवित्रता, उसकी पुनीत स्थिति को विशेष रूप से अभिव्यक्त करने वाले पुण्यमय पवित्र स्थान हैं । केवल अनेक शताब्दियों से निवास करने के कारण ही नहीं अपितु उपर्युक्त कारण से भी इस भूमि के साथ अपना सम्बन्ध अतीव श्रद्धा का है । ऐसा कहने के साथ ही हमारे मन में यह विचार भी रहना चाहिए कि हम इस भूमि की सभी प्रकार से रक्षा करेंगे, उसका मान-संवर्धन करेंगे, संसार के सभी लोग इसे सम्मान की दृष्टि से देखें, इसके लिए प्रयत्न करेंगे । कोई इस पर किसी प्रकार का आघात न करने पाए । इसकी व्यवस्था करने

का दायित्व हमारे ऊपर स्वाभाविक रीति से ही आ जाता है।

माता-पुत्र का रिश्ता

हम अपने हिन्दू समाज के संघटन के लिए प्रयत्नशील है। हिन्दू समाज का जीवन-अधिष्ठान हमारे प्रेम और श्रद्धा का केन्द्र है। हिन्दू समाज इस भूमि का पुत्र है, यह विचार अति प्राचीनकाल से हमारे श्रेष्ठ पूर्वजों का रहा हैं। यह भूमि हमारी माता और हम इसके पुत्र हैं। एक माता के पुत्ररूप में हमारा जीवन चलता हैं, अतः यह समाज एक परिवार है। एक माता-पिता की सभी संतानों को लोग एक ही परिवार का समझते हैं। सम्पूर्ण हिन्दू समाज को एक परिवार कहने के पश्चात् ये भाव हमारे हृदय में आने चाहिए, 'इस परिवार का प्रत्येक व्यक्ति हमारे रक्त से बँधा हुआ बंधु है, हम एक ही माता के द्वारा पोषित हैं, इस कारण हमारा एक दूसरे के साथ अटूट नाता है।'

('राष्ट्रधर्म', फरवरी, 1970)

सार्वभौम संस्कृति के स्रष्टा !

दिया नियम को ज्योति-वरण का लक्ष्य, छंद वंदन का
मानव बनकर मानव-मग के अंधकार को धोते
पग-पग जग के लिए बीज सुख का, मंगल का बोते
तुम्हें मिला पीयूष-पात्र, तुमने पीयूष पिलाया
तुमने सुनी ब्रह्म की वाणी, वाणी को चमकाया
तुमने कहा कि काल-विजेता प्रभु का तंत्र न झूठा
प्रेम कर्म का मंत्र, कर्म जीवन का मंत्र अनूठा
एक फूल जो सदा खिला रहता है, धर्म वही है
चले सत्य के पीछे निष्ठा से जो कर्म वही है
तुमने कहा, "कर्म ही जीवन-बल, न भाग्य दुर्बल रे !
लेकर प्रभु का नाम कर्म का बीज बिखेरे चल रे !
ज्वारों से है भरा सिन्धु जलयान अभय खेता चल
शक्ति घटेगी नहीं नाम प्रियतम का तू लेता चल"
त्याग तुम्हारा अस्त्र, शस्त्र तप, प्रभु की कृपा सहारा
यही तुम्हारा कवच, हृदय जैसे गंगा की धारा
आख्या नहीं, न केवल व्याख्या, तुम प्रणयित अक्षर-से
सार्वभौम संस्कृति के स्रष्टा ! ताको विभा-शिखर-से
शब्दों में भर विद्युज्ज्वाला चिनगारियाँ उड़ाओ
युग की संज्ञा को झकझोरो युग-हवनी उकसाओ ।

(गुरुजी के प्रति कवि 'प्रभात' की श्रद्धांजलि)

(फरवरी, *1970*)

राम के जीवन का एक विस्मृत पक्ष

भारतवर्ष के लोगों के सम्मुख श्री रामचन्द्र का जीवन एक आदर्श पुरुष, मानव सामर्थ्य के लिए जो सर्वोत्तम उन्नति सम्भव हो सकती हैं, ऐसे मर्यादा पुरुषोत्तम के रूप में अंकित किया गया है। महान् कथाकार, वाल्मीकि जी ने श्री रामचन्द्र के अवतार पर विश्वास होते हुए भी बड़े प्रयत्नपूर्वक उनको अद्भुत, रहस्मय एवं दैवी शक्तियां-युक्त अवतार के रूप में चित्रित नहीं किया, अपितु मानवीय गुणों, मानवीय भावनाओं तथा मानवीय सामर्थ्य वाले एक मनुष्य के ही रूप में प्रस्तुत किया है। एक ऋषि एवं द्रष्टा के नाते वाल्मीकि ने उन लोगों की मनोरचना का ठीक-ठीक विश्लेषण किया, जिनके लिए वे महाकाव्य लिख रहे थे। उन्होंने समाज की इस दुर्बलता का अनुभव किया कि लोगों की यह धारणा है कि महान् अवतारों का जीवन केवल अन्ध-श्रद्धापूर्वक उच्चारण के लिए है, आचरण के लिए नहीं। यह दोष समाज को केवल परावृत एवं निरुद्योगी बना सकते हैं और इसलिए उसका अधःपतन होता है। इसका परिणाम यह होता है कि मनुष्य की अच्छे बनने की, परम पिता परमात्मा के समान पूर्ण बनने की, इस लोक में ज्वलन्त कार्यशीलता के द्वारा शुद्ध एवं समृद्धिशाली जीवन निर्माण और इसके साथ ही साथ अवतार के द्वारा अभिव्यक्त सत्य का साक्षात्कार करने की प्रवृत्ति का, मनुष्य के सच्चे धर्म का दमन हो जाता है, जिसको भूल से श्रद्धा एवं निष्क्रियता की संज्ञा मिल जाती है, ऐसी प्रवृत्तियाँ ही, अधःपतन, असंगठन और अन्ततोगत्वा समाज के नाश का कारण बनती हैं।

आज भी यह दुर्बलता प्रकट होती हुई देखी जा सकती है। श्री रामचन्द्र, श्री कृष्ण, भगवान बुद्ध आदि सभी के अवतार मानव को कुछ आदर्श पाठ सिखाने के लिए हुए थे। परन्तु अपनी दुर्बलतावश समाज ने केवल उनके नामोच्चार को ही अपनाया और उनके आदर्श जीवन की ओर से आँखें मूँद लीं। लोग तो यहाँ तक बढ़ गए कि शिवाजी, लोकमान्य तिलक और महात्मा गांधी आदि को भी अवतारों की कोटि में लाकर उनको निर्जीव पूजन का विषय बना लिया। समस्त संकटों का स्वेच्छापूर्वक सामना कर और अलंघ्य प्रतीत होने वाली पर्वत सदृश बाधाओं को पार कर जीवन के शाश्वत मूल्यों एवं आदर्शों की प्रतिष्ठा करने वाले उनके जीवनादर्शों को हमने आँखों से ओझल कर दिया।

विकास की सर्वोच्च शिखा

हमारे समाज की परम्परागत दुर्बलता का भान होने के कारण वाल्मीकि ने विकास की सर्वोच्च शिखा, मानवीय गुणों का अति उत्तम एवं अनुपम आदर्श, श्री रामचन्द्र को मानवीय विशेषताओं से युक्त एक मनुष्य के रूप में ही प्रस्तुत किया है । माता-पिता के प्रति उनकी भक्ति, भाइयों के प्रति स्नेह, पत्नी के प्रति प्रेम आदि बातें, उनके लिए सबके हृदय में गहन सहानुभूति एवं अनुपम पावित्र्य के भाव उत्पन्न करती हैं । तथापि प्रतिदिन के मानव जीवन के अन्यान्य पक्षों को इतने उत्कृष्ट रूप में रखा गया है कि जिनसे स्फूर्ति प्राप्त कर सर्वसाधारण मनुष्य अपने दैनिक जीवन को उस उज्ज्वल आदर्श के अनुसार ढाल सके तथा उन्नत कर सके । जिन कठिनाइयों से वे पार निकले, माता-पिता तथा बाद में अर्धांगिनी के वियोग का दुःख सहन किया और अन्त में पाप एवं अधर्म की शक्तियों पर उन्होंने जो विजय प्राप्त की उससे हमारे हृदय में आशा की लहर उत्पन्न होती है, विश्वास का अंकुर उगता है, हमें अदम्य साहस की स्फूर्ति प्राप्त होती है और समस्त आपत्तियों से लोहा लेकर उन पर विजय प्राप्त कर इस पृथ्वी पर अपने जीवन को ईश्वरीय कल्पना के अनुरूप बनाने की हमें प्रेरणा मिलती है ।

मार्गदर्शक के सम्पूर्ण गुण

परन्तु मनुष्य और विशेषतया मनुष्यों के नेता के जीवन का एक पक्ष और है—अपने समाज के प्रति कर्त्तव्य जिसका वह स्वयं भी घटक है । इस पक्ष की अभिव्यक्ति काल, स्थान और परिस्थितियों के अनुसार विभिन्न रूपों में होती है, तो नेता को उपदेशक, धार्मिक एवं सामाजिक सुधारक, राजनीतिक मार्गदर्शक अथवा इन सबके सम्मिलित रूप में उपस्थित करती है । वाल्मीकि द्वारा प्रस्तुत श्री रामचन्द्र के जीवन में इन समस्त रूपों की अभिव्यक्ति दिखाई देती है । यहाँ एक लेख के सीमित क्षेत्र में मनुष्यों में आदर्श इस महापुरुष के समस्त गुणों की विस्तृत व्याख्या करना अप्रासंगिक होगा । इतना ही कहना पर्याप्त है कि सभी परिस्थितियों में, सुख और दुःख में, हमारे समाज ने इस महान् व्यक्तित्व से स्फूर्ति प्राप्त की है और सफलता प्राप्त करने में उनका मार्गदर्शन पाया है ।

आज भी स्फूर्तिदायक

आधुनिक काल में मानव अधिकाधिक राजनीति-प्रधान हो गया है और होता जा रहा है। यहाँ यह विचार करने का प्रश्न नहीं है कि प्रगति ठीक दिशा में है अथवा नहीं । यह आज की स्थिति है और राजनीतिक आकांक्षाओं के इस काल में भी श्री रामचन्द्र ब्रिटिश शासन से मुक्ति प्राप्त करने के संघर्ष में हमारे समाज को स्फूर्ति प्रदान करते रहे हैं । एक मराठी पत्र 'सकाल' के प्रख्यात देशभक्त संपादक स्वर्गीय श्री शिवराम महादेव परांजपे ने लोगों को 'अत्याचारी संहारक' श्री रामचन्द्र के महान् कार्यों की स्मृति कराई, जैसा कि लेखक ने उनको सम्बोधित किया है और लोगों के अन्तःकरण में विदेशी शासन से दृढ़

लोहा लेने की ज्वाला प्रदीप्त करने का प्रयत्न किया । महात्मा गांधी ने 'रामराज्य' की स्मृति दिलाकर समाज को सुखी और आर्थिक अभावों से मुक्ति प्राप्त करने की स्फूर्ति प्रदान की ।

रामराज्य के संस्थापक, चतुर राजनीतिज्ञ श्री रामचन्द्र के राज्य में सर्वत्र शांति का साम्राज्य छाया था, लोग धर्माचरण एवं कर्त्तव्य-पथ पर अग्रसर होते थे और सुख-समृद्धि का जीवन व्यतीत करते थे । श्री रामचन्द्र जी के जीवन का यह पक्ष जिसमें स्थिति को समझने की उनकी योग्यता का दिग्दर्शन कराया गया है, राजनीतिक दूरदर्शिता, नीतिमत्ता, महान् त्याग करके भी जनसेवा, दृढ़ता, दुष्टों का दलन और निर्दोषों को उनके चंगुल से मुक्ति एवं रक्षा, धर्म के संरक्षण के उनके सफल प्रयत्न—जिससे समाज की एकात्मता बनी रहती है, विषमताओं का निराकरण, मतभेदों का समन्वय, पारस्परिक अपद् भावनाओं का का दमन और लोगों में व्यक्त अनेकानेक विभिन्नताओं में भी समाज की मूलभूत एकात्मता का साक्षात्कार वह पक्ष जिसमें वर्तमानकालीन, हमारी समस्याओं की भी व्याख्या मिलती हैं । सावधानीपूर्वक मनन करने का विषय है और फिर उसमें से प्राप्त शिक्षा को आत्मसात् करने तथा आचरण में लाने की आवश्यकता है, यदि वास्तव में हम अपने देश में रामराज्य की पुनःस्थापना के इच्छुक हों ।

शुद्ध व्यक्तिगत जीवन

मानव का नेतृत्व करने वाले लोगों में, सार रूप में, जिन गुणों की आवश्यकता है और रामराज्य की प्रतिष्ठापना की जो पूर्वपीठिका हैं, वह है पूर्णतया शुद्ध व्यक्तिगत जीवन, समाज के सुख-दुःख में समरस होने की क्षमता और परिणामतः स्वयं स्वीकृत आत्म-संयमी जीवन, अविजिगीषु सैनिक शौर्य द्वारा भी जनता के इन क्लेशों को उत्पन्न करने वाली आक्रामक शक्तियों का दमन करने का चातुर्य, सत्य के प्रति प्रेम, वचन-पालन का निश्चय, फिर उसके लिए चाहे जो त्याग करना पड़े और जन-हितसिद्धि के हेतु परिपूर्ण आत्म-समर्पण चाहे उसके लिए फिर कितने ही त्याग की आवश्यकता (उदाहरणार्थ सीता देवी का त्याग) हो और सबसे महत्त्वपूर्ण बात है समाज के धर्म एवं संस्कृति पर अटल निष्ठा । वे तथा अन्य अनेक गुण तो इस महान् जीवन में प्रकट ही हैं, उन्हें उन सब लोगों को अपने अन्दर निर्माण करने की आवश्यकता है जो हमारे समाज को आज दुःख-दारिद्र्य से समृद्धावस्था की ओर तथा अधःपतन से गौरव की ओर ले जाने के लिए प्रस्तुत हैं, अन्यथा रामराज्य केवल एक अर्थहीन शब्द के रूप में हमारी जिह्वा पर रह जाएगा—यह विचार एक अपूर्ण स्वप्न मात्र ।

निराशा में आशा की किरण

श्री रामचन्द्र के जीवन का यह पक्ष बहुधा विस्मृत हो जाता है जिसमें मानवता की महानता निहित है । आज जबकि समस्त देश पर नैराश्य एवं क्षोभ की घटाएँ घिरी हुई हैं और जब जनता अनुभव करती है कि वे सब लोग जिनके हाथ में नेतृत्व की बागडोर है,

वैसे नहीं हैं जैसे उनको होना चाहिए था । लोगों में योग्य मार्गदर्शन की प्राप्ति के लिए अव्यक्त अभिलाषा दिन-प्रतिदिन और अधिक उग्र होती जा रही है, ऐसे समय, काल एवं परिस्थिति-निरपेक्ष स्फूर्ति के लिए जो प्रयत्नशील हैं, उन्हें निराशा के घनांधकार में भी आशा का प्रकाश प्राप्त कराने में वे सक्षम हैं । इस अवस्था में भी रामचन्द्र जी के जीवन के रूप मे आशा की एक किरण हमारा मार्ग प्रशस्त करती हुई दिखाई देती है ।

श्रद्धांजलि

हमारे समाज की असंख्य पीढ़ियों के लिए महान् शक्ति के अक्षय स्रोत, अनन्त शताब्दियों से हारे अंधकारमय अन्तःकरणों को प्रकाश प्रदान करने वाले नन्दादीप, पुरुषार्थ के स्फूर्ति-केन्द्र, सूर्यवंश के वे महापुरुष श्री रामचन्द्र अपनी पुण्य स्मृति में समर्पित मेरी इस विनम्र शब्द-श्रद्धांजलि को उसी प्रेमपूर्ण भाव से स्वीकार करें, जिस प्रकार शबरी के जंगली फलों को उन्होंने ग्रहण किया था । प्रार्थना है कि योग्य मार्ग पर चलने की वे हमें सद्बुद्धि दें और प्रिय भारत-भूमि में रामराज्य की स्थापना करने में सफलता प्रदान करें ।

('राष्ट्रधर्म', अक्तूबर, 1973)

एक और पराभव

सभी दृष्टियों से अपना हिन्दू समाज बहुत बड़ा है । लोग बुद्धिमान और कर्तृत्ववान भी हैं। उनमें सम्पत्ति प्राप्त करने की क्षमता है, भिन्न-भिन्न आविष्कार करने की पात्रता है । वे परिश्रमशील भी हैं । कहने का तात्पर्य यह है कि सभी प्रकार से सम्मान प्राप्त करने के और श्रेष्ठ बनने के गुणों से युक्त असंख्य व्यक्ति अपने समाज में विद्यमान हैं । परन्तु फिर भी आज हम सबके अनुभव में यही बात आती है कि विश्व में रहने वाले विभिन्न मानव-समूहों के बीच हम लोग नगण्य बन गए हैं । ऐसा लगता है कि विभिन्न देशों में रहने वाली मानव-जाति के समक्ष यदि हमने अपना परिचय 'हिन्दू' के नाते प्रस्तुत किया तो सम्भवतः वे लोग हमें घृणा की दृष्टि से ही देखेंगे । ऐसी स्थिति उत्पन्न होने का कारण यही है कि विगत बारह शताब्दियों में हिन्दू समाज दास मनोवृत्ति से घिर गया । अपने धर्म, संस्कृति और समाज की जीवन-प्रणाली नष्ट करने पर तुले विदेशी लोगों को भगवान् की बराबरी का मानकर उन्हें यहाँ अपने ही बन्धुओं पर स्थापित करने की घोर दासवृत्ति का परिचय हमारे ही लोग देने लगे । ऐसे एक अति प्रकाण्ड विद्वान् श्री जगन्नाथ पंडित के नाम से प्रसिद्ध हैं । ऐसा बताया जाता है कि उन्होंने दिल्ली पर अधिकार जमाए बैठे बादशाह को 'दिल्लीश्वरो वा जगदीश्वरो वा···' कहा । इसी दास्यवृत्ति के कारण हमारे स्वाभिमान का ह्रास हो गया । स्वयं को हिन्दू कहना, हिन्दुत्व का अभिमान हृदय में धारण करना, विश्व में सम्मान्य स्थान प्राप्त करने के लिए सचेष्ट होना आदि सब बातें हृदय से निकल गईं। दासता की भावना पक्की होती गई ।

यह बात हमें कभी भूलना नहीं चाहिए कि हम चाहे जितने ऊँचे दिखाई पड़ने वाले कार्य सम्पादन करें किन्तु यदि इस दासवृत्ति से हमारा छुटकारा नहीं हुआ तो जगत् के सभी लोग हमें गुलाम ही समझेंगे और हमारे साथ उसी के अनुसार व्यवहार भी करते रहेंगे ।

आखिर इतना बड़ा समाज होते हुए भी हम पराजित क्यों हुए ? पराजय को विजय में न बदल कर केवल दासवृत्ति स्वीकार कर अत्यन्त निकृष्ट अवस्था में ही अपना जीवन यह समाज क्यों चलाता रहा ? हमें अपनी शक्ति का अनुभव ही नहीं होता था । व्यक्तिगत रीति से पराक्रमी और कर्तृत्ववान लोग तो थे; किन्तु ऐसे व्यक्तिशः पराक्रमी और कर्तृत्ववान लोगों में परस्पर सामंजस्य, सहकार्य, आत्मीयता का अभाव था । परस्पर सामंजस्य न होने

के कारण, बस इसलिए इस लम्बे कालखण्ड में जो कुछ शक्ति दिखाई भी दी वह सब शक्ति इधर-उधर बिखरी हुई होने के कारण नष्टप्राय हो गई थी ।

इस ऐतिहासिक तथ्य को हृदयंगम कर लेने के पश्चात् हम लोगों को विचार करना चाहिए कि इस प्रकार पराभूत, लोगों को समाज में ऐसे ही बने रहने देना क्या उचित है ? आत्मविश्वासशून्य वायुमण्डल को क्या समाज में बने रहने देना चाहिए ?

इस ऐतिहासिक निष्कर्ष के परिप्रेक्ष्य में एक महत्त्व की बात यह है कि ऐसा सोचा जा सकता है कि हजार-बारह सौ वर्षों के कालखण्ड में परकीय आक्रमणकारी यहाँ आए और उन्होंने यहाँ राज्य स्थापित किया, यह बात तो सच है, परन्तु अब आज तो ऐसी कोई परिस्थिति नहीं है । इसलिए समाज संगठन की आवश्यकता ही क्या है ? कोई परकीय हमारे ऊपर राज्य करता दिखाई नहीं देता । अब हमारे अपने हाथों में राज्य है । अपने ही समाज से चुने हुए लोगों के हाथों में सारी बागडोर है । इसलिए अब हमें ऐसे संगठन के कार्य को करते रहने का कारण ही क्या है ? किन्तु हम इस स्थिति का भली भाँति विचार करें तो हमें दिखाई देगा कि आधुनिक काल में यानी पिछले 20-25 वर्षों में हम लोगों का एक भीषण पराभव और हो गया । हम पराजित हुए । अपनी पराजय को छिपाने के लिए हम बातें तो बड़ी-बड़ी करते हैं कि हमने बड़ी उदारता दिखाई । ऐसा कहना वास्तव में अपनी लज्जा छिपाने वाली बात है । शत्रु की ठोकर खाकर गिरने वाला व्यक्ति जिस प्रकार यह कहे कि 'मैंने तो भगवान् को प्रणाम किया है,' वैसी ही हास्यास्पद स्थिति है । वह पराभव कौन सा ? यही कि अपनी पुनीत मातृभूमि खण्डित हो गई और हमारे साथ शत्रुता रखने वाले लोगों का राज्य मातृभूमि से पृथक् हुए हिस्से में पुनःस्थापित हो गया । मातृभूमि का यह विभाजन ही हमारा भीषण पराभव है । मैं इसे पराभव मानता हूँ और उस पराभव के कारण अन्तःकरण तपता रहता है । उन लोगों से जो इस पराजित स्थिति को ही सम्माननीय मान लें, मुझे कुछ नहीं कहना । ऐसा सोचने वाले लोग भी होते हैं । मुझे एक सज्जन का पता है, जिनकी पत्नी को उनका मित्र कहलाने वाले ले गए तो उन्होंने मित्र का बड़ा अभिनन्दन किया । उससे कहने लगे कि "भाई ! एक बड़ी जिम्मेदारी से तुमने मुझे मुक्त कर दिया है।" यह एक सत्य घटना अपने देश में विगत 25-30 वर्षों में घटित हुई । मैं काल्पनिक बात नहीं कह रहा । वे सज्जन अब नहीं रहे अन्यथा मैं उनका नाम भी बता देता । कहने का तात्पर्य यह है कि जो लोग अपमान और पराभव को ही अभिनन्दनीय मानते हों उनके सम्बन्ध में क्या कहा जाए ? परन्तु जिसके हृदय में स्वाभिमान का भाव होगा उसे यह पराभव अवश्य चुभेगा । जिसके हृदय में देशभक्ति होगी उसे मातृभूमि का खण्डित स्वरूप पीड़ा पहुँचाएगा । यह देश अपनी पुण्यभूमि, मातृभूमि है ऐसा भाव जिनके हृदय में होगा उन्हें यह बात चुभेगी । जो व्यक्ति अपने राष्ट्र को गौरवसम्पन्न देखने के लिए लालायित होगा वह इस स्थिति से बेचैन होगा । इसके विपरीत यदि पराजित और अपमानित जीवन में ही धन्यता मानने की बात दिखाई देती है तो फिर यही सच है कि 1200 वर्षों की गुलामी के संस्कार अभी गए नहीं । इतना ही नहीं, यूरोप से जो राज्यकर्ता यहाँ आए उनके भी

विचारों की दासता यहाँ पुनः स्थापित हो गई । इसी कारण यह हीन भाव छा गया और लोग विचार करने लगे कि इस पराभव में भी अपमान जैसी कोई बात नहीं है । पराजित और अपमानित जीवन में ही सुख मानने की इस स्थिति पर हम विचार करें तो कहना पड़ेगा कि जगत् में हमें मान्यता न प्राप्त होने का कारण हमारा पराभव ही है । हर मोर्चे पर हम पराभव प्राप्त कर रहे है । शक्तिहीन को जगत् मे सम्मान नही मिलता । ज्ञान और विद्वत्ता भले ही हमारे पास हों किन्तु केवल वही हमें सम्मान नहीं दिला सकते । देखा यही जाता है कि किसी के पास ज्ञान और विद्वत्ता हो तो भी शक्तिमान देश उसे पीछे हटाकर अपने देश के व्यक्ति को आगे धकेल देते हैं और नये आविष्कारों का समस्त श्रेय अपने आदमी को प्राप्त करा देने के लिए कटिबद्ध रहते हैं । इसलिए हमारी विद्वत्ता का स्वाभाविक परिणाम भी अपने देश के मनुष्य को प्राप्त नहीं होता । अस्तु हम यदि विश्व के विभिन्न लोगों के सोचने-विचारने के ढंग का अध्ययन करें तो हमें यही कहना पड़ेगा कि जगत् के लोग शक्ति के सामने नम्र होते हैं । जहाँ सामर्थ्य है, शक्ति है उसी का वे सब प्रकार से सम्मान करते हैं । विश्व की संपूर्ण गतिविधि में यही प्रत्यक्ष होता दिखाई देता है । इस शाश्वत सत्य की उपेक्षा ही संकट का कारण है ।

('राष्ट्रधर्म', दिसम्बर, 1973)

जगन्माता का स्मरण करें

मनुष्य जब जन्म ग्रहण करने की अवस्था में होता है तो उसके पार्थिव शरीर को जन्म देने वाली माता स्वतः अपने रक्त से ही उसका भरण-पोषण करती है। बाद में जब मनुष्य जन्म लेता है तो यह जन्मदात्री अपने दूध के द्वारा उसका पोषण करती है—और फिर जब तक जीवित रहती है अपने प्रेम से पुत्र का परिपोष करती है। लेकिन आधुनिक जीवन-प्रवाह में बहने वालों में अपनी जन्मदात्री माँ के प्रति अनादर बढ़ता जा रहा है। अपने जन्म को माता-पिता के वैषयिक सुख की आकस्मिक उत्पत्ति मानने की प्रवृत्ति निर्माण हो रही है।

जिस प्रकार हम जन्मदात्री को भूल गए वैसे ही संपूर्ण राष्ट्र को जन्म देने वाली मातृभूमि को भी भूल गए। इन दो माताओं के विस्मरण के बाद यह कैसे संभव है कि हम सर्वसृष्टि को जन्म देने वाली अखण्ड मण्डलाकार जगन्माता का स्मरण कर सकें। आज धर्म रुचिकर नहीं। धर्म का नाम लिया कि जगन्माता का स्मरण होता ही है। और उसके साथ उसकी पूजा आती ही है। शिव के साथ शक्ति की पूजा स्वाभाविक ही जुड़ी है। वह 'शिव-शक्ति रूप' है। हम सबको भी जगन्माता के इसी तेजोमय स्वरूप का विचार करना चाहिए—माँ, भारतमाता और जगन्माता—यही हमारे जीवन के विकास का पवित्र सूत्र है।

('राष्ट्रधर्म', फरवरी, 1974)

दीक्षा-मन्त्र

कार्य करते-करते कभी भ्रम हो जाता है कि चारों ओर के कोलाहल में मेरी क्षीण वाणी कौन सुनेगा ? यह धारणा व्यर्थ है। सब सुनेंगे और अवश्य सुनेंगे। यदि मेरे शब्दों के पीछे त्याग, तपस्या और चारित्र्य है तो मैं कहता हूँ इसलिए लोग सिर झुकाकर सुनेंगे, यह आत्मविश्वास कार्यकर्ता में होना ही चाहिए। जब सब ओर विरोध का वातावरण था, अपने कहलाने वाले जब पागल कहते थे, तब उस एक पुरुष की वाणी सबने सुनी और उनको सुननी ही पड़ी। आज तो हम लाखों की संख्या में एक ही वाणी में बोले रहे हैं। लोग कैसे नहीं सुनेंगे ? अकेले डॉक्टर जी की बात के पीछे उनका अटल विश्वास, ध्येय-निष्ठा, तपस्या, पराक्रम, परिश्रम और श्रेष्ठ चारित्र्य था। उसी महापुरुष का तेज हममें भी है। हम भी तो उसी के अनुयायी हैं, जिसने अपने जीवन को होम कर संघ को तेज प्रदान किया। लोगों को हमारे साथ आना ही होगा, यह दृढ़ विश्वास लेकर हम चलें। एक-एक कदम सोच-सोचकर रखें। फिसलने का अवसर ही न आए, स्थिरता और दृढ़ता कार्य में रह सके, इसका सदा ध्यान रखकर कार्य बढ़ाना ही है। कार्यकर्ताओं की प्रचुर संख्या अपने साथ है, सफलता मिलेगी ही। हमें तो केवल तपस्वी जीवन व्यतीत करने और सर्वस्व होम करने की तैयारी करनी है। हमारा होम, हमारी उपासना हमारे कर्त्तव्य में है।

कोई यह धारणा मन में न रखे कि मैं कोई बड़ा कार्यकर्ता हो गया हूँ। ऐसी बड़प्पन की भावना व्यर्थ है। मेरे बिना कार्य नहीं चलेगा, यह भावना कभी मेरे मन में नहीं आती। संघ के संस्थापक की महान् अखण्ड ज्योति के तिरोधान होने पर भी यह कार्य बढ़ता ही जाता है। कोई इसकी प्रगति को रोक नहीं सकता। संघ की गति अप्रतिहत है, फिर भला हमें गर्व करने को स्थान कहाँ है ? इसलिए सदा यही विचार हो कि कार्य करते-करते मर जाएँगे तो भी कोई हानि नहीं। हमारे बिना, हमारे पीछे संघ-कार्य उसी प्रकार बढ़ता रहेगा, परन्तु हठात् जीवन को मिटाना भी नहीं।

कटने-मरने के लिए कार्य नहीं करना है, परन्तु कार्य करते हुए स्वाभाविक मृत्यु यदि आ जाए तो डरना भी नहीं है। मनुष्य का स्वभाव है कि वह मरता है। जो होने वाला ही है, उसकी चिन्ता भी क्या ? अतएव कार्य में ही उन्मत्त हो जीवन-सर्वस्व संघ को अर्पण करें। लोग कितना ही विरोध करें, हम पर उसका कोई प्रभाव न हो। किसी प्रकार से भी

मार्ग से विचलित न हों। जिसको ध्येय से साक्षात्कार नहीं हुआ उसी को लोभ, मोह, भय आतंकित किया करते हैं। 'सानन्द ब्राह्मणो विद्वान् न विभेति कुतश्चन।' वह किसी से डरता नहीं, निर्भय होकर चलता हैं। जिसने हृदय का कोना-कोना कार्य से, ध्येय से भर दिया उसको कोई रोक नहीं सकता। हमारे सम्पूर्ण जीवन में संघ व्याप्त हो जाए, इसी अदम्य भावना को लेना है।

('राष्ट्रधर्म', फरवरी, 1974)

एक मार्मिक पत्र

परम मित्र मान्यवर श्रीमान···जी,

मान्यवर श्री···जी ने भेजा हुआ जुलाई मास का वृत्त ता. 24.8.41 को मिला। उसके पहिले ता. 18 को श्री गुरु पूजा महोत्सव की निमंत्रण पत्रिका मिल चुकी थी। बाद में आपका ता. 19 को लिखा हुआ कृपा पत्र ता. 21 को पाया था। सब पत्रों को पढ़कर अतीव प्रसन्नता हुई और स्वयं आकर वहाँ का वर्द्धमान कार्य देखने का तथा आप लोगों के दर्शन करने का भाग्य शीघ्र ही आवेगा इस आशा से मन बहुत उल्लसित हुआ। परन्तु मेरा कुछ दुर्भाग्य कि मैं नियोजित कार्यक्रम करने में असमर्थ हूँ। नासिक से लौटने के पश्चात् यद्यपि सब प्रकार शरीर स्वस्थ अच्छा रहा—गले में कुछ विकार रह ही गया था। अन्दर से सूजन तथा ग्रेनूलेशन्स हो जाने के कारण बोलने में अत्यन्त कष्ट हुआ करता था। इसलिए वहाँ थ्रॉट स्पेशलिस्ट से उपचार प्रारम्भ कर ग्रेन्स को कौटराइज करवाना शुरू किया। अभी एक-दो सिटिंग्स होने हैं। उपचार के कारण बोलना वैद्यकीय आज्ञा से बन्द कर देना पड़ा। बीच में एक दिन अवश होकर कुछ थोड़ी ही देर बोलने से ऐसे बुरी प्रकार खाँसी उत्पन्न हो गई है कि उससे ठीक प्रकार निद्रालाभ भी नहीं होता। खाँसी शुरू हुए दस दिन हो गए परन्तु अब तक कष्ट जारी है। डॉक्टर महोदय से कहने पर उन्होंने मुझे ही दोष दे बोलना बिल्कुल बन्द करने का आदेश दिया। युक्त प्रान्त में जाने के नियोजित दिन तक मैंने जाने का निश्चय रखा परन्तु अन्त में अवश हो टेलिग्राम से दौरा स्थगित करने तथा मुझे क्षमा प्रदान करने के लिए प्रार्थना की। अब भी यदि सब ठीक हो और थोड़ा सा भी क्यों न हो, बोल सकूँ तो एक-दो दिन के लिए तो भी चले आने का विचार मन में आता रहता है। इस प्रकार आपको एक दृष्टि से धोखा ही देने का पातक मैंने किया है, किस प्रकार मैं आपसे क्षमा माँगूँ ? यह शरीर ऐसा दुष्ट है। कई बार इसके प्रति ऐसा क्रोध आता है। इसके रहने से यह नष्ट हो जाए तो भला, ऐसे विचार मन में आते हैं। जो ईश्वर करे वैसे ही होता है ऐसा कहकर प्राप्त परिस्थिति में मैं अपना समाधान कर लेने की चेष्टा करता हूँ।

बाकी सब कुशल है। सब स्वयंसेवक बन्धुओं से मेरा सादर प्रणाम कहकर मुझे क्षमा करने की उनसे प्रार्थना करने की कृपा करें।

भवदीय

(हस्ता.) मा. स. गोलवलकर

उपासना के पंथ

परमात्मा की उपासना के अनेक पंथ जो हैं, वे अत्यन्त प्राचीन काल से हिंदू संस्कृति की मान्यता के अनुसार जीवन के श्रेष्ठतम लक्ष्य की ओर बढ़ने के साधन हैं और व्यक्तियों की अपनी-अपनी क्षमता और बुद्धि के अनुसार भिन्न भी हो सकते हैं। इसीलिए हमारे पूर्वज और उनकी प्रेरणा से मार्ग खोजने वाले जितने महापुरुष अभी तक अपने देश में हुए हैं वे सभी मनुष्य-जीवन के इस तथ्य को स्वीकार करते आए हैं कि सभी मनुष्य एक दूसरे के समान अथवा पूर्ण नहीं हैं। मनुष्यों में रुचियों की भिन्नता है। गुण भी अलग-अलग हैं। इसलिए प्रत्येक मनुष्य को भगवान् की प्राप्ति के लिए जो मार्ग ग्रहण करना है वह रुचि-प्रकृति, गुण-अवगुण के अनुसार प्रत्येक के लिए भिन्न-भिन्न होना आवश्यक है। इसी दृष्टिकोण के कारण अपने यहाँ अनेक पंथ निर्माण हुए। बिल्कुल निर्गुण निराकार की उपासना करने से लेकर अत्यन्त स्थूल उपासना करने वालों तक अनेक रास्ते खोजे गए हैं।

इसके अतिरिक्त सामाजिक सुस्थिति के लिए भी पंथ बने। कुरीतियाँ हटाने के लिए समय-समय पर नए पंथों का आविर्भाव होना आवश्यक हुआ। भूतकाल में जब आडम्बर बढ़ गया, यज्ञ के नाम पर हिंसा होने लगी, मांस-भक्षण प्रमुख बात हो गई, निरीह पशुओं का बध और उसके द्वारा चिन्तन में एक विशेष प्रकार की न्यूनता आ गई तब ऐसी सब बातों का निषेध करने के लिए भगवान् बुद्ध ने एक मार्ग बनाया। इसी हेतु से, इससे भी प्रखर एक अन्य अहिंसा का मार्ग भगवान् महावीर ने प्रचलित किया। कालान्तर में इन रास्तों में भी व्यर्थ का अतिरेक निर्माण हुआ। समाज और धर्म का पालन करने की क्षमता कम हो गई। परकीय आक्रमणकारियों के सामने नतमस्तक होने की स्थिति निर्माण हुई। तब हृदय का स्वाभिमान जगाने के लिए पौरुष और पराक्रम गुणों के उद्दीपन के लिए गुरु नानक देव के आविर्भाव से एक नया पंथ प्रारम्भ हुआ। इस पंथ ने एक क्षात्र-धर्म से सम्पूर्ण समाज को अभिषिक्त कर आक्रमणों का सामना करने के लिए समाज को तैयार किया। इसी प्रकार अनेकविध उपासना पद्धतियों के आडम्बर में फँसे हुए और इसी कारण अपने कर्त्तव्यों से विमुख हुए समाज में सच्चे ज्ञान की ज्योति जगाने के लिए ऋषि दयानन्द का अवतरण हुआ। उन्होंने धर्म के मूल स्रोत को पुनः उद्घाटित किया। वेद शिक्षा से समाज दूर हट गया था। ऋषि दयानन्द ने सम्पूर्ण ज्ञान के आदिस्रोत वेद में समाज की आस्था दृढ़

कीं। इसी प्रकार समय-समय पर समाज की जैसी आवश्यकता होती गई उसके अनुरूप ही पंथ बनते रहे। इन सब पंथों के निर्माण में समाज की भलाई और समाज-रक्षा यही मुख्य दृष्टि रही है। हमारे पूर्वजों ने इस तथ्य का समय-समय पर स्मरण-उच्चारण किया है। शिव, ब्रह्म, बुद्ध, अर्हत, तीर्थंकर आदि विभिन्न नामों से जिन्हें पुकारा जाता है, वह भगवान एक ही है। समाज-व्यवस्था के लिए भिन्न-भिन्न जातियाँ बनीं और आज इनकी संख्या इतनी अधिक हो गई है कि इनकी गणना करना भी कठिन है। ये सब जातियाँ एक ही समाज की व्यवस्था के लिए हैं। इनमें आपस में मतभेद, संघर्ष आदि होने का कोई प्रश्न ही उपस्थित नहीं होता।

('राष्ट्रधर्म', फरवरी, 1974)

अन्धानुकरण

मनुष्य में एक प्रकार की स्थिति देखने को मिलती है । आजकल स्वत्व का अभिमान न रहने के कारण, अपने जीवन की प्रणाली का बोध न रहने के कारण मनुष्य अपने जीवन-लक्ष्य को भूल गया है और सर्वसामान्य में भोग-प्रधानता आ गई है । भोग-प्रधानता में भी स्वत्व का ज्ञान न रहने के कारण वह परानुकरण करने में धन्यता मानने का अवगुण प्रगट कर रहा है । हम लोग अपने यहाँ के सामान्य मनुष्य को, विशेषकर तरुण मनुष्य को, देखें तो अपने को दिखाई देगा कि वह सभी बातों में परकीयों का अनुकरण करता है । वेश में, केश में स्वत्व का कोई बोध नहीं रहा । वह अनुकरण भी किस प्रकार के लोगों का ? तो अपने दुर्भाग्य से ऐसा दिखता है कि अपना यह व्यक्ति चारों ओर जो बहुत बड़ा प्रचार होता है, जिसको सिनेमा बोलते हैं, उसमें के लोगों का अनुकरण करता है । वे जैसे रंग-बिरंगे, विदूषक के समान वेश पहिनते हैं, वैसा यह भी करता है । वे जैसे अपने केश टेढ़े-मेढ़े करते हैं, वैसे यह भी करता है और वे भी सिनेमा के लोग कोई स्वयं अपनी प्रतिभा से कुछ करते नहीं । वे भी विदेशों के सिनेमा के लोगों का अनुकरण करते हैं । विदेशों में जो सिनेमा चलाने वाले लोग हैं, वे चारित्र्य-प्राप्त नीतिमत्ता की निम्नतम कोटि में पहुँचे हुए लोग हैं । यानी हम उन परकीय लोगों का, जो हीनतम हिस्सा है, उस हीनतम हिस्से का अनुकरण करते हैं और अपने को बड़ा प्रगतिशील मानते है । अपने यहाँ स्वत्व-शून्यता का यह बड़ा आघात है । कभी-कभी लोग कहते हैं कि इन बाहर के वेश-केश की ओर तुम क्यों देखते हो ? उसका इतना विचार क्यों करते हो ? परन्तु विचार करना आवश्यक रहता है । यह बात तो सब लोग जानते हैं कि मनुष्य को काम करने के हेतु उस काम के लिए जो अनुरूप है, वैसा ही वायुमण्डल बनाना पड़ता है । यदि किसी को भगवान् की पूजा करनी हो, या ईश्वर की भक्ति करनी हो, तो यदि वह शैव है तो रुद्राक्ष की माला पहनता है, भस्म लगाता है और एक विशिष्ट प्रकार से अपने को बनाकर भक्ति के लिए तैयार करता है । वैष्णव है तो मुद्राएँ लगाता है । विशिष्ट प्रकार से अपने माथे के ऊपर चन्दन लगाता है । तुलसी की माला पहनता है । ऐसा एक वायुमण्डल बनाता है और उस वायुमण्डल के कारण अपने अन्तःकरण का जो लक्ष्य है—भक्ति करना, उसमें सफलता पाने के लिए अनुकूलता निर्माण करता है ।

अपने एक वृद्ध स्वयंसेवक है। एक क्षेत्र के संघचालक हैं। वे जिस नगर में रहते है, उस नगर मे एक बार अपना संघ शिक्षा वर्ग हुआ था। वे प्रातःकाल, सायंकाल दोनों समय उपस्थित रहते थे। प्रातःकाल में अपना हाफ पैंट पहनकर, सायंकाल में पूरा गणवेश पहनकर उपस्थित रहते थे। उनकी आयु कितनी होगी, इसकी कल्पना करो कि जब मैं प्राइमरी पास करके अंग्रेजी स्कूल में गया, उस समय वे एक यशस्वी वकील थे। वे कितने बड़े हैं इससे आप कल्पना कर सकते हैं। ऐसे वे वृद्ध परन्तु सुबह-शाम, दोनों समय संघ स्थान पर रहते थे। मेरे सब वर्गों में जाने के प्रवास-क्रम में मैं जब उस वर्ग में गया, तो मैंने उनसे कहा कि आपको सर्वाधिकारी का काम दिया है, उसमें आपको कुछ कष्ट तो नहीं होता ? उन्होंने कहा कि बिल्कुल कष्ट नहीं है। मैंने कहा कि आपकी आयु अधिक है, शरीर में कहीं कष्ट भी है ? उन्होंने कहा हाँ, आयु अधिक है और शरीर में कष्ट है, सब ठीक है, परन्तु जब मैं हाफ पैंट पहन लेता हूँ, तो मुझे लगता है कि मैं तरुण हूँ और खूब आनन्द से काम करता हूँ। वे बड़े विनोदी प्रकृति के हैं। बोले कि महाभारत के महाकाव्य में जो युद्ध वर्णित है, उस युद्ध के प्रारम्भ के दिन अर्जुन ने कहा कि मैं नहीं लड़ता। उस समय यदि भगवान् श्रीकृष्ण को यह हाफ पैंट क्या है मालूम होता तो अट्ठारह अध्याय की गीता बताने की आवश्यकता नहीं रहती। उसको यदि हाफ पैंट पहना देते तो कहता कि अब लड़ता हूँ। यानी जब यह वेश पहन लिया, तो उस वेश के कारण जीवन में एक पौरुष आ जाता है। एक उत्साह आ जाता है, तारुण्य का अनुभव होने लगता है।

तो जैसा वेश करेंगे, मन के अन्दर उसी प्रकार की भावना भी जागृत होगी। यदि हम इस सब प्रकार के समाज के हीन प्रकृति के लोगों का अनुकरण करके उनके समान वेश-केश करेंगे तो अपना जीवन हीन बनेगा। चरित्रशून्य बनेगा और जिस प्रकार के अत्यन्त कठिन काल में से हम अपने राष्ट्र का पुनरुत्थान करने के लिए चले हैं, उस कठिन काल में लगने वाली जो सामर्थ्य है, जो धैर्य है, जो कर्मशीलता है, वे गुण अपने अन्दर कभी उत्पन्न न हो सकेंगे। इसलिए जब अपने मनुष्य का ऐसा चलता हुआ रूप देखता हूँ तो मुझे चिन्ता होती है कि इस प्रकार के वेश में रस लेने वाला यह तरुण राष्ट्र का भला कैसे कर सकेगा ? ऐसा कभी-कभी चिन्ता का विचार मन में आता रहता है। साधारण स्थिति ऐसी है।

('राष्ट्रधर्म', फरवरी, 1974)

राष्ट्रभक्ति का नन्दा दीप

परम पूज्य गुरुजी हमारे बीच में नहीं हैं। उनके जीवन में उन्हें पुष्पहार पहनाने का सौभाग्य मुझे नहीं मिला। कभी जीवन भर उन्होंने मुझे चरण स्पर्श भी नहीं करने दिया। जब कभी उनके पैर छूने को मैं आगे बढ़ता, वे अपने पैर पीछे हटा लिया करते थे। जीवन के अंतिम दिन भी, जब प्रातःकाल 9 बजे उनके दर्शन करने का मुझे सौभाग्य मिला था, मैं चरण स्पर्श के लिए झुका था तो उन्होंने धीरे से अपने पाँव पीछे खींच लिए थे। लेकिन दूसरे दिन उनके देहावसान के बाद जब मैं नागपुर पहुँचा तो उनका पार्थिव शरीर डॉ. हेडगेवार भवन में अनंत निद्रा में निमग्न पड़ा था। उस दिन जब मैंने पाँव छुए तो तब पाँव को पीछे खींचने वाला प्राणों का पंछी उड़ चुका था।

मृत्यु के पूर्व वे लिख गए हैं कि, "मेरे स्मारक खड़े नहीं करने चाहिए।" उन्होंने अपना श्राद्ध भी स्वयं ही कर डाला था। हमारे करने के लिए वे कुछ भी तो नहीं छोड़ गए।

लेकिन यह कहना भी ठीक नहीं होगा कि उन्होंने कुछ नहीं छोड़ा। उन्होंने हमारे लिए राष्ट्रभक्ति की एक महान् धरोहर छोड़ी है। समाज को संघटित, अनुशासित, शक्तिशाली बनाने का एक अधूरा कार्य छोड़ा है। भारत को परम वैभव के शिखर तक पहुँचाने का एक महान् संकल्प छोड़ा है। वे जीवन भर नंदा दीप की तरह जलते रहे। स्वयं जलकर प्रकाश फैलाते रहे। अंधकार की शक्तियों से लड़ते रहे। स्वयं जलकर इस संघर्ष में उन्होंने कभी विश्राम नहीं माँगा। कर्त्तव्य के पथ पर कभी रुके नहीं। कभी झुके नहीं। चरैवेति-चरैवेति, उपनिषद् का यह मंत्र मानो उनके जीवन में साकार हो गया था। शरीर का कण-कण, जीवन का क्षण-क्षण, अहोरात्र राष्ट्र की चिंता। लेकिन चिंता ऐसी जो निराशा नहीं जगाती थी। समाज में बहुत से चिंता करने वाले लोग हैं, जो कहते हैं, "आपका भारत रसातल में जाने वाला है। इससे बचने का कोई उपाय नहीं।" वे स्वयं इतने निराश हैं कि जो उनके संपर्क में आता है उसमें निराशा पैदा करते हैं। पूज्य गुरुजी राष्ट्र की स्थिति से चिंतित नहीं थे, ऐसा नहीं। वे एक लगन पैदा करना चाहते थे। यदि आज देश की स्थिति अच्छी नहीं तो हम इसे अच्छी बनाएँगे। उनकी चिंता में आगे बढ़ने का संकल्प था।

मेरी आँखों के आगे बार-बार आखिरी दिन का वह चित्र उभर आता है। 5 जून की

प्रातःकाल मैं उनसे मिला था। हम लोग आदिलाबाद से रात भर कार में यात्रा करके हेडगेवार भवन पहुँचे थे। इच्छा थी, परम पूजनीय गुरुजी के दर्शन कर लें। वे संध्या-वंदन से निवृत्त हो कर बैठे थे। उनके संध्या का क्रम कभी नहीं रुका। संघ की प्रार्थना प्रतिदिन करने का नियम कभी नहीं टूटा। और संध्या के बाद हम लोग पहुँचे तो वही भुवन-मोहिनी मुस्कान हमें मिली। व्यक्ति कितना भी दुखी हो, थका हो, चिंतित हो, एक बार परम पूज्य गुरुजी के सान्निध्य में पहुँच गया और उनकी दृष्टि पड़ी, तो लगा, सारी थकन मिट गयी।

घंटी बज रही है

उस दिन भी तबीयत बहुत खराब थी। उन्हें देखने वाला हर व्यक्ति नहीं समझ सकता था। मगर कुछ लोग समझ सकते थे। डॉ. आबाजी थत्ते मौजूद थे। लेकिन उन्होंने सबसे परिचय प्राप्त किया। "आदिलाबाद से आए, ये कौन हैं ? अच्छा, मुलाकात हुई थी। मैं तुम्हारे घर ठहरा था। इस बाल स्वयंसेवक का नाम क्या है ? हम लोग जनसंघ के कार्यकर्ता थे। पूछा, "कैसा कार्यक्रम हुआ ? आदि।" मृत्यु दरवाजे पर खड़ी थी। आत्मा शरीर छोड़ रही थी। संसार के बंधन टूट रहे थे। पूज्य गुरुजी जानते थे, बुलावा आ गया है। प्रातःकाल ही उन्होंने कहा था, "घंटी बज रही है—"

यह घंटी किसके लिए बजती है (फार हूम द बैल टॉल्स)। लेकिन स्वयंसेवक आ गए तो मरण को भी मानो एक तरफ रख दिया।

ध्येय के साथ तादात्म्य

जीवन की अपेक्षा वे मरण में और भी महान् हो गए। कभी-कभी जीवन भर जो अच्छी तरह रहते हैं, मृत्यु की विभीषिका से कंपित हो जाते हैं। लेकिन पूज्य गुरुजी का ऐसा व्यक्तित्व नहीं था। मृत्यु तो उनके लिए खेल थी। जीवन उनके लिए समर्पण था, समाज उनके लिए परमात्मा का रूप था, राष्ट्र-कार्य उनके लिए साँस लेने जैसा आवश्यक था। कभी-कभी वे कहा करते थे कि क्या बिना साँस के कोई जीवित रह सकता है ? क्या हम राष्ट्र-कार्य नहीं करेंगे ? हम उसे बलशाली नहीं बनाएँगे ? सारे भेदों को संगठन के सूत्र में आबद्ध नहीं करेंगे ? अपने कार्य पर इतनी निष्ठा कि वे कहा करते थे कि जो साधन है वही साध्य है। जो भक्ति है वही भगवान् की प्राप्ति का लक्ष्य है, जो मार्ग है वही मंदिर बन जाता है।

देश में नेता तो बहुत हैं, भविष्य में भी होंगे, लेकिन नेता का अर्थ है, जो ले जाता है। अपने साथ ले जाता है, ले जाता है, मगर कहाँ ?

प्रगति क्या है ?

मुझे याद है, पूज्य गुरुजी इलाहाबाद विश्वविद्यालय में बुलाए गए थे और हमारे कुछ विघ्नसंतोषी मित्रों का, जिनका नाम लेने की आवश्यकता नहीं है, इरादा था कि गुरुजी को

भाषण करने नहीं देंगे । मगर हजारों विद्यार्थी तय करके आए थे कि गुरुजी का भाषण सुनकर जाएँगे । आखिर भाषण हुआ । विरोध करने वाले 10-20 थे, उन्हें ससम्मान अर्धचंद्र देकर हॉल के बाहर कर दिया गया ।

उस समय पूज्य गुरुजी ने कहा था कि प्रगति क्या है ? हर एक गति प्रगति नहीं है । कोई पहाड़ की चोटी से गिरे और कहे देखो मैं कैसी प्रगति कर रहा हूँ ! प्रगति तो वह कर रहा है, मगर गड्ढे में जा रहा है । अगर कोई नेता देश को गड्ढे में ले जाता है तो वह नेता नहीं है । शिखर पर जाने के लिए शार्टकट नहीं हुआ करता । एक-एक कदम मजबूती से रखना पड़ता है । परिश्रम करना पड़ता है, साधना करनी पड़ती है, तब शिखर पर पहुँचा जाता है । हाँ, शिखर से नीचे आने के लिए शार्टकट हो सकता है । ऊपर जाकर नीचे गिरना सरल है ।

उनके जीवन से प्रेरणा लेकर लाखों लोग घरबार छोड़कर निकले । कभी-कभी उनमें से कोई निराश होकर आता था और शंका करता था कि अगर हमारे जीवन में कार्य पूरा नहीं हो तो ? पूज्य गुरुजी कहते थे तो फिर पुनर्जन्म लेकर इसी धरती पर आएँगे और जो कार्य अधूरा रह गया उसको पूरा करेंगे । यही है भारत को परम वैभव पर पहुँचाने के लक्ष्य का अर्थ, प्रगति की दिशा ।

राष्ट्र के साथ एकाकार

मुझे याद है राष्ट्रीय स्वयंसेवक संघ पर से प्रतिबंध हटने के बाद पूज्य गुरुजी काशी आए थे । काशी की नगरपालिका ने उनका नागरिक अभिनंदन करने का निश्चय किया, जो नगराध्यक्ष थे, वे एक मुस्लिम सज्जन थे, नगरपालिका में मुस्लिम प्रतिनिधि भी चुनकर आए थे और नगराध्यक्ष महोदय ने अपने स्वागत भाषण में कहा, "हम पूज्य गुरुजी का सम्मान कर रहे हैं, लेकिन हमारे मन में रा.स्व. संघ के संबंध में अनेक संदेह हैं । कुछ भय भी हैं । वैसे भय उन्हें देखते ही खत्म हो गया । हम समझते थे कि भयंकर, विकराल रूप लेकर कोई व्यक्ति आएगा । मगर वे तो हँसते, मुस्कराते हुए आए हैं । हम यह पूछना चाहते हैं कि, "पूज्य गुरुजी के भारत में मुसलमानों का क्या स्थान होगा ? पूज्य गुरुजी ने कहा, "मुसलमानों का स्थान क्या हो, यह तय करने वाला मैं कौन हूँ ? मुसलमान तय करें कि वे क्या स्थान चाहते हैं । किसी की उपासना पद्धति से हमारा मतभेद नहीं, कोई अगर समझता है कि भगवान् को अल्ला के नाम से पुकार कर वह परम तत्त्व की प्राप्ति कर सकता है तो वह 'अल्ला' कहे । लेकिन उपासना की पद्धति छोड़कर बाकी सारी बातों के लिए उसको राष्ट्र के साथ अपने को एकाकार करना चाहिए ।"

फिर उन्होंने एक बात और कही, उन्होंने कहा, "आपको शायद मेरी बात पसंद न आएगी । यहाँ अंग्रेज राज करते थे । हमने उनको उखाड़ फेंका । भारत में इस्लाम भी आया । कुछ प्रचार के मार्ग से आया और कुछ तलवार के जोर पर आया । कुछ लोगों ने इस्लाम इसलिए स्वीकार किया कि उन्हें वह उपासना पद्धति पसंद थी, मगर कुछ लोगों ने

स्वीकार किया इसलिए कि स्वीकार करने के अलावा कोई रास्ता नहीं था। हमने राजनीतिक गुलामी उखाड़ कर फेंक दी है, अब अगर कोई धार्मिक गुलामी भी छोड़ना चाहता है तो हम उसका स्वागत करेंगे।''

और बाद में नगराध्यक्ष महोदय ने जब धन्यवाद दिया तो कहा, ''पूज्य गुरुजी ने जो विचार व्यक्त किए उससे हमारा कोई मतभेद नहीं है। फिर भी न जाने क्यों श्री गुरुजी को कुछ लोग मुस्लिम-विरोधी कहते हैं। हम जानते है कि उनके मन में किसी वर्ग के प्रति विद्वेष नही है।''

राष्ट्र-जीवन की मुख्य धारा

एक बार राष्ट्रीय एकता परिषद् में उनके विचारों की बड़ी चर्चा हुई। प्रधानमंत्री उसकी अध्यक्षा थीं। मैं मेम्बर था। श्री फखरुद्दीन अली अहमद, अलीगढ़ यूनिवर्सिटी के चांसलर अली साहब भी थे। पूज्य गुरुजी की विचार दर्शन की पुस्तक वहाँ मँगाई गई। उसके पृष्ठ पलटे गए, एक अंश निकाला गया। और प्रधानमंत्री ने कहा, ''वाजपेयी जी, इस अंश का अर्थ आप समझाइए।'' मैंने कहा, ''अगर इसका सच्चा अर्थ समझना है तो पूजनीय गुरुजी को निमंत्रण देकर यहाँ बुलाइए।'' कहने लगी, ''इसका मतलब है कि जो अंश है इसमें मतभेद है।'' मैंने कहा, ''नहीं, मेरा कोई मतभेद नहीं है। लेकिन मैं पूरी व्याख्या नहीं कर सकता। थोड़ी-सी कमी रह जाएगी। इतने बड़े-बड़े नेता यहाँ बैठे हुए है, कमी रहना ठीक नहीं है। उनको बुला लिया जाए।'' प्रधानमंत्री कहने लगीं, ''उनको बुलाना तो जरा मुश्किल है। इसका अर्थ आप समझाइए, इसका अर्थ यही है न कि हिन्दुस्थान में मुसलमानों को जगह नही होगी। लिखा हुआ है कि मुसलमानों को राष्ट्र-जीवन की मुख्य धारा के साथ अपने को विलीन करना चाहिए।'' मैंने कहा, ''यह ठीक लिखा है।'' उन्होंने कहा कि, ''राष्ट्र-जीवन की मुख्य धारा कौन-सी है ?'' मैंने कहा, ''अगर यही मतभेद है, तो कोई भेंट उपयोगी नहीं होगी।''

इस राष्ट्र का जन्म 1947 में नहीं हुआ, यह पुरातन राष्ट्र है, प्राचीन राष्ट्र है। जब मुसलमान यहाँ नहीं आए थे, तब भी यह राष्ट था। जब इसाई यहाँ नहीं आए तब भी भारत एक राष्ट्र था। अथर्ववेद मे जब हमने घोषणा की कि पृथ्वी हमारी माता है और हम उसके पुत्र हैं उसी समय मानो हमने अपनी राष्ट्रीयता का उद्घोष किया था। और वही राष्ट्र की मुख्य जीवन-धारा है। उस धारा में अनेक छोटी-छोटी नदियाँ मिली हैं। गंगा में यमुना मिली है। पटना मे घाघरा मिली है। मगर पटना के बाद भी गगा गंगा है। तो हमारे राष्ट्र-जीवन की मुख्य धारा मे अनेक धाराएँ मिलें। हमारी संस्कृति अनेक प्रभावों को ग्रहण करेगी, लेकिन अपना बनाकर उन्हें आत्मसात् करेगी।

आदर्श वर्ण-व्यवस्था

हमारे कुछ मित्र कहते है—गुरुजी वर्ण-व्यवस्था के बड़े समर्थक थे। श्री गुरुजी स्वर्ण

और शूद्र का भेद बनाए रखना चाहते थे। हमने तो ऐसा नहीं देखा। रा.स्व. संघ के कार्य में भेद के लिए स्थान नहीं। हमारे पड़ोस में बैठकर कौन भोजन कर रहा है, इसका भी हमे पता नही। पता नहीं यानी उसके नाम का पता है, उसके ग्राम का पता हैं, वह किस शाखा का स्वयंसेवक है, इसका पता है, मगर वह किस कुल में पैदा हुआ, किस जाति में पैदा हुआ है, यह जानने की जरूरत नहीं होती।

महात्मा गांधी भी संघ के शिविर में आए थे, कहने लगे, ''यहाँ कोई भेदभाव नहीं है।'' लेकिन जब समाज-रचना की चर्चा होती थी, तब पूज्य गुरुजी करते थे कि प्राचीन काल में हमने एक ऐसी व्यवस्था की थी जिसमें अलग-अलग कामों का विभाजन था। वह व्यवस्था आक्रमण के काल में उपयोगी साबित हुई। लेकिन कालक्रमण से उसमें दोष आ गए। आज तो अलग-अलग वर्ण नहीं हैं। सब का एक ही वर्ण है। वे कहते थे कि ऊँच-नीच समाप्त होनी चाहिए। छुआछूत के लिए कोई स्थान नहीं हैं। इन विचारों में मतभेद कहाँ है ? लोकसभा में एक सज्जन कहने लगे, ''गुरुजी भी छुआछूत मानते है।'' मैंने कहा, ''कभी उनसे मिले हैं ?'' कहा, ''नहीं, मिले नहीं।'' मैंने कहा, ''आपको कैसे पता कि वे छुआछूत मानते हैं ?'' कहने लगे, ''हमने पढ़ा है।'' ''वे कहते है कि वर्ण-व्यवस्था एक आदर्श व्यवस्था थी।'' तो मैंने महात्मा गांधी का एक अंश निकाला और कहा, ''गांधी जी भी यही कहते थे, क्या महात्मा गांधी भी गलत कहते थे ?'' कहने लगे कि, ''गांधी जी की बात मत करो, गुरुजी की बात करो।'' हमने कहा, ''गांधी जी की बात मत करो, आचार्य विनोबा की बात करो। क्या वे भी ऐसा नहीं कहते हैं ?''

क्रांतिकारी आर्थिक विचारधारा

आर्थिक क्षेत्र के उनके विचार क्रांतिकारी थे, कहते थे आवश्यकता से अधिक सम्पत्ति रखना ठीक नही है। गुरुजी रात्रि में भोजन नहीं करते थे, क्यों नहीं करते थे ? गुरुजी ने एक वाक्य कहा, ''मैं ऐसे देश में जन्मा हूँ, जिसमें करोड़ों लोग एक वक्त का भोजन नहीं पाते। मैं दो बार भोजन नहीं करता।'' समाजवाद की घोषणा नही, गरीबी हटाने का नारा नहीं, चुनाव में आकर्षक आश्वासन नहीं, एक वक्त का भोजन छोड़ दिया। मैं उनके जाने के बाद चर्चा कर रहा हूँ। उनके जीवित रहते हम चर्चा करने का साहस भी नहीं कर सकते थे, क्योंकि उन्होंने समाज को परमात्मा माना था। दरिद्र की नारायण के रूप में आराधना की थी।

वे कहते थे, ''भाई विदेशी विचारधारा से बचो, राज्यवाद को मत बढ़ने दो, राज्य के खम्भे पर समाज का भवन खड़ा मत करो, कभी राज्य बदल गया, कभी नई दिल्ली की सत्ता परिवर्तित हो गई तो एक खम्भा टूटने के बाद और खम्भे जीवित रहने चाहिए। समाज अमर रहना चाहिए। प्राचीन काल में भी राज्य बदले। दिल्ली के सिंहासन पर अनेक लोग बैठे। लेकिन हमारे तपोवन चलते रहे, हमारी पंचायतें चलती रहीं। समाज का संघटन चलता रहा और इसलिए हम जीवित रहे। यूनान मिट गया, रोम इतिहास के पृष्ठों

में सो गया, बेबीलोन कहाँ है ? मगर भारत वेदकाल से लेकर आज तक जीवित है ।'' पूज्य गुरुजी कहते थे कि, ''यह जीवन ही शक्ति का हथियार है । यह शक्ति राज्य ने नहीं दी, राज्य तो हमने बनाए हैं । राज्य एक आवश्यक संस्था है । राज्य का संचालन करने वाले चरित्रवान हों यह भी आवश्यक है, मगर समाज-जीवन के सारे सूत्र राज्य के रथ से मत जोड़ो, अगर वह रथ टूट गया तो क्या होगा ?''

पूज्य गुरुजी हमारे बीच में नहीं हैं, लेकिन उनके सपनों का हिन्दुस्थान बनाना अभी बाकी है । हम उनके चरण-चिह्नों पर चलेंगे । उन्होंने एक बार बौद्धिक वर्ग में कहा था कि केवल चरण-चिह्नों पर चलना ही काफी नहीं है, वह व्यक्ति चला जाता है, उसके चरण-चिह्न आगे मार्गदर्शक हो जाते हैं और जो केवल चरण-चिह्नों पर चलने की बात करते हैं, उनकी समझ में नहीं आता कि आगे जब चिह्न नहीं है तो कहाँ जाएँ ? इसलिए आँखें बंद करके चरण-चिह्नों पर नहीं चलना । उनके जीवन से हमें प्रेरणा लेनी है । व्यक्तिगत जीवन में पावित्र्य, सार्वजनिक जीवन में सेवा की भावना, राष्ट्र के प्रति अनन्य निष्ठा, समाज के प्रति समर्पण का संकल्प—ये गुण हैं जो हमें उनसे उत्तराधिकार में मिले हैं ।

प्रेरणादायी कालजयी व्यक्तित्व

गुरुजी पार्थिव रूप में हमारे बीच में नहीं हैं, मगर वे हरदम हमारे बीच रहेंगे । उनका कालजयी व्यक्तित्व, उनकी साधना हमें हमेशा प्रेरणा देगी । जब कभी अँधेरा दिखाई देगा, जब कभी थकान आएगी, जब कभी दुर्बलता का अनुभव होगा तो उनके जीवन की अखंड साधना सारी निराशा, सारी दुर्बलता दूर कर देगी । वह नंदा दीप हर एक हृदय में प्रज्वलित है और उसके प्रकाश में हम रास्ता ढूँढ़ेंगे, अपने ध्येय को पूरा करेंगे ।

अटलबिहारी वाजपेयी

('राष्ट्रधर्म', फरवरी, 1974)

वन-भारती

जिन्हें हम गिरिजन, वनवासी कहते हैं, हम उनके पास जाते नहीं । यदि अपनी रक्षा करने का प्रसंग आ गया तो हम उनके पास जाकर कहते हैं कि तुम बड़े बहादुर हो, अपनी सेना में भर्ती हो जाओ । अब केवल उनका उपयोग इसी के लिए करना, परन्तु उनके साथ मनुष्यता का व्यवहार नहीं करना, क्या उचित है ? इसके लिए अपवाद हैं—महाराणा प्रताप का । महाराणा प्रताप ने उनके साथ बन्धुत्व का नाता जोड़ा था, परन्तु बाद में इसका ध्यान नहीं रखा गया । सब लोगों ने अपने स्वार्थ लिए ही उनका उपयोग किया । यह बड़ी चिन्ता की बात है । उनको धर्म का बोध नहीं, कर्म का नहीं, तो अपराध किसका ? वह अपराध हमारा है । आसाम में जो गिरिवासी रहते हैं, वे गो-मांस खाते हैं । हिन्दू को यदि यह बताया गया कि वे गो-मांस खाते हैं तो उसके शरीर पर रोंगटे खड़े हो जाएँगे । कोई कहेगा कि वह कितना भयंकर पाप करते हैं । मुझ एक बड़े साधु पुरुष ने यही कहा कि ''उनको हिन्दू कैसे कहेंगे ? वे तो गो-मांस खाते है ।'' मैंने कहा, वे लोग गो-मांस क्यों खाते हैं ? क्या वे शौक से खाते हैं ? क्या बड़े प्रेम से खाते हैं ? नहीं । उनको दूसरा कुछ खाने के लिए नहीं मिलता है । हम लोगों ने उनको खाना मिले इस के लिए क्या किया ? कोई शिक्षा दी है क्या ? कोई उद्योग दिए हैं क्या ? सम्मन से वे अपना जीवन-यापन करते हुए समाज के सुव्यवस्थित घटक बने, ऐसी हमने उनकी शिक्षा-दीक्षा की कुछ व्यवस्था की है क्या ? आज ही क्यों, पिछली कुछ शताब्दियों से हमने इस कर्त्तव्य का पालन किया है क्या ? मैं कहूँगा कि नहीं किया ।''

पाप हमारा है

अतः वे लोग जो गो-मांस खाते हैं, वह उनका पाप नहीं, हमारा पाप है । उस पाप के भागीदार हम हैं । अनुकूलता होते हुए भी हम वहाँ उनको शिक्षा-दीक्षा देने के लिए गए नहीं । उन्हें समाज के अच्छे घटक बनाने के लिए किसी ने प्रयत्न नहीं किया । तो वह पाप हम सबको लगता है, उनको नहीं । क्या किसी ने उनको बताया है कि वे हिन्दू हैं ? क्या उनके अन्तःकरण में यह प्रेरणा जगाई है कि भगवान श्रीकृष्ण के रूप में उन्होंने जन्म लिया है ? यह किसी ने उनको नहीं सिखाया । कोई उनके पास इस बात की शिक्षा देने नहीं

पहुँचा कि गो-रक्षा के लिए हम हिन्दुओं ने कितने त्याग किए हैं । इतना हम सबने उनके लिए नहीं किया ।

उधर स्थिति यह है कि उनके घर में गाय जैसा दिखने वाला जो छोटा-सा प्राणी है वह दूध नहीं देता । उससे केवल गोबर उनको प्राप्त होता है; इतना छोटा है कि उसे बकरी कहना अधिक ठीक है । ऐसी स्थिति में यदि वे उस प्राणी को खाते है तो उन्हें दण्ड नहीं होना चाहिए । दण्ड के भागीदार तो हम है । हम इस दण्ड को स्वीकार करें और निश्चय करें कि अब हम निजी स्वार्थ को मर्यादित रखकर अपने पास की बुद्धि और धन इन सब लोगों को सुशिक्षित, सुसंस्कारित करने के लिए खर्च करेंगे । अन्यथा विदेशी ताकतें इन सब पहाड़ी वंशों का गलत उपयोग कर वहाँ अपना प्रभुत्व स्थापित करने का प्रयत्न करेंगी । हमसे उन्हें अलग तोड़कर इस राष्ट्र-जीवन को संकट में डालने का उनका षड्यन्त्र वहाँ चल रहा है । मेघालय में यही हुआ है । वहाँ खासी, जयन्ती आदि जातियों के लोग रहते हैं । वे बुद्धिमान तथा उद्योगी लोग हैं । अच्छे पढ़े-लिखे हैं । इनकी जनसंख्या 70-75 प्रतिशत होते हुए भी 25-30 प्रतिशत धर्मान्तरित ईसाइयो की माँग पर मेघालय बना ।

भेदभाव छोड़ें

स्पष्ट है कि मेघालय में बहुसंख्यक हिन्दू समाज विभाजित होकर कई अल्पसंख्यक गुटों में बँट गया है और ईसाई सबसे बड़े अल्पसंख्यक गुट के नाते वहाँ प्रभावी हो गए । वास्तव में यही चाल सम्पूर्ण देश में खेली जा रही है । हिन्दू समाज को भाषा, धर्म, वर्ग, पंथ, सम्प्रदाय और जातियों के छोटे-छोटे गुटों में विभाजित करने का प्रयत्न किया जा रहा है, ताकि मुसलमान और ईसाई सबसे बड़े अल्पसंख्यक गुट की स्थिति में आकर अपना आधिपत्य स्थापित कर सकें । ब्राह्मण-ब्राह्मणेतर, हरिजन-सनातनी, जैन-सनातनी आदि कितने प्रकार के झगड़े विदेशी एजेंट भड़काने का प्रयत्न करते रहे हैं ।

हमें विचार करना चाहिए कि यदि देश में विदेशी प्रभाव के ऐसे उपराष्ट्र बनने लगे तो इन वनवासियों में निराशा और विफलता का भाव घर कर जाएगा । समाज में हमें न्याय नहीं मिलता है, ऐसा एक अत्यन्त करुण वेदना का भाव लेकर वे लोग चलेंगे । वे ईसाई नहीं भी बने, तो भी अपने हृदय में विरोध का भाव रहेगा । इससे अपने राष्ट्र की सम्पूर्ण सामर्थ्य में कितनी बड़ी न्यूनता आ जाएगी इसका हम विचार करें । समाज को सबल बनाने और जगत-भर में उसकी शाखा-पल्लव को सुसज्जित और सन्तुष्ट करने के लिए हमें चाहिए कि अपने व्यवहारों में ऐसे सभी भेदों की भावनाओं को उखाड़ फेंकें ।

('पांचजन्य', 21 मार्च, 1982)

राष्ट्रीय सीमाओं के सिकुड़ते जाने का एक बड़ा कारण है

श्री गुरुजी (मा.स. गोलवलकर) ने समस्या का पूरी तरह और गहराई से अध्ययन किया। सामान्यतः हिन्दू धार्मिक हैं। अस्पृश्यता की प्रथा के साथ ही एक धार्मिक भावना जुड़ी हुई है। अतः इस विषय में परंपरा से पूजित धर्मगुरुओं और आचार्यों का मार्गदर्शन उपयोगी सिद्ध हो सकता है। हिन्दू धर्म और जीवन-शैली के इन अधिकारी विद्वानों को इस महान कार्य में सम्मिलित किया जाना चाहिए। उनके जुड़ जाने से यह काम सहज सम्भव होगा।

अगर धर्मान्तरित लोगों के प्रति यही भाव विद्यमान रहा तो देश और समाज को कठिनाइयों का सामना करना होगा। संकट की स्थिति आ जाएगी। देश के विभाजन का, कश्मीर समस्या का, हिन्दू जनसंख्या और राष्ट्रीय सीमाओं के सिकुड़ते जाने का एक बड़ा कारण है धर्मान्तरण। इसके कारण ही देश में राष्ट्रद्रोही गतिविधियाँ भीषण रूप से फैलती जा रही है। हमारे देश के शत्रु और हमारी संस्कृति के शत्रु इन धर्मान्तरित लोगों का औजार की तरह उपयोग करते हैं। दलित और उत्पीड़ित लोगों के अज्ञान और गरीबी का पूरी तरह शोषण किया जाता है और भय तथा प्रलोभनों के द्वारा उन्हें अन्य पंथों में सम्मिलित किया जाता है। इसके अपवाद थोड़े ही हैं।

'अब जब स्वयं हमारे धर्मगुरुओं ने अस्पृश्यता के परित्याग का आदेश दिया है, तब हम सबका यह धर्म-कर्तव्य है कि उस निर्देश का पालन अपने जीवन में अवश्य करें। हमें देखना है कि हमारी मातृभूमि की समस्त संतानें, हमारे धर्म और संस्कृति के सभी अनुयायी हमारे सगे बन्धु हैं, ऐसा हमारा व्यवहार रहे। हम कभी किसी की जाति न पूछें। जब हम एकीकरण के कारकों पर बल देंगे और विभेदों की उपेक्षा करेंगे तभी हम सामंजस्य और समरसता को स्थायी बना पाएँगे। राष्ट्रीय स्वयंसेवक संघ के अपने अनुभव के आधार पर मैं यह कह रहा हूँ। इसी स्वर्णिम नियम का संघ में पालन करते हुए हमने देखा कि हमारे यहाँ जाति या पंथ या भाषा या अन्य किसी प्रकार का कोई भेद-भाव रंचमात्र भी नहीं मिलता। केवल सम्मेलन की सफलता से संतुष्ट नहीं हो बैठना है। किसी जादू से सारी चीजें अचानक सुधर नहीं जाने वाली हैं। शताब्दियों पुराने पूर्वाग्रह केवल शुभेच्छाओं से दूर नहीं होते।

कठोर परिश्रमपूर्वक कार्य करते हुए, समुचित प्रचार करते हुए हमें नगर-नगर, गाँव-गाँव और घर-घर तक सम्मेलन का यह संदेश पहुँचाना है और इस तरह का लोकशिक्षण करना है जिससे प्रस्ताव के अनुरूप लोगों का आचरण हो जाए। केवल आधुनिक काल के दबाव के फलस्वरूप लोग अस्पृश्यता मानना बंद न करें बल्कि हृदय से उसे अनुचित मानकर उसका परित्याग करें तथा समता और बंधुभाव को हिन्दू जीवन-शैली एवं सिद्धांत मानने लगें। अतीत की भूलों के लिए प्रायश्चित्त का भाव मन में लाकर तथाकथित अस्पृश्य बन्धुजनों के प्रति आत्मीयता और एकात्मता को मूर्त रूप दें। हमारे चिन्तन और व्यवहार में, अन्तःकरण तथा नैतिक मान्यताओं में एक भावपूर्ण परिवर्तन, एक नैतिक उत्कर्ष घटित होना चाहिए। केवल आर्थिक या राजनीतिक समता हमारा लक्ष्य नहीं है। हम तो एक वास्तविक परिवर्तन चाहते है। एक सम्पूर्ण एकात्म भाव का उत्कर्ष हमारा लक्ष्य है। यह परिवर्तन सरकारी योजनाओं की राजनीतिक जोड़-तोड़ से परे घटित होना चाहिए। एकात्मता के नाम पर टुकड़ों में व्यवहार के अभ्यस्त राजनीतिक दलों की चतुराईपूर्ण काट-छाँट और तालमेल के द्वारा इस एकात्मता की सिद्धि असंभव है। विशुद्ध अंतःकरण से प्रेरित होकर सतत कार्य करते रहने पर और दैनंदिन व्यवहार में अंतःकरण की शुद्धता निरन्तर प्रकट होते रहने पर ही यह सम्भव होगा। आध्यात्मिक, नैतिक और सामाजिक सभी स्तरों पर कार्य करना होगा। सम्मेलन के सभी सहभागियों को, साथ ही समर्थकों और सहानुभूति रखने वाले सभी लोगों को आगे आकर इस धर्मचक्र को गतिशील रखने के लिए एकसाथ चलना चाहिए तथा युगों पुरानी कुप्रथाओं और विकृतियों को एक प्रचंड आघात से तोड़कर रख देना चाहिए। हमारे सभी कार्य सनातन धर्म की महिमा और वैभव को साकार करने वाले बनेंगे।

('पांचजन्य', 26 जनवरी, 1997)

शेष है केवल स्मृति...

राष्ट्र ही सर्वोपरि

कुछ वर्ष पूर्व पं. जवाहरलाल नेहरू, प्रधानमंत्री के रूप में इंग्लैण्ड गए थे । उस समय वहाँ के समाजवादी कहलाने वाले भारतीय नागरिकों ने ही काले झण्डे दिखाकर अपना विरोध प्रकट किया । यह समाचार सुनते ही श्री गुरुजी बहुत बेचैन हुए । कार्यकर्ताओं के सामने बोलते समय उन्होंने कहा, "यह कोई ठीक बात नहीं हुई । देश के अन्तर्गत व्यवहार में किसी प्रश्न पर भिन्न मत हो सकते है और शासन का विरोध भी किया जा सकता है । किन्तु भारत के बाहर भारतीय नागरिकों द्वारा ही प्रधानमंत्री जी का अवमान किया जाना अनुचित है, अत्यन्त गर्हणीय है ।"

राष्ट्रीय अस्मिता के विषय को अधिक स्पष्ट करते हुए श्री गुरुजी ने इंग्लैण्ड के भूतपूर्व प्रधानमंत्री श्री विन्स्टन चर्चिल का उदाहरण भी दिया । दूसरे विश्वयुद्ध के पश्चात् चर्चिल अल्पमत में, अर्थात् विरोधी दल में थे । ऐसी स्थिति में किसी कार्यवश जब वे अमेरिका गए, तब वहाँ के पत्रकारों ने उनसे सत्तारूढ़ दल के सम्बन्ध में टेढ़े-मेढ़े प्रश्न पूछे । उनके उत्तर में चर्चिल ने कहा, "ठीक है कि देश में मैं विरोधी दल का नेता हूँ, किन्तु यहाँ अमेरिका में मैं 'हर मैजेस्टी' की सरकार का एक निष्ठावान प्रतिनिधि मात्र हूँ ।" यह आचरण संघ के स्वयंसेवकों के लिए ही नहीं, सबके लिए अनुकरणीय है ।

ऐसा ही एक और उदाहरण दिया जा सकता है । एक बार श्री गुरुजी की एक बैठक में मेक्सिको वाले ओलिम्पिक्स का विषय उठा । उस वर्ष अपनी हॉकी टीम आस्ट्रेलिया से हार गई थी । उस हार-जीत का विश्लेषण करते हुए श्री गुरुजी ने कहा, 'अपने खिलाड़ियों को मेक्सिको जैसे ऊँचे प्रदेश में खेलने का अभ्यास नहीं था । अतः उनका दम उखड़ गया होगा और वे थक गए होंगे । आस्ट्रेलिया के खिलाड़ियों से समुद्र की सतह से काफी ऊँचाई पर खेलने का अभ्यास करवाया गया था और वह भी बहुत पहले से । विरल हवा एवं विपरीत परिस्थिति में खेलने का ऐसा अभ्यास यदि हमारे खिलाड़ियों से कराया गया होता, तो वे निश्चय ही खेल में विजयी होते ।'

किन्तु इस ओर ध्यान भी कौन देता है ? जब अपने खिलाड़ी विदेश से लौटे तब उनके

स्वागत के लिए हॉकी-फेडरेशन का एक भी पदाधिकारी बम्बई में उपस्थित न था। इस सम्बन्ध में नाराजगी व्यक्त करते हुए श्री गुरुजी ने कहा, 'अपने खिलाड़ी हार गए, तो क्या विदेश से लौटने पर उनका स्वागत भी नहीं करना चाहिए ? इससे क्या खिलाड़ीपन प्रकट होता है ?'

राष्ट्र-जीवन से एकरूप होने पर किसी भी घटना को लेकर राष्ट्रीय विचार ही प्रकट होते हैं। श्री गुरुजी की यह सावधानी जिस प्रकार खेल के सम्बन्ध में, उसी प्रकार किसी भी विषय में दृष्टिगत हुआ करती थी।

ऐसे अनेक अवसर आए हैं जब व्यक्ति और संस्था की प्रतिष्ठा की चिन्ता न करते हुए उन्होंने राष्ट्र के हितों को सर्वोपरि महत्त्व दिया है। सन् 1948 में जब राष्ट्रीय स्वयंसेवक संघ पर प्रतिबंध लगा, उस समय यदि वे चाहते तो शासन की खुली अवज्ञा करके अपनी शक्ति का परिचय दे सकते थे, किन्तु उन्होंने संघकार्य का विसर्जन करके अपनी देशभक्ति का परिचय दिया। प्रतिबंध उठने के पश्चात् स्थान-स्थान पर उनका भव्य स्वागत हुआ। दिल्ली में रामलीला मैदान पर जो सभा हुई उसका आदि और अन्त नहीं दिखता था। बड़े से बड़े सन्त के अहंकार को जगा देने के लिए भी वह दृश्य पर्याप्त था। जब गुरुजी बोलने को खड़े हुए, उन्होंने कहा, ''यदि अपना दाँत जीभ काट लें तो मुक्का मार कर दाँत तो तोड़ा नहीं जाता।'' लोग चकित रह गए। उन्होंने आशा की थी कि गुरुजी सरकार के अत्याचारों और अन्याय की निन्दा करते हुए उसे खूब खरी-खोटी सुनाएँगे। किन्तु उस महापुरुष की गहराई को वे नाप नहीं पाए। वहाँ तो सबके लिए आत्मीयता है।

—श्री दीनदयाल उपाध्याय

जम्मू-कश्मीर के विलय में योगदान

केन्द्रीय गृहमन्त्री सरदार पटेल ने श्री मेहरचन्द महाजन, दीवान, जम्मू-कश्मीर रियासत, से हिन्दुस्तान के साथ विलय (accession) करने के लिए महाराज हरिसिंह को तैयार करने को कहा था। श्री मेहरचन्द महाजन ने पू. श्री गुरुजी को संदेश पहुँचाया कि वे महाराजा से मिलकर उन्हें इस विलय के लिए तैयार करें। श्री महाजन ने ही महाराजा और पू. श्री गुरुजी की यह भेंट तय की थी। भेंट 18 अक्टूबर 1947 को हुई।

महाराजा का कहना था, ''मेरी स्टेट पूरी तरह से पाकिस्तान पर अवलम्बित है। रास्ते सियालकोट, रावलपिण्डी की ओर से हैं। रेल सियालकोट की ओर से है। मेरे लिए हवाई अड्डा लाहौर का है। हिन्दुस्थान के साथ मेरा किस तरह संबंध बन सकता है ?''

पू. श्री गुरुजी ने समझाया, ''आप हिन्दू राजा हैं। पाकिस्तान से विलय करने पर आप और आपकी हिन्दू प्रजा को भीषण संकटों से संघर्ष करना होगा। यह ठीक है कि अभी हिन्दुस्तान से सड़क, रेल या हवाई मार्ग का कोई संबंध नहीं है। किन्तु, यह सब शीघ्र ही ठीक हो जाएगा। आपका और जम्मू-कश्मीर रियासत का भला इसी में है कि आप हिन्दुस्तान से विलय करें।''

इस प्रकार जम्मू-कश्मीर के भारत-विलय में पू. श्री गुरुजी का बहुत महत्त्वपूर्ण योगदान रहा।

—माधवराव मुले

विजय के लिए संघर्ष

एक राष्ट्रव्यापी सुनिश्चित एवं सुगठित प्रयास के लिए सबसे पहली आवश्यकता है, फौलादी आकांक्षा की। एक लम्बे और कटु संघर्ष की सम्भावना है। कष्टों एवं बलिदानों के लिए हम सभी का आह्वान होगा। इसमें कोई सन्देह नहीं कि अपनी मातृभूमि के लिए उपासना की भावना जो हमारे हृदयों में इतने समय से सुप्त रूप से पड़ी हुई हैं, अब उद्दीप्त होगी तथा स्वार्थ एवं ईर्ष्या के घने अन्धकार को बहिष्कृत करेगी। राष्ट्रीय सुरक्षा कोष में दान देने के लिए इतने लोग आगे आ रहे हैं कि उन्हें देखकर प्रोत्साहन मिलता है। मैं आशा करता हूँ कि अधिकाधिक लोग इससे भी अधिक देंगे। शारीरिक दृष्टि से योग्य सभी व्यक्तियों को सेना में सेवा करने के लिए उद्यत रहना चाहिए तथा उनकी माताओं को इस परीक्षाकाल में उन्हें आशीर्वाद देकर बिदा करना चाहिए। जब महाभारत युद्ध के पूर्व पाँचों पाण्डव अपनी माता कुन्ती से मिलने गए तो उसने यह कहते हुए उन्हें आशीर्वाद दिया कि 'तुम सब युद्ध में जाओ और अपनी सम्पूर्ण शक्ति इस धर्मयुद्ध में लगा दो, इसी अवसर के लिए क्षत्राणी पुत्रों को जन्म देती है।' इस समय भी प्रत्येक माता को इसी प्रकार के पराक्रम को जाग्रत करने वाले ओजस्वी भाव व्यक्त करने चाहिए।

यह स्मरण रहे कि आधुनिक युद्धों में एक सम्पूर्ण राष्ट्र दूसरे सम्पूर्ण राष्ट्र से युद्ध करता है। उसमें सभी का योगदान होना चाहिए। ये युद्ध केवल सेनाओं में ही जमकर नहीं हुआ करते हैं। प्रत्येक व्यक्ति, वैज्ञानिक एवं उद्योगपति से लेकर श्रमिक एवं कृषक पर्यन्त सभी को राष्ट्र के प्रति समर्पण की भावना से परिश्रमपूर्वक अधिकाधिक कार्य करना होगा तथा वैयक्तिक एवं दलीय झगड़ों और अधिकारों के अन्य सभी विचारों को इस काल के लिए अलग रखना होगा।

दूसरी आवश्यकता हैं एक ऐसे नेतृत्व की जिसके संकल्प में वज्र के समान दृढ़ता हो, जो वर्तमान संकट में भीति के कारण शान्तिवार्ता के लिए न झुक जाए। किन्तु हमारे कुछ चोटी के नेता शान्ति की भावनाओं से इतने विवेक-भ्रष्ट हो गए हैं कि युद्ध-विराम के लिए चीनियों की घोषणा मात्र से ही उनके पैर उखड़ गए हैं। वे सोचते हैं कि 'किसी भी मूल्य पर शान्ति को मोल लेने' की इस प्रवृत्ति के कारण 15 वर्ष पूर्व हमारे देश का विभाजन हो गया। उसके पश्चात् भी इसी प्रवृत्ति के कारण हमने एक तिहाई कश्मीर भी खो दिया।

अब बेरूबाड़ी जा रहा है। वर्तमान संकट में कम से कम अतीत के इन दुःखद प्रसंगों की शिक्षाओं से हमारी आँखें खुल जानी चाहिए।

अतएव जनमत को शिक्षित और संचालित कर समाज की सामूहिक इच्छा को जागृत करना हमारा कर्तव्य है, जिससे कि हमारे नेतागण आक्रान्ताओं से कोई अपमानजनक समझौता न कर सकें। शत्रु को तिब्बत से बिना निकाल बाहर किए युद्ध-विराम स्वीकार करना सामरिक दृष्टि से भयंकर भूल होगी। कश्मीर में युद्ध-विराम का जो अनुभव हुआ है, वह हमारे लिए पर्याप्त चेतावनी होना चाहिए। समय से पूर्व युद्ध-विराम हमारी सेना एवं जनता का केवल उत्साह भंग करेगा। वास्तव में इससे उसके महान बलिदान व्यर्थ हो जाएँगे। यदि हमारे नेता राष्ट्र के संघर्ष को आवश्यकतानुसार उत्कटता से नहीं चला सकते तो उन्हें चाहिए कि दृढ़तर तत्त्व से निर्मित लोगों के लिए स्थान खाली करें। प्रतिभा और मेधा शक्ति पर कुछ व्यक्तियों का ही एकाधिकार नही होता, चाहे वे व्यक्ति वर्तमान काल के कितने ही प्रभावशाली तथा लोकप्रिय क्यों न हों। योद्धाओं की अमर जाति की माता—भारत-भूमि में पराक्रमी एवं सामर्थ्यवान नेताओं का अभाव नहीं रहा।

यदि हम चीनियों को अपने भू-प्रदेश पर जमे रहने देते हैं तो हम उन्हें स्वस्थ होने का समय तथा और अधिक विस्तार के लिए एक आधार प्रदान करते हैं। इससे भविष्य के लिए हमारे राष्ट्र की सुरक्षा संकट में पड़ जाएगी। इसलिए हम सबका यह कर्तव्य है कि इस निर्णायक समय पर यह देखते रहें कि हमारे नेता फिसल न जाएँ। हम उन्हें सावधान करते हुए साहस देते रहें जिससे कि वे अपने महान देश के सम्मान एवं प्रभुसत्ता की रक्षा के लिए पराक्रमी पुरुष की भाँति कार्य करें।

(अक्तूबर, 1962 के चीनी आक्रमण के बाद दिए एक भाषण से)

('पांचजन्य', 13 अप्रैल, 1997)

यह पापों का फल है !

अपने से अलग हुए अपने बंधुओं की दर्दभरी कथा हम भूल नहीं सकते ।

आज सर्व दूर लोग बहुत आनंदित दिखाई दे रहे हैं । परंतु अपने करोड़ों हिन्दू बंधुओं को मुसीबतों में, दुःख की खाई में ढकेल कर आनंद मनाना सर्वथा अनुचित है, ऐसा मैं समझता हूँ ।

सीमावर्ती प्रांतों में रहने वाले अपने बंधुओं की आज दीन, हीन, लाचार अवस्था हुई है । जिन नेताओं पर विश्वास रखकर वे लोग निश्चिंत बैठे थे, उन्होंने उन लोगों को दुःख में ढकेल दिया । प्रथम प्रसूति में पुत्र को जन्म देकर माता की मृत्यु हो गई हो, तो उस समय घर के लोग आनंद-उत्सव नहीं मनाते; परिवार पर एक असीम दुःख की छाया छा जाती है । अपने ही बंधुओं का यह वियोग मेरे लिए असह्य घटना हैं । संपूर्ण हिन्दू समाज की ओर हम एकात्मता की दृष्टि से देखते हैं और वह दुःखग्रस्त है, ऐसा जब हमें दिखाई देता है तो असह्य वेदना होती है ।

जिस समय राष्ट्रीय स्वयंसेवक संघ की स्थापना हुई उस संघ के निर्माता ने हिन्दू समाज की ऐसी विपरीत अवस्था होने वाली है ऐसा भविष्य-कथन किया था । अपने देश के बारे में इस प्रकार का भयानक चित्र किसी ने उस समय खींचा होता, तो उस पर कोई विश्वास नहीं करता । किन्तु आज हम उस स्थिति को प्रत्यक्ष रूप से देख रहे हैं । एक भूभाग पर रहने वाले लोगों में कभी-कभी एकता की ऊपरी लहर दिखाई देती है, परंतु इस एकता की लहर के नीचे भारी विष छिपा हुआ है इसकी पहचान हमें अनुभव से आज हो रही है । पू. डाक्टर साहब ने यह बात 22 वर्ष पूर्व बताई थी । और वह आज सत्य सिद्ध हुई है । ऐक्य की भ्रामक कल्पना के कारण हमें संकटों से सामना करना पड़ा, यह आधुनिक इतिहास के अभ्यास से हम समझ सकते हैं ।

भ्रममूलक कल्पना

एक ही प्रदेश में रहने वाले एक राष्ट्रीय, यह प्रादेशिक राष्ट्रवाद की कल्पना भ्रममूलक है । यह तो संकट की प्राथमिक अवस्था है, ऐसा मैं समझता हूँ । इस सत्य को पू. डाक्टर साहब ने अति स्पष्ट रीति से प्रतिपादित किया था । उस समय लोगों ने उन्हें पागल कहा

था। डाक्टर साहब की विचार-प्रणाली बिल्कुल प्रतिगामी स्वरूप की लगती थी। परंतु डाक्टर साहब का भविष्य-कथन आज सत्य सिद्ध हुआ है। फिर भी आज लोग मानते हैं कि जो हुआ सो हुआ, अब सब ठीक हो जाएगा। लोगों का यह सोचना भी भ्रमपूर्ण ही है।

एक बार यह भी कहा गया था कि चाहे मेरे शरीर के टुकड़े हों परंतु भारतमाता के टुकड़े नहीं होंगे, हम विभाजन मान्य नहीं करेंगे, परंतु वह हो गया। यह अपने पापों का ही फल समझना चाहिए। अपना यह प्रथम कर्तव्य है कि अपनी परम्परा के प्रति प्रखर श्रद्धा, परम आदर-भाव निर्माण करना चाहिए। आज भी अपनी उज्ज्वल संस्कृति के प्रतीक कुछ महापुरुष भारत में हम देखते हैं। परंतु उनके प्रति श्रद्धा का भाव लोगों के मन में नहीं दिखता। लगता है कि हिन्दू अकेला ही ऐसा समाज है जहाँ अपनी परम्परा के प्रति श्रद्धा रखना मानो पाप माना जाता है। दुनिया में अन्य समाज अपने गत इतिहास को भूलते नहीं। रूस जैसा देश भी नहीं भूलता। वह भी अपने सब महापुरुषों के प्रति आदर रखता है।

राष्ट्र के स्वातंत्र्य का प्रथम चरण अपने पूर्वजों के प्रति अभिमान रखना है, न कि रूस, अमरीका, इंग्लैंड आदि अन्य देशों की विचारधाराओं का अभिमान। जब व्यक्ति-व्यक्ति अपने व्यक्तित्व को भूलकर राष्ट्र-कल्याण को ही ध्येय के रूप में रखते हैं, तभी राष्ट्र का उत्थान संभव है।

राष्ट्र के लिए सर्वस्वार्पण करने की वृत्ति आज हमें दिखाई देती है क्या ? कितने ही लोग राष्ट्र के प्रति उदासीनता का भाव रखते हैं। ऐसी वृत्ति के कारण हमें सच्चा स्वातंत्र्य प्राप्त नहीं होगा। स्वातंत्र्य निःस्वार्थ बलिदान के ऊपर ही आधारित होगा। दुनिया के लोग यह अवश्य कहते होंगे और हँसते होंगे कि अपनी मातृभूमि का विभाजन होने के बाद भी हिन्दुस्तान के लोगों को इतना आनंद क्यों होता है।

हमें राजकीय सत्ता प्राप्त हुई है। इस सत्ता का उपयोग हमें अपने दुःखग्रस्त बांधवों की पीड़ा दूर करने के लिए करना चाहिए। उनकी रक्षा कर, सभी को एकसूत्र में गूँथ कर आसेतु-हिमाचल हिन्दू समाज में एकसूत्रता रहे ऐसा प्रयत्न हमें करना चाहिए। अपने गाँव, धन सब कुछ लूटा गया, स्त्रियाँ भगाई गई, तो भी हम पर कुछ असर हुआ दिखाई नहीं देता, यह कैसी विचित्र बात है। क्या हमारे कोई मानबिन्दु हैं ही नहीं ?

चतुर्दिक संकट

अपने को चारों ओर से संकटों ने घेरा है। परंतु अभी भी अपने बड़े-बड़े लोग सब प्रश्न हल हो गए, इस कल्पना में मग्न रहते हैं। वे कहते हैं कि पाँच साल में भारत एक होगा। कोई कहता है कि अन्तर्राष्ट्रीय परिस्थिति का दबाव अपनी इच्छाओं को फलीभूत करेगा। और कोई कहता है कि राजनीति में दाँव-पेच खेलने से अपना काम होगा। आर्थिक समस्या से भयभीत होकर पाकिस्तान बनाने वाले फिर से शरणागति स्वीकार करेंगे, ऐसी कल्पना में कुछ लोग मस्त हैं। इन कल्पनाओं में मुझे तनिक भी विश्वास नहीं। 1935 में

जब 'कम्युनल अवार्ड' दिया गया तो बड़े-बड़े लोग कहते थे कि यह अवार्ड इतना विचित्र है कि पाँच वर्षों में ही मुसलमान वह बदलने का विचार करेंगे । परंतु मुसलमानों की माँगें बढ़ती ही गईं और आज देश के विभाजन का समय आ गया है ।

पाँच वर्षों में ऐक्य निर्माण करना हो तो उसके लिए भी प्रयत्न करना होगा । अपना सामर्थ्य बढ़ाना होगा । भारत की समर्थ शक्ति के साथ बिना हाथ मिलाए अपना कुछ चलेगा नहीं ऐसी प्रतीति प्रतिपक्षी लोगों के मन में उत्पन्न करनी चाहिए । निःस्वार्थ वृत्ति से अपने जीवन-सर्वस्व की बाजी लगाकर अपने इस हिन्दू समाज को एक सूत्र में लाना संघ का ध्येय है । हिन्दुओं में सुव्यवस्थित संगठन कर व्यक्ति का व्यक्तित्व राष्ट्र की आकांक्षा में विलीन करना और शुद्ध सात्त्विक सामर्थ्य का आविष्कार करना, संघ का कार्य है । अपने राष्ट्र को बलवान बनाने का इसके सिवा अन्य कोई मार्ग नहीं है । सिवा इस सामर्थ्य के, हम दुनिया के संघर्ष में टिक नहीं सकेंगे । संघ अखिल भारत का विशाल क्षेत्र हृदय में रखकर अखिल हिन्दू समाज की चिंता करता है और हमें यह पूरा विश्वास है कि इसके बिना अपने राष्ट्र के उद्धार का अन्य कोई मार्ग नहीं है ।

('पांचजन्य', 5 जून, 1997)

हिन्दुस्थान हिन्दुओं का है

हमारे कार्य के जन्मदाता ने आरंभ में ही कहा था कि यह कार्य ईश्वरीय है । इसका आधार शुद्ध हृदय के अंदर उत्पन्न हुई ईश्वर की प्रेरणा है । सत्यशीलयुक्त शुद्ध चरित्रवान पुरुषों में ईश्वरीय शक्ति प्रेरणा के रूप में प्रकट हुआ करती है । यह प्रेरणा कभी गलती नहीं करती, वह ईश्वर की आवाज को ठीक सुन सकती है । ईश्वर की आवाज कभी कुछ, कभी कुछ नहीं कहा करती । जो पुरुष आज उस प्रेरणा से कुछ कहे और चार दिन बाद कुछ । उसके हृदय में या तो परमात्मा की स्फूर्ति नहीं, या जो कुछ वह कहता है, वह ईश्वर की आवाज नहीं ।

अति भव्य काम

ईश्वर की इस प्रेरणा के आधार पर, भारतीय जीवन के रक्षणार्थ यहाँ के मानवधर्म, सत्यधर्म और संस्कृति के पुनर्जागरण के लिए शुद्ध भारतीयता का साक्षात्कार करते हुए उस महापुरुष ने इस अति भव्य कार्य का निर्माण किया । अन्य सब संस्थाओं की जाँच-पड़ताल करके और परीक्षा लेकर, यह विश्वास होने के बाद कि उनसे काम नहीं चल सकेगा, उन्होंने नया कार्य चलाया । दूसरी संस्थाओं ने भारत की परम्परा और इतिहास छोड़कर अन्य मार्ग पकड़ रखा था । किसी ने इंग्लैंड या अमरीका की नकल की, कोई रूस या जर्मनी की नकल कर रहे थे; इस विचार से कि जो कुछ समुद्र-पार से आता है वह अच्छा है और उसी में राष्ट्र का उद्धार है । अपने-अपने विचार में वे लोग ठीक हों, पर अपनापन किसी में नहीं था, सबकी विचारप्रणाली पश्चिम के अनुकरण में विश्वास रखकर यह प्रचार करती थी कि अपना सब कुछ बुरा और परायों का सब कुछ भला है । इस अनुकरण की दौड़ में हिन्दुस्थान हिन्दुस्थान ही रहे, इसका किसी को ख्याल न था । बुद्धि को तिलांजलि देकर जो कुछ हो सकता था, वह सब इस दौड़धूप में हुआ । अपने पूर्वजों, बाप-दादाओं का नाम लेना गौरव समझना तो दूर, लोग उन्हें अपना कहने में ही हिचकिचाते थे । अपने राष्ट्रपुरुष की उपासना का कुछ अर्थ ही नहीं रहा । अपने इतिहास के महापुरुषों को पथभ्रष्ट कहा जाने लगा । अपने सर्वश्रेष्ठ धर्म और परम पवित्र ध्वज, जिनकी रक्षा के लिए एक-एक युद्ध में सवा-सवा लाख प्राणों की बलि अपने पूर्वजों द्वारा चढ़ाई गई, उनको हिन्दू समाज

ने भुला दिया । कोई अपने आपको हिन्दू कहता तो उसे पागल कह कर दुत्कारा जाता । ऐसा समय था जबकि एक स्वाभिमानी वीर पुरुष ने—हमारे डाक्टर जी ने यह घोषणा की, जिसे सुनने का लोगों का स्वभाव नहीं था—'यह हिन्दुस्तान हिन्दुओं का है ।'

अपनेपन और हिन्दू राष्ट्रीय जीवन को छोड़ कर की हुई यह दौड़ अब तक चलती रही । आज लोग कहते हैं कि स्वतंत्रता मिल गई है और वे बहुत खुश हैं । यदि स्वतंत्रता मिल गई तो मुझे दुःख थोड़े ही है । इसके लिए कई प्रकार के प्रयास किए गए और ढंग सोचे गए । एक बुद्धिमान ने तो अपने व्याख्यान में यहाँ तक कह दिया कि हम सब लोग यदि मुसलमान बन कर एकता कर लें तो कोई हर्ज नहीं । लोगों ने इसे सुनकर बहुत तालियाँ भी बजाई ।

हिन्दू समाज को भुलावे में रखकर, विष-कुंभ को सँभाल कर रखा गया है । बार-बार इस कारण ठोकर लगती रही है और बार-बार बाद में कहा जाता रहा है—'ओह, हमें तो पता ही नहीं था । यह तो बड़ी गलती हो गई । हमने यह तो सोचा ही नहीं था ।' जो आगे की बात सोच नहीं सकता वह नेता कैसे ? नेता तो वह है जो आने वाली घटनाओं को पहले देखकर उनका प्रबंध पहले से कर ले, परन्तु यहाँ नेता का गुण यही रहा है कि गलती करके मानता जाए, मानने के बाद फिर गलती करता चला जाए । परंतु आज तो यह कहा जा रहा है कि एक बड़ी अभूतपूर्व विजय प्राप्त की गई है । 'देखो ! रक्त का एक बिन्दु बहाए बिना हमने कैसे स्वातंत्र्य प्राप्त किया है ।' इस तरह के नारे लग रहे हैं, परन्तु हुआ क्या है ? अब चाहे यह भी कह दिया जाए—'ओह, गलती हो गई ।' परंतु इससे क्या होता है ?

सर्वत्र विनाश व दुःख

आज सर्वत्र विनाश, अपमान तथा दुःख का हृदयद्रावक चित्र दिखाई देता है । इस अवस्था पर हम थोड़ा सोचें । आज यदि पूछा जाए कि, संसार में हमारे जीवन का क्या मूल्य है ? तो मानना पड़ेगा कि कोई मूल्य नहीं । जो दंड हमें मिला है यह किस पाप का फल है ? कुछ वर्ष पहले बिहार में भूकंप आया था । तब किसी ने कहा था कि हिन्दू समाज में जो अस्पृश्यता का दोष है उसका दंड हमें भूचाल के रूप में मिला है । भूकंप और अस्पृश्यता का क्या सम्बन्ध है ? यह साधारण बुद्धि के मनुष्य को समझ में नहीं आता । मुझे भी इसका पता नहीं, परंतु भूकंप जैसी दैवी घटना का कारण यदि हम अपने किसी पाप में देख सकते हैं, तब आज की दुःखपूर्ण स्थिति का, जो साधारण मानव को भी समझ आती है, कारण हमारा कौन सा पाप है ? स्पष्ट है कि यह फल अपने राष्ट्रीय जीवन को न पहचान कर माता के स्थान पर अन्य किसी की पूजा करने के महापाप का फल है ।

हमने अपनी संस्कृति, अपने जीवन की आत्मा भारतीय को ठुकराया । उसका यह विषैला फल निकला । इतिहास से ही समाज के जीवन की परीक्षा होती है । यह इतिहास

का कटु सत्य है, कि आज का दुर्दिन अपनी सामाजिक आत्मा का हनन करने के कारण ही हमें देखना पड़ा। परंतु लोग तो कहते हैं कि इतिहास को भूल जाओ, पर भूल जाने से गलतियाँ तो हटेंगी नहीं। आज की अवस्था हमारी विजय की नहीं, पराभव की है। हम समझ लें कि गलती के पश्चात् उसे ठीक करने से ही यश मिल सकेगा। इसमें संकोच करना ठीक नहीं।' लोग क्या कहेंगे ? अब तक मैं जो कुछ मानता आया हूँ, उसे कैसे छोड़ूँ ?' यही हम सोचते रहें, तो कहना पड़ेगा कि हममें वैयक्तिक अभिमान कूट-कूट कर भरा है और हम राष्ट्र-सेवा के भाव से खड़े नहीं है। इस प्रकार के दो रास्ते अपने सामने हैं। एक वह जिसमें अपनी गलती को न मानने और न उसे दुहराने का निश्चय है। यह रास्ता राष्ट्र-सेवा का नहीं है। दूसरा, रास्ता सच्चे हृदय से गलती मान कर राष्ट्र की आत्मा को पहिचानते हुए हिन्दुस्थान तथा हिन्दू समाज को बलशाली बनाने का है। इन दो रास्तों में से एक को चुनना ही पड़ेगा।

('पांचजन्य', 15 जून, 1997)

हमारा वोट किसे ?

आगामी कुछ दिनों में देशवासी मतदान द्वारा लोकसभा एवं विभिन्न विधानसभाओं हेतु प्रतिनिधियों का चुनाव करेंगे और पाँच वर्ष के लिए उन्हें देश का शासन सौंप देंगे। पाँच वर्ष का समय एक दीर्घ अवधि है, जिसमें प्रतिनिधियों की प्रवृत्तियों के आधार पर जनता को बड़ी हानि या लाभ हो सकते है। हमारे संविधान में ऐसे प्रतिनिधियों को वापस बुलाने की कोई व्यवस्था नहीं है, जो मतदाताओं को सन्तुष्ट न कर सकें अथवा जो चुनाव के समय जनता को दिए गए आपातरम्य आश्वासनों से मुकर जाएँ। ऐसी विफलता और कभी-कभी जनेच्छा की मनमानी अवहेलना सामान्य बात हो गई है। इन दोनों स्थितियों के बावजूद, ऐसा कोई तंत्र मतदाताओं के पास नहीं है कि वे अपने द्वारा निर्वाचित प्रतिनिधियों के विचारों एवं क्रियाकलापों से असहमत होने पर उन्हें वापस बुला सकें।

वापस नहीं बुला सकते

एक बार चुन लिए जाने के बाद वे पूरे पाँच साल के लिए सुरक्षित रूप से लाभप्रद एवं आरामदायक गद्दी पर बैठे रह सकते हैं। यह जानकर वे और उनका दल अर्द्ध-शिक्षित एवं अल्पज्ञानी मतदाताओं के सम्मुख यह मायाजाल फैलाते ही हैं कि यदि उन्हें चुने जाने का स्वर्णिम अवसर प्राप्त हो जाए, तो वे पृथ्वी पर स्वर्ग उतार लाएँगे। प्रेम और युद्ध में सब उचित होता है और चूँकि चुनाव अपने प्रतिद्वन्द्वियों के विरुद्ध युद्ध की भाँति ही लड़े जाते हैं, अतः चुनावी वायदों की पूर्ति मानो उनके उल्लंघन में ही समझी जाती है। इसमें किसी को कोई अनैतिकता भी दिखाई नहीं पड़ती। अतः लुभावने झूठ के जाल में फँसाकर मतदाताओं को अपने पाले में लाने की होड़ सभी प्रत्याशियों में लग जाती है। ऐसे व्यक्ति और दल, जिनमें झूठ का यह अभियान चलाने की अधिकतम प्रतिभा होती है, अधिकाधिक मतों को अपनी ओर आकर्षित कर सत्ता हथिया लेते हैं और उनसे किए गए वायदों का पूर्ण तिरस्कार कर सत्ता का मनमाना उपभोग करते हैं। इसके कुछ अपवाद तो हो सकते हैं परन्तु पिछले अनुभवों के आधार पर ऐसे लोगों के चुने जाने के अवसर रेगिस्तान में हरे टापू की भाँति अत्यल्प ही होते हैं।

अतः मतदाता का दायित्व बहुत बड़ा है क्योंकि उसके पास आगामी पाँच वर्ष के

लिए देश और समाज का भविष्य मुहरबन्द करने की शक्ति है। एक बार किसी के पक्ष में निर्णय दे देने के बाद अपनी गलती सुधारने, निर्णय में परिवर्तन करने अथवा उससे उद्भूत सर्वनाशी प्रभाव का निराकरण करने का कोई मार्ग शेष नहीं रह जाता। अतः इस अति महत्त्व की समस्या के प्रति मतदाता को अपने सम्पूर्ण विवेक से दृढ़तापूर्वक विचार करते हुए चुनाव करना होगा।

दो अर्द्धसत्य

देश के अग्रणी लोग मतदाताओं को समझाने-बुझाने में व्यस्त हैं। इस सम्बन्ध में दो प्रमुख सिद्धान्त सामने आ रहे हैं। दोनों सिद्धान्त उतने ही पुराने हैं जितनी कि विधायिकाओं हेतु आम चुनाव की लोकतान्त्रिक प्रणाली। उनमें पुरातन की ही पुनरावृत्ति है, नवीनता कुछ नहीं। समाचारपत्रों के अनुसार इनमें से एक हैं पण्डित नेहरू का प्रतिपादन कि व्यक्ति के गुण-दोष भूलकर दल अर्थात् उनकी कांग्रेस को चुना जाए और दूसरा है चक्रवर्ती राजगोपालाचार्य का कथन कि दल की उपेक्षा कर व्यक्ति की समीक्षा एवं उसके चरित्र का आकलन किया जाए। राजाजी ने ठीक ही कहा है, अन्ततः जनप्रतिनिधियों का चरित्र ही विधायिका के अन्दर और बाहर सर्वाधिक महत्त्वपूर्ण होता है।

किन्तु उक्त दोनों विचार आंशिक रूप से ही सत्य हैं, क्योंकि उत्तम चरित्रवान व्यक्तियों से रहित तथा राष्ट्रहित में निःस्वार्थ समर्पण के अभाव में कोई भी दल सिर्फ ऊँची घोषणाओं, लम्बे-चौड़े दावों और जुलूसों के आधार पर एक लकवाग्रस्त, अनुपयोगी और हानिकारक शरीर से अधिक कुछ नहीं हो सकता। दूसरी ओर, समान लक्ष्य और कार्यक्रम से परस्पर सम्बद्ध चरित्रवान किन्तु किसी संगठित दल से न जुड़े हुए लोग ऐसे मशीनी पुर्जों के समान है, जो अपने आप में सक्षम होते हुए भी किसी सामूहिक कार्य के लिए अनुपयोगी तथा उपलब्धि-अर्जन के लिए अक्षम होते हैं।

अतः इन दोनों विचारों को एक साथ लेना होगा और राष्ट्रीय हितों के लिए समर्पित, स्वार्थ-रहित, योग्य, सामूहिक कार्यान्वयन में समर्थन तथा सामंजस्यपूर्ण राष्ट्रीय विचारों से अनुप्राणित चरित्रवान लोगों के दल को चुनना होगा। इन दोनों के अन्तर को न पहचान पाने पर पछतावा ही हाथ लगेगा। ऐसी स्थिति में मतदाता ठीक से समझ ले कि वह किस दल का समर्थन करें और कैसे प्रत्याशी को चुनें।

एकदलीय तंत्र स्वीकार्य नहीं

चुनाव मैदान में उतरे प्रमुख दलों में से कुछ ने समाजवाद को अपना आदर्शवाद माना है। किन्तु जर्मनी का समाजवाद नाजीवाद में तथा इटली का समाजवाद फासीवाद में बदल गया। इनके उत्थान-पतन का इतिहास तथा उसके फलस्वरूप एकदलीय अधिनायकवाद के दुष्प्रभाव सर्वविदित हैं। अपने देश में इसकी वही दुःखद गाथा नहीं दोहराई जाएगी, इसकी कोई गारण्टी नहीं। प्रत्येक नागरिक को बहुमूल्य स्वतंत्रता की सुरक्षा सतर्कतापूर्वक करनी

चाहिए। उसे न तो अपनी अस्मिता को राजतंत्रीय अधिनायकवाद के हाथ गिरवी रखना चाहिए और न ही स्वयं को चन्द ठीकरों पर बिका दास बनने की छूट देनी चाहिए। अतः तथाकथित समाजवादी आदर्शों के बीच से सावधानीपूर्वक लक्ष्य का संधान करना चाहिए और दृढ़निश्चयी होकर उनसे अपना मुख मोड़ लेना चाहिए, जो असामाजिक व अराष्ट्रीय सिद्धान्तों में लिप्त हों।

साम्यवादी दल रूसी खेमे के समर्थक हैं और भारत में उस प्रणाली की स्थापना का स्वप्न देख रहे हैं। हाल ही में हंगरी में घटी घटनाओं से इस प्रणाली की स्पष्ट कल्पना हो सकती है। उन्होंने अपने जीवन के चालीस वर्षों में ऐसे रक्तपात व सामूहिक हत्याकाण्ड आदि देखे हैं, जिनकी बराबरी मानव सभ्यता के सर्वाधिक अँधेरे एवं बर्बर काल में भी नहीं मिल सकती। इस आत्म-घोषित प्रगतिशील विचारधारा के भयानक प्रभाव औसत आदमी को दास बनाने, संवेदनाओं, भावनाओं व विचारों पर कठोर नियंत्रण लाने तथा स्वातंत्र्य-दमनकारी तरीकों से मानव को निर्जीव पुर्जामात्र बनाकर रखने में देखा जा सकता है। यह हम लोगों की प्राचीनतम विरासत के बिल्कुल प्रतिकूल है। वास्तव में साम्यवाद और समाजवाद में हमें कोई भी ग्राह्य नहीं है, क्योंकि दोनों ही उस प्रतिक्रियावादी प्रक्रिया की विकृत सन्तान हैं, जो सभी उत्पादन साधनों सम्पदा तथा राजसत्ता को चन्द हाथों में समेटकर जीवन के सब पहलुओं पर क्रमशः बढ़ते जाते कठोर नियंत्रण द्वारा व्यक्तिगत जीवन को निर्जीव एवं निरानन्द बनाना चाहते हैं।

हिन्दू-विरोधी थैली के चट्टे-बट्टे

ये दल अहिन्दू होने पर गर्व करते हैं। हमारे अस्तित्व व समरसता की जड़ों को खोखला कर हमारी हिन्दू जीवन पद्धति के विरोधी विभिन्न कानूनों (जो गौ के प्रति हमारी सम्मानपूर्ण भावना, संस्कृति तथा विशिष्ट धर्म के विरोधी हैं) को मुस्लिम समाज के पक्ष में लागू करते हैं। यह पक्षपातपूर्ण रवैया कांग्रेस द्वारा अपने प्रत्याशी-चयन में, मुस्लिम-आरक्षण के साम्प्रदायिक दृष्टिकोण, उनके आन्दोलनों को प्रोत्साहित करने इत्यादि में उनके कुत्सित हिन्दू-विरोध का सम्पूर्ण वीभत्सता के साथ पर्दाफाश करता हैं।

यदि सत्ता की बागडोर ऐसे अहिन्दुओं (प्रायः हिन्दू-विरोधियों) के हाथ में चली गई तो हिन्दू समाज-धर्म व संस्कृति और अहिन्दुओं के अभिलषित मानबिन्दुओं के समूलोच्छेदन का संकट पैदा हो सकता है। कभी-कभी कुछ सचमुच अच्छे व्यक्ति उनके प्रत्याशी बनकर चुनाव में उतर सकते हैं। मतदाता यदि केवल ऐसी अच्छाई से ही निर्देशित होगा तो वे प्रत्याशी निश्चित रूप से विजय लाभ करेंगे। किन्तु, उस दल के अनुशासन में फँसकर उनके हिन्दू विचार, आदर्श, श्रद्धा एवं गुण किसी काम नहीं आएँगे और वे उस दल-तंत्र में पूर्णरूपेण अस्तित्वहीन हो जाएँगे।

उचित चयन के लिए

मैं उस महान हिन्दू समाज का आह्वान कर रहा हूँ, जिसके लिए अथक प्रयास करना मेरा धर्म बन गया है। उस पुरातन-चिरन्तन हिन्दू राष्ट्र को, जिसकी आराधना मैं दिव्य शक्ति की सच्ची अभिव्यक्ति के रूप में करता हूँ। मैं प्रार्थना करता हूँ कि वे सभी आत्मचेतना से अनुप्राणित तथा स्वतंत्र व अकुतोभय होकर अपने मताधिकार का प्रयोग करें तथा व्यक्ति एवं दल के समर्थन हेतु किसी के बहकावे में न आएँ और पथ से रंचमात्र भी डिगे बिना अपने प्रतिनिधियों का चुनाव करें। वे सतर्क एवं विवेकशील बनें और संकल्पबद्ध होकर अपना मत ऐसे दल और व्यक्ति को दें, जो हिन्दू समाज तथा हिन्दू-हितों के प्रति समर्पण-भाव रखने वाले, अनुदारता से मुक्त, प्रगतिकामी, विशालहृदय, उदारवादी, घृणारहित तथा मतभेद रखने वाले लोगों के प्रति भी अविरोधी हों। अनिवार्यतः प्रभावी हिन्दू, उज्ज्वल वैयक्तिक व राष्ट्रीय चरित्रसम्पन्न, पदारूढ़ या पदरहित होकर भी राष्ट्र-समाज की सेवा के लिए कृतनिश्चय पद, प्रतिष्ठा, पैसे, प्रसिद्धि व यश की चाह से निर्लिप्त, समरसतापूर्ण सामूहिक कार्यशैली के महत्त्व के कद्रदान, मातृभूमि व उसकी सन्तानों के प्रति आस्था व समर्पण के भाव से आप्लावित तथा अपने निजी सुख-दुःख को पूरी तरह भुलाकर कठिनतम कार्य के गुरुतर दायित्व का निर्वहन करने में सक्षम हों। ऐसा आचरण करने पर ही मतदाता का वोट व्यर्थ नहीं जाएगा। इस सावधानी से ही मतदाता अपनी प्रिय मातृभूमि भारतमाता के पुंजीभूत वैभव, सम्मानपूर्ण राष्ट्र-जीवन की सुदृढ़ आधारशिला रखने में सहायक होने का अलभ्य लाभ प्राप्त कर सकेंगे।

('पांचजन्य', 1 फरवरी, 1998)

अगणित 'छोटे-छोटे पाकिस्तान'

वास्तव में सम्पूर्ण देश में जहाँ भी एक मस्जिद या मुसलमानी मुहल्ला है, मुसलमान समझते हैं कि वह उनका अपना स्वतन्त्र प्रदेश है। यदि वहाँ हिन्दुओं का कोई जुलूस गाते-बजाते जाता है, तो वे यह कहते हुए क्रोधित होते हैं कि उनकी धार्मिक भावनाओं को ठेस लगती है। यदि उनकी धार्मिक भावनाएँ इतनी नाजुक हो गई है कि मधुर संगीत से भी क्षुब्ध हो जाती हैं, तो वे अपनी मस्जिदों को जंगलों में स्थानान्तरित करके वहाँ चुपचाप आराधना क्यों नहीं करते? वे सड़क के किनारे ही एक पत्थर जमाने का, उस पर सफेदी पोतने का तथा उसे प्रार्थना-स्थल कहने का हठ क्यों करते हैं? और फिर जब वहाँ संगीत होता है, तो हायतोबा मचाते हैं कि उनकी आराधना में व्याघात होता है।

कुछ वर्षों पूर्व एक अरब का मुसलमान मौलवी हमारे देश में आया था। उससे प्रार्थना की गई कि वह कुरान का पाठ उसी प्रकार करे, जैसे उसके देश में किया जाता है। उसने इस बात का उत्तर दिया कि वहाँ तो हम उसे हारमोनियम, तबला तथा इसी प्रकार के अन्यान्य वाद्य-यंत्रों के साथ गाते हैं। यदि यहाँ मैं यह करूँगा, तो यहाँ के मूर्ख मुसलमान मेरे टुकड़े-टुकड़े कर डालेंगे। क्या यह इससे स्पष्ट नहीं हो जाता कि यहाँ मुसलमानों की संगीत-विषयक तथाकथित धार्मिक भावनाओं का धर्म अथवा आराधना से कोई सम्बन्ध नहीं है, वरन् पूर्णरूपेण इसकी प्रेरणा में हिन्दुओं से झगड़ा करना तथा अपने लिए एक छोटा स्वतन्त्र कक्ष स्थापित करने का दृष्टिकोण निहित है।

यह किस प्रकार सम्भव होता है कि वे इन आक्रामक और राष्ट्र-विरोधी कार्यों को खुल्लमखुल्ला करने का साहस करते हैं। यह इसलिए है कि हमारी सरकार भी उन्हें व्यक्त अथवा प्रच्छन्न रूप से प्रश्रय देती है।.... कानून-पालन करनेवाले नागरिकों से कहा जाता है कि वे अपने को संयमित रखें और जो हिंसा में प्रवृत्त होने को निकलते हैं, उन्हें उनकी इच्छानुसार कार्य करने की स्वतन्त्रता दी जाती है। यह एक प्रकार से परोक्ष रीति से स्वीकार करना है कि देश के अन्दर कितनी ही मुस्लिम बस्तियाँ हैं, अर्थात् कितने ही लघु पाकिस्तान, जहाँ कि देश का सामान्य कानून संशोधनों के साथ लागू होता है और जहाँ दुष्टों के मन की लहर ही अन्तिम नियम है। यह स्वीकृति, चाहे वह परोक्ष ही क्यों न हो, एक अत्यन्त खतरनाक सिद्धान्त को उपलक्षित करती है, जिसमें हमारे राष्ट्रीय जीवन के पूर्ण विनाश की

सम्भावनाएँ भरी पड़ी हैं । इस देश में इस प्रकार की बस्तियाँ (कक्ष) निःसंशय रूप से पाकिस्तान-समर्थक तत्त्वों के चारों ओर फैले हुए जाल के छोटे-बड़े केन्द्र हो गए हैं ।···

कम से कम अब हम जागें, चारों ओर देखें और बड़े-बड़े प्रमुख मुसलमानों के भी शब्द तथा कृत्यों के सही तात्पर्य को समझें । उनके अपने ही वक्तव्यों ने आज तथाकथित 'राष्ट्रीय मुसलमानों' के महानतम व्यक्तियों को भी उनके सच्चे नग्न रूप में प्रकट कर दिया है ।

ईसाई मिशनरियाँ राष्ट्रद्रोह पनपाती हैं

हमारे देश में निवास करने वाले ईसाई 'सज्जनों' (मिशनरियों) की इस प्रकार की भूमिका है कि वे यहाँ हमारे जीवन के धार्मिक एवं सामाजिक तन्तुओं को ही नष्ट करने के लिए प्रयत्नशील नहीं हैं; वरन् विविध क्षेत्रों में और यदि संभव हो, तो सम्पूर्ण देश में राजनीतिक सत्ता भी स्थापित करना चाहते हैं । वास्तव में जहाँ कहीं भी उन्होंने जीसस क्राइस्ट के दैवी पंखों की छाया में मानव के बीच शान्ति एवं भ्रातृत्व लाने के आकर्षक परिधान में किया है । जीसस ने अपने अनुयायियों से कहा था— अपना सब कुछ गरीब, अज्ञानी तथा दलित को दे डालने के लिए; किन्तु उनके अनुयायियों ने व्यावहारिक रूप में क्या किया ? वे जहाँ भी गए, 'रक्त देनेवाले सिद्ध न होकर रक्त चूसनेवाले' ही सिद्ध हुए । जहाँ इन तथाकथित क्राइस्ट के अनुयायियों ने अपने उपनिवेश बनाए हैं । उन सभी देशों की क्या गति हुई है ? जहाँ कहीं उन्होंने कदम रखा, वहाँ के निवासियों के आँसुओं और रक्त से उस भूमि को सिक्त कर दिया और उन सभी जातियों को लुप्त कर दिया । क्या हम वह हृदयद्रावी कहानियाँ नहीं जानते कि किस प्रकार इन्होंने अमेरिका, आस्ट्रेलिया और अफ्रीका के मूल निवासियों का समूल नाश किया । इतना दूर जाने की क्या आवश्यकता ? क्या हमें ईसाई मिशनरियों का अपने देश का भीषण अत्याचारी इतिहास ज्ञात नहीं है कि किस प्रकार उन्होंने गोआ तथा अन्य स्थानों पर आगजनी और हत्याकाण्ड से लोगों का उत्पीड़न किया । सेण्ट जेवियर के विषय में कहा जाता है कि उस समय वह अपने जीवन में परम आनन्द का अनुभव करता था, जब नवीन धर्मान्तरित जन अपने पूर्व के देवी-देवताओं को पैरों से कुचलते थे; मन्दिरों को ढहाते थे तथा अपने ही माता-पिताओं और वृद्ध जनों को, जो हिन्दू रह जाते थे, अपमानित करते थे ।

शाश्वत मूलों का सिंचन

हमारी संस्कृति के प्राचीन एवं जीवनदायी लक्षणों को पुनः तारुण्य प्रदान करने के कार्य की अविलम्ब आवश्यकता और सर्वोपरि महत्ता हमारे राष्ट्र के वर्तमान सन्दर्भ में ही नहीं है, वरन् अन्तर्राष्ट्रीय सन्दर्भ में भी है । हमारी सांस्कृतिक दृष्टि को ही, जो मनुष्य-मनुष्य के बीच प्रेम एवं सामंजस्य के लिए सच्चा आधार प्रदान करती है और जीवन के सम्पूर्ण दर्शन को मूर्त करती है, आज के विश्व के सामने प्रभावी ढंग से रखने की आवश्यकता

है। यदि महान् जागतिक लक्ष्य में हम सफलता प्राप्त करना चाहते है तो हमें प्रथम अपना उदाहरण प्रस्तुत करना होगा। हमें विदेशी वादों की मानसिक शृंखलाओं और आधुनिक जीवन के विदेशी व्यवहारों तथा अस्थिर 'फैशनों' से अपनी मुक्ति कर लेनी होगी। परानुकरण से बढ़कर राष्ट्र की अन्य कोई अवमानना नहीं हो सकती। हम स्मरण रखें कि अन्धानुकरण माने प्रगति नहीं। वह आत्मिक पराधीनता की ओर ले जाता है।

फिर भी हमें विश्वास है कि वर्तमान विपर्यास एवं मिथ्या कल्पनाएँ केवल क्षणिक दृश्य है। हमारी संस्कृति की जड़ें अमरता के स्रोतों में अत्यन्त दृढ़ता से एवं गहराई तक जमी हुई हैं, जो सरलता से सूख नहीं सकतीं। वे अपने युगों प्राचीन ओज एवं जीवन-शक्ति को निश्चय के साथ प्रकट करेंगी ही और विगत कुछ शताब्दियों में वृद्धिगत परोपजीवी-वृत्ति का परित्याग करते हुए अपनी सम्पूर्ण पुरातन शुद्धता एवं भव्यता के साथ एक बार पुनः अंकुरित होंगी।

('राष्ट्रधर्म', फरवरी, 1998)

चुनौतियों के सामने खड़ी यह पीढ़ी भाग्यशाली है

निःस्वार्थ, आत्मविश्वासयुक्त और निष्ठावान् ध्येयसेवी तथा राष्ट्रीय वैशिष्ट्यभिमानी जनों ने ही सदैव राष्ट्रीय विपद् के काल में अपने राष्ट्र के सुप्त पौरुष को जगाया और उसे खँडहरों के ढेर पर से गौरव के साथ पुनः उठाकर खड़ा किया है। निश्चय ही ऐसे पुरुष राष्ट्र के प्राण होते हैं। प्राचीन समय में भी शिक्षित तथा मेधासम्पन्न युवक व्यक्तिगत सुख-सुविधाओं के समस्त विचार को तजकर समाज की सेवा और उन्नति के लिए अग्रसर होते रहे हैं। वे निःस्वार्थ सेवा, त्याग और चारित्र्य की जीवित प्रतिमाएँ थे। वे कंदमूल खाकर अथवा द्वार-द्वार भिक्षाकण माँगकर अपने भौतिक अस्तित्व को बचाए रखते थे। उनकी समस्त शक्ति सामान्य जन के कल्याण के एकमात्र कार्य मे ही लगती थी। वे लोगों से मिलते थे, उनके सुख-दुःख में समरस होते थे, उनके भौतिक अभावों और क्लेशों को शमित या न्यून करने का प्रयत्न करते थे और उन्हें जीवन के उच्चतर मूल्यों से अनुप्राणित करते थे। उन प्रज्ञावान् स्वार्थत्यागी युवकों का हृदय उच्च शिखर के समान था, वहाँ से सांस्कृतिक तथा आध्यात्मिक आदर्शों की धाराएँ प्रवाहित होकर हमारे समाज के सभी स्तरों को सिक्त कर देती थीं। वे सनातन स्रोत थे, जहाँ से सांस्कृतिक श्रेष्ठता तथा भौतिक ऐश्वर्य की युगल धाराएँ राष्ट्रीय जीवन को आकण्ठ पूरित करती हुई बहती थीं और हमारे राष्ट्र को भौतिक श्री एवं आध्यात्मिक गौरव का प्रकाश-स्तम्भ बनाती थीं।

हम उन महान आदर्शों के अनुसार पुनः अपना आचरण ढालें। हम वर्तमान समय के समस्त क्लैव्यकारी विचारों को तजकर अपनी प्यारी एवं पवित्र मातृभूमि के हित राष्ट्र-गौरव से ओतप्रोत, सेवा, आत्मविश्वास तथा समर्पण के भव्य भावों को श्वास-प्रश्वास में बसाए हुए, सच्चे जीवन्त पुरुष बनें। इस प्रकार के ध्येयसेवी (मिशनरी) उत्साह से प्रज्वलित तरुणों का वृन्द ही हमारे देशवासियों में कार्य करने तथा देश को आभ्यन्तर एवं बाह्य संकटों की विभीषिका से बचाने के लिए समुद्यत होने की प्रेरणा दे सकेगा।

हमें अपने को भाग्यशाली समझना चाहिए कि हम वर्तमान कठिन घड़ी मे जन्म लेने को ही सौभाग्य की बात मानते हैं। आज हमारे देश में ऐसे लोग पर्याप्त संख्या मे हैं जो इस प्रकार से सोचते हैं और वहाँ के सुख-विलासों से प्रलुब्ध होकर अमरीका, इंग्लैण्ड आदि देशों में जा बसते हैं। किन्तु वास्तविक वीरता से युक्त पुरुष कुछ और ही सोचते हैं

और इस बात के लिए ईश्वर को धन्यवाद देते है कि इस देश में रहते हुए उन्हें कठिनाइयों, अभावों, विपदाओं और कष्टों का सामना करना पड़ रहा है जिसमें से अपने प्रयत्नों एवं संघर्षों के द्वारा उनका निवारण कर समृद्धि की ओर जाने का उन्हें अवसर मिला है। वैभव तथा समृद्धि-विपुलता के काल में हमारे जीवन का अर्थ होगा केवल जन्म लेना, कुछ काल तक सुख-सुविधापूर्वक जीवन-यापन करना तथा एक दिन मर जाना। किन्तु विपरीत परिस्थितियों में हमें अपने अन्दर के सर्वोत्तम को प्रकट करने, अपने पौरुष की परीक्षा करने और विश्व के समक्ष भव्यतापूर्ण प्रचण्ड व्यक्तित्व के रूप में खड़े होने का अवसर मिलता है। हमें अपनी पूर्ण उच्चता को प्राप्त करने और मानव कल्पना की उच्चतम उड़ान के भी आगे की ऊँचाई तक उड़ान भरने का सुयोग प्राप्त होता है।

आज, माँ को, अन्य सभी बातों से अधिक आवश्यकता है ऐसे पुरुषों की जो तरुण, मेधावी, त्यागी और इससे भी बढ़कर वीर्यवान् तथा पौरुषसम्पन्न हों। जब नारायण—शाश्वत ज्ञान तथा नर—शाश्वत पौरुष—का संयोग होता है, विजय निश्चित समझनी चाहिए और ऐसे सत्पौरुष पुंभावसम्पन्न पुरुष ही इतिहास के निर्माता होते हैं।

मानव जाति को अपना अद्वितीय ज्ञान प्रदान करने की योग्यता सम्पादन के लिए तथा संसार की एकता और कल्याण के हेतु जीवित रहने एवं उद्योग करने के लिए हमें संसार के समक्ष आत्मविश्वासी, पुनरुत्थानशील और सामर्थ्यशाली राष्ट्र के रूप में खड़ा होना पड़ेगा। राष्ट्रीय स्वयंसेवक संघ ने उस युग-युगान्तर से चले आए राष्ट्रीय लक्ष्य को पूर्ण करने का संकल्प किया है, जिसके प्रथम पग के रूप में इस समय हिन्दू समाज के बिखरे हुए तत्त्वों को संगठित करके आध्यात्मिक एवं भौतिक जीवन के दोनों ही क्षेत्रों में वह एक संगठित और अजेय शक्ति निर्माण करेगा।

वर्ष-प्रतिपदा कैसे मनायें ?

आज हम लोग नूतन वर्ष का उत्सव मना रहे हैं । हमारे हिसाब से एक वर्ष समाप्त होकर आज दूसरा वर्ष प्रारंभ हो रहा है । दूसरा वर्ष जब प्रारंभ होता है तब कई बार यह देखने में आता है कि बहुत से सज्जन आगामी वर्ष में कुछ कार्य करने की योजना बनाते हैं; बड़े अच्छे-अच्छे निश्चय किया करते हैं और समझते हैं कि उन निश्चयों को लेकर अपना नया वर्ष बिताएँगे । परन्तु ऐसे सब विचार करते समय उनके मन में जो भावनाएँ उठती है वे क्षणिक रहती हैं और इसीलिए वे कार्य बहुधा कागज पर अथवा मन में रहकर मर जाते हैं । कई बार इस प्रकार के निश्चय करनेवाले घर बैठनेवाले ही होते हैं । वे विचार अधिकांश में केवल विचार ही रह जाते हैं । विचारमात्र के सिवाय उनका और कोई उपयोग नहीं होता । मानो कृति से उनका कोई संबंध ही नहीं है ऐसा प्रतीत होता है । कई लोग अपनी आगामी वर्ष की योजना की लम्बी सूची, अपनी दैनंदिनी के मुखपृष्ठ पर लिखते हैं । इस प्रकार के विभिन्न विचार, उत्तम योजना का यदि वर्ष के अन्त में मिलान किया जाए, तो पता लगेगा कि उसके अनुसार बहुत कम परिमाण में कार्य हुआ है । विचार और कार्य में बहुत अंतर है । हम लोगों को अपने विचारों को इसी प्रकार मार डालने की आदत पड़ गई है । हम इसे छोड़ें ।

प्रत्येक मनुष्य सोचता है कि वह अपने जीवन का प्रत्येक पल उत्तम रीति से बिताए, सत्कार्य में लगाए, सद्व्यवहार करे । पर यह सब कृति में उतरता हुआ बहुत कम पाया जाता है । मनुष्य-जीवन बहुत छोटा है । उसका कुछ भी अंश व्यर्थ खोया नहीं जा सकता । वास्तव में मनुष्य के पास खोने के लिए समय ही नहीं है । कार्य के अनुपात से उसकी जीवन-अवधि बहुत कम है, यदि वह सौ वर्ष भी जी सका तो कम ही मालूम होगा । हजार-दो हजार वर्षों का जीवन होता तो मान लेते कि दस-पाँच साल व्यर्थ गँवा देने में भी कोई हानि नहीं है । अतएव जीवन का एक क्षण भी व्यर्थ गँवाना अनुचित है । इतना होने पर भी मनुष्य के विचार और कार्य मे मेल नहीं पाया जाता । किसी भी व्यक्ति से पूछने पर यह बात स्पष्ट हो जाएगी कि वर्षारम्भ में किए गए उत्तम विचारों का परिमाण प्रत्यक्ष कार्य से बहुत अधिक है ।

नूतन वर्ष में प्रवेश करते समय मनुष्य आगामी वर्ष की सुखद कल्पना से आनंदित

होता है। मन में नई-नई उमंगें उठती हैं। एक वर्ष से उसका आयुष्य और बढ़ गया इसका झूठा अभिमान भी होता है। उसे याद नहीं आता कि उसकी मृत्यु एक वर्ष से और समीप आ गई। यथार्थ में इस दृष्टि को सामने रखते हुए उसे बचा हुआ कार्य और भी अधिक शक्ति, गति तथा बुद्धि लगाकर करना चाहिए जिससे वह अपनी पिछली कमी को पूरा करके आगे बढ़ सके। परन्तु वह अपनी उमंग में यह भी भूल जाता है कि बीते हुए समय में उसने कुछ भी नहीं किया। उसे अपने ऊँचे विचारों और कार्य की विषमता का ज्ञान तक नहीं होता। बहुत बड़े निश्चय करने के उपरांत भी इस प्रकार की अवस्था मनुष्यों के व्यवहार में पाई जाती है। यह बात केवल साधारण मनुष्यों के जीवन और आचरण में ही नहीं वरन् बड़े कहलानेवाले अनेक लोगों में भी मिलती है। ऊँचे से ऊँचा निश्चय करने के पश्चात् मनुष्य का कार्य साधारण ही रह जाता है। उसका जीवन यों ही व्यतीत हो जाता है। परन्तु राष्ट्रीय स्वयंसेवक संघ का प्रत्येक घटक ध्यान में रखे कि उसने एक बार दृढ़ विचार कर लिया है और वह उसे पूरा अवश्य करेगा।

यह ठीक नहीं कि हमारे अन्तःकरण के ऊँचे विचार केवल हमारे अन्तर्गत ही रहें। हम लोगों को देखना चाहिए कि उन विचारों का विकास हमारे अन्तर्गत ही नहीं वरन् अन्य लोगों में भी होवे। हम देखें, अपने कार्य का सिंहावलोकन करें कि इस दृष्टि से कार्य करने में हमें कहाँ तक सफलता मिली है। वर्षारम्भ के शुभ दिन पर यदि हमने यह निश्चय न किया हो तो उस पर पुनः विचार करें। राष्ट्रीय स्वयंसेवक संघ ने अपने जीवन के प्रारंभ काल में एक बार वह निश्चय कर लिया है। उससे इसके प्रत्येक घटक पूर्णरूपेण परिचित हैं। राष्ट्रीय स्वयंसेवक संघ हर समय कोई नया विचार रखना नहीं चाहता। उसने अपने जीवन के प्रथम दिन पर जो विचार किया है उसे ही वह हर प्रसंग पर और विशेषकर आज के दिन दुहराता है, दृढ़ करता है। उस दिन हिन्दू समाज की जो अवस्था थी, उसमें आज कोई अन्तर नहीं दिखाई देता। हमारा समाज जैसा था लगभग वैसा ही आज भी है। समाज की परिस्थिति उसका रंग-ढंग, सभी कुछ पहले जैसा है। उसमें कोई फेरफार नहीं हुआ है। इसलिए हमारे कार्य और विचारों में भी फेरफार की कोई आवश्यकता नहीं है। हम सबने एक बार उठकर, एक साथ एक निश्चय कर लिया है कि संघ का कार्य आजीवन करना है, तन-मन-धन से करना है।

इस प्रकार के जीवन व्रत के विषय में कुछ लोगों का आक्षेप भी है। मुझे कई सज्जन मिले जो कहते हैं कि यह तो बड़ा भारी बन्धन है—ठीक नहीं है। मैं भी नहीं चाहता कि कोई मनुष्य बन्धन में रहे। बन्धन से दूर रहने की इच्छा बड़ी ही सुखकर है, अत्यन्त आनन्द की बात है। मैं तो बन्धनमुक्त होने से अच्छी दूसरी कोई बात ही नहीं समझता। पर प्रश्न यह है कि जब मनुष्य यह कहता है कि मैं बन्धन में नहीं रहूँगा तब क्या वह सचमुच में वह विचार हृदय से करता है? क्या उस बन्धन के प्रति उसे तीव्र घृणा है? उसका कहना विचारयुक्त है? यथार्थ में मनुष्य समाज के बन्धन से मुक्ति चाहता है और चाहता है उसके प्रति कर्तव्य करने से मुक्ति। जब तक मनुष्य जीवित है, समाज से वह

कदापि अलग नहीं हो सकता। अलग रहने की कल्पना से भी उसे कष्ट होना चाहिए। मनुष्य के अन्दर की चेतना उसके कर्तव्य-विमुख होते ही अन्तःकरण में चोट करती रहती है। इसीलिए मनुष्य कर्तव्य-बन्धन में बँधना नहीं चाहता, निश्चय करने से दूर भागता है। इस प्रकार की मनःस्थिति में वर्षारम्भ के शुभ प्रसंग पर किसी भी प्रकार का निश्चय करना लाभदायक सिद्ध नहीं होगा।

आज का दिन दूसरी दृष्टि से संघ के लिए बहुत महत्त्व का है। क्योंकि इसी दिन वास्तव में उसका जन्म हुआ। संघ की इस विशाल कल्पना को, अपनी स्वतः की कल्पना को मूर्त रूप देने का निश्चय करनेवाले महान व्यक्ति ने आज के ही दिन हमारे इस भारतवर्ष में जन्म लिया था। इस कार्य को करते हुए वे अपना जीवन समाप्त कर चले गए। कई महात्मा और ईश्वरावतार हमारी इस भूमि में हो चुके है। उनमें से अधिकांश के जन्मोत्सव हमारे समाज में मनाए भी जाते हैं; परन्तु इन त्यौहारों को मनाते समय ऐसे कितने लोग हैं जो उन महात्माओं के जीवन को आदर्श समझकर उसके अनुरूप अपना जीवन बनाने का विचार अपने मन में लाए। अधिकांश लोगों की दृष्टि से तो वह केवल मनोरंजन का साधन रहता है। लोगों का ख्याल इसी ओर रहता है कि इस त्यौहार को किसी प्रकार मनाया जाए जिससे अधिक आनंद आए। वे दस-बीस लोगों को अपने यहाँ भोजन के लिए बुलाते हैं, माला तथा मनोरंजन के अन्य साधनों का प्रबंध करते हैं और जब उत्सव हो जाता है तो यही सुनने में आता है कि लड्डू बहुत अच्छे बने थे। यदि मनोरंजन ही उत्सव मनने का ध्येय हो तो हम लोगों को उत्सव मनाने की कोई आवश्यकता नहीं है। इतना ही कि सिनेमा देखनेवाला चार आना बरबाद करके अपने तीन घंटे का समय खर्च करता है और उत्सव मनानेवाला कुछ रुपया खर्च करके सारा दिन उसमें व्यतीत करता है। केवल मालाओं का हिसाब लगाने के लिए या उस मनुष्य की थोड़ी प्रशंसा करके अथवा सुनकर दिल बहलाने के लिए उत्सव मनाने से क्या लाभ ?

अवतारी पुरुष के जन्मोत्सव के दिन प्रचलित प्रथा के अनुसार आनंद मनाने की वृत्ति संघ में नहीं है। साधारणतः इस प्रकार के उत्सव के प्रसंग पर मिष्टान्न भोजन करने, गाने-बजाने जैसे कार्यक्रमों में ही लोग धन्य मानते हैं। यह प्रथा मन को प्रसन्न करने या बहलाने के लिए ठीक है। पर संघ में उसका कोई स्थान नहीं है। आज के जन्मोत्सव के प्रति हमारा सच्चा प्रेम है, श्रद्धा है, भक्ति है तो उपरोक्त प्रकार की प्रथा अथवा विचार हमको प्रिय न होगा।

आज परम पूजनीय डाक्टर जी की जन्मतिथि मनाते हुए हम सब लोग इस स्मरणीय प्रसंग पर जो कुछ विचार करते हैं और कहते हैं उसे अक्षरशः अधिक तीव्रता से कृति में उतारें। कठिनाइयों पर ध्यान न देते हुए आगे बढ़ें। विश्रांति की कल्पना छोड़ें। संघ प्रवर्तक उस महापुरुष ने, संघकार्य को छोटे स्वरूप से बड़ा करने में कितने कष्ट झेले, किस प्रकार अपना खून सुखाया उसका विवरण देने के लिए हम सब यहाँ उपस्थित नहीं होते हैं।

आज हम केवल यह विचार दृढ़ करना चाहते है कि उस महापुरुष ने जिस महान

कार्य को बीज रूप से विशाल वृक्ष बनाया, जिसके लिए उन्होंने भगीरथ प्रयत्न किया, अंत में अपने आपको उसी में मिलाया, उस महान यज्ञ में हम भी अपना पूर्ण योग दें। इस समय हमारा यह ध्येय होना चाहिए कि डाक्टर साहब ने जैसा जीवन बिताया, उसी प्रकार का जीवन बिताने का हम भी प्रयास करें। सच्चा आनन्द इसी में है। उनका ऐसा भव्य शरीर था कि नागपुर के सभी डाक्टर कहा करते थे कि आप तो निमोनिया के समान बीमारी बड़ी सरलता से सहन कर लेंगे। इस प्रकार का शरीर जो सरलता से सौ वर्ष तक रह सकता था उसे केवल पचास वर्ष में ही छोड़ वे चले गए। हमें इस बात पर दुःख मनाते बैठे रहने की आवश्यकता नहीं है। परन्तु फिर भी उनके समान कार्य करने का निश्चय किया है, ऐसा सोचकर तथा अपनी योग्यता देखकर, कितना अधिक कष्ट हमें उस कार्य को पूरा करने के लिए उठाना चाहिए, इसका हम लोग विचार करें। जिन लोगों ने डाक्टर साहब का काम देखा है वे सभी अच्छी तरह से जानते हैं कि उन्होंने अपने सारे जीवन में एक भी त्रुटि नहीं की। इतनी बड़ी योग्यता होने पर भी, इतनी अधिक कार्यशक्ति तथा सम्मानास्पद जीवन होने पर भी, जिसने अपने जीवनभर कष्टों का सामना किया उसकी तुलना में हम जैसे लोगों को उसी कार्य को करने के लिए कितना अधिक कष्ट उठाना चाहिए, इसका हम विचार करें।

एक और युधिष्ठिर

मैं जानता था कि वह कर्तृत्ववान है। मैं जानता था कि वह गुणवान है, जानता था कि बुद्धिमान है। संघ के प्रचारक के नाते संगठन के शास्त्र में कुशल है, इसका प्रत्यक्ष अनुभव मुझे था। मैं यह भी जानता था कि अपनी मधुर वाणी से, स्निग्ध व्यवहार से और सब प्रकार के मानसिक तथा बौद्धिक संतुलन से उस क्षेत्र में वह असामान्य स्थान प्राप्त करेगा, किन्तु जगत् के सामने आकर असामान्य स्थान प्राप्त करने के पहले ही वह चला गया।

देश में तो बहुत बड़ा स्थान मिल गया था, और भी मिल सकता था, मिलने वाला था। जगत् में भी उसका नाम हमेशा के लिए लोग स्मरण रख सकें, ऐसा बनने के पहले चला गया। मुझे इसका दुःख होता है। जैसे अपने घर का लड़का बुद्धिमान है, होशियार है, खूब उत्तम रीति से परीक्षा में उत्तीर्ण हो रहा है, इधर-उधर नाम कमा रहा है, लेकिन वह बीच में चला गया, तो माँ-बाप को कैसा लगता है। बहुत से लोग अपने परिवार चलाते है—अतः वे उसकी कल्पना कर सकते हैं। मैं परिवार नहीं चलाता, इसलिए मेरी जो दुःख की भावना है, वह शतगुणित अधिक है।...इतना ही कहूँगा कि दीनदयाल को ईश्वर ने ले लिया। वह प्रत्यक्षतः विरोधी दल के एक प्रमुख पुरुष थे। उनका कर्तव्य था कि जो अनिष्ट और त्रुटिपूर्ण दिखाई दे, उसके प्रति अपने मत को असंदिग्ध शब्दों में प्रकट करें। यह उन्होंने किया, परन्तु उनके हृदय के अन्दर कभी भी कटुता नहीं थी। वे बड़े प्रेम से बोलते थे। मेरा तो बहुत सम्बन्ध था। वे किसी के साथ जरा भी नाराज नहीं हुए और अगर किसी ने खराबी की तो भी उसके प्रति अपशब्द का प्रयोग नहीं किया। वे इतने अच्छे थे—जैसे युधिष्ठिर थे, जो कि दुर्योधन को भी, यद्यपि उसके नाम में दुरक्षर था, दुर्योधन न कहकर, सुयोधन कहते थे, वे इसी परम्परा के थे। इसलिए उनमें कभी कटुता दिखाई नहीं दी—शब्दों में नहीं, वाणी में नहीं, हृदय के अन्दर भी नहीं।

'विजयदशमी' दैवीय प्रवृत्ति द्वारा दानवी प्रवृत्ति पर विजय का प्रतीक है

भारत की परम्परा में आश्विन शुक्ल 10 अक्षय स्फूर्ति का एक दिवस है। दैवीय तथा दानवीय प्रवृत्ति में संघर्ष पर विजय को अनादि काल से अनेक घटनाओं द्वारा संजीवित किया गया है। यह एक दिव्योज्ज्वल प्रतीक है। विजयदशमी की अदम्य आकांक्षा का प्रेरणा का स्रोत है। दिव्य गुणों की समवाय रूप दुर्गा देवी ने इसी दिन आसुरी सामर्थ्य पर विजय प्राप्त की थी। आज के दिन मद से उन्मत्त रावण को पुरुषोत्तम प्रभु रामचन्द्र ने रक्त-स्नान करवाया था तथा तेंतीस कोटि देवताओं को मुक्त किया था। विजयदशमी पर शक्ति-पूजन के साथ शमी का पूजन भी किया जाता है। रघुराज के समान श्रेष्ठ दाता और कौत्स के समान निर्लिप्त याचक की स्मृति भारतीय समाज का आदर्श चित्र प्रस्तुत करती है। शमी पूजन तथा समाज बांधवों को स्नेहपूर्वक शमीपत्र देने की प्रथा इस सामाजिक नीति का स्मरण कराती है। निकटतम भूतकाल से भारत में हिंदू पदपादशाही निर्माण करने की आकांक्षा से प्रचण्ड पुरुषार्थ करने वाले छत्रपति शिवाजी महाराज ने विजयदशमी के शुभ मुहूर्त पर सीमोल्लंघन की प्रथा डाली थी।

राष्ट्रीय स्वयंसेवक संघ के लिए विजयदशमी का महत्त्व अनन्त और असामान्य है क्योंकि इसी दिन आद्य सरसंघचालक प.पू. केशवराव बलिराम हेडगेवार ने संघ की स्थापना की थी। पतित पराभूत आत्मविस्मृत तथा आत्मविश्वासशून्य हिन्दू राष्ट्र में नवचैतन्य, आत्मविश्वास व विजय की आकांक्षा निर्माण कर उसकी सिद्धि के लिए बलोपासना करने के लिए उसे प्रवृत्त करने के निमित्त यह उत्सव एक परम्परा प्राप्त साधन ही है।

रावण द्वारा सीताहरण किए जाने की घटना देखकर वयोवृद्ध जटायु से न रहा गया। उसने रावण को रोका और युद्ध किया, यद्यपि इस संघर्ष में वह मारा गया, पर उसका यह बलिदान असंख्यों के लिए अनुकरणीय उदाहरण बना, जो विजय की तुलना में कम महत्त्वपूर्ण नहीं था।

रावण के पास समस्त भौतिक शक्तियाँ उपलब्ध थीं पर उन्हें वनवासी गिरिवासी वानरों को संगठित करके उन्हीं के द्वारा प्रभु रामचन्द्र ने रावण को हराया था। रावण की भौतिक

शक्ति इस दैवीय संगठित शक्ति का सामना न कर सकी। नाश रावण का हुआ, भारतीय धर्म और सभ्यता का नहीं। श्रद्धा, आशा और उत्साह से पूर्ण ऐसा ही संगठित बल यदि हम भारतवर्ष में निर्माण कर सकेंगे तो सारे संकट को हँसते-हँसते ठुकरा सकेंगे—यही है विजयदशमी का सन्देश।

मानव-सेवा : ईश्वर-सेवा

मनुष्य अकेला नहीं रहता, वह अकेलेपन से बचना चाहता है। वह प्रकृति से संचारी है। इसलिए मानव प्राणी एकत्र आते हैं और सामाजिक प्राणी की भाँति समाज के स्वरूप में रहते हैं। इस प्रकार वह भली भाँति जीवनयापन कर सकता है, विकास कर सकता है और उसमें जो सर्वोत्तम है, उसकी अभिव्यक्ति कर सकता है। इस प्रकार वह सामाजिक घेरे में उन्नति करता हुआ जीवन के लक्ष्य की पूर्णता की दिशा में बढ़ सकता है। इसका कार्य होता है एक ऐसी समाज-व्यवस्था का निर्माण एवं उसको सुचारु रूप से बनाए रखना जो प्रत्येक व्यक्ति को इस बात का पूर्ण अवसर प्रदान कर सके कि वह व्यापकतर सामाजिक समुदायों के साथ तादात्म्य का अनुभव करे तथा अपने पास जो कुछ है, उस सबके द्वारा समाज की सेवा करे। प्रत्येक व्यक्ति के लिए उस चरम सत्य की अनुभूति की दिशा में मार्ग को प्रकाशित करने के लिए यही एक उपाय है। इसीलिए हमने कहा है कि बिना किसी स्वार्थी आकांक्षा अथवा स्वार्थपूर्ण आसक्ति के हम समाज की सेवा करें। मानवता की सेवा निश्चय ही ईश्वर-सेवा है। यह हमारे जीवन-दर्शन का विशिष्ट लक्षण रहा है।

हम पवित्र संकल्प करें

श्री अरविन्द का जीवन, भगवान् श्रीकृष्ण के जीवनोत्साहवर्द्धक उपदेशों का प्रभावी प्रमाण है। अपने जीवन का सर्वाधिक संस्कारक्षम भाग एक विदेशी भूमि में बिताकर—जहाँ मनुष्य का समूचा अस्तित्व धन-संपत्ति और शक्ति की भौतिक लालसाओं में ही आकण्ठ लिप्त है—पवित्र भारतभूमि में लौटकर वे अपनी विशिष्ट शक्ति के साथ राष्ट्रीय स्वतंत्रता-आन्दोलन के विभिन्न कार्यों में कूद पड़े, और जनता के एक अत्यन्त लोकप्रिय तथा निर्विवाद नेता एवं उसकी आन्तरिक राष्ट्रीय अभीप्सा के सच्चे प्रतिनिधि के रूप में प्रकट हुए। 'कर्म' की अगाध शक्ति से प्रेरित होकर वे योग-साधन और स्वाध्याय में जुटे तथा इतने गहरे उतरे, कि अल्पावधि में ही शब्द, अनुभव और बुद्धि द्वारा प्राप्त ज्ञान की संकुचित सीमाएँ लाँघकर उन्होंने एकदम सीधे शाश्वत सत्य से साक्षात्कार किया।

अपने देश की समस्याओं के ज्ञान और अपनी भविष्यदर्शी अंतर्दृष्टि के द्वारा उन्होंने हमारा मार्गदर्शन किया, जिसके माध्यम से हमारे प्राचीनतम धर्म, संस्कृति और विश्व-मानवता के तेजस्वी, शुद्ध और समर्थ नेता के रूप में हमारे राष्ट्र की पुनःस्थापना हो सके।

15 अगस्त 1971 इस महान् सन्त का जन्मशती-वर्ष है। आइये, हम—उनके देशवासी—इसे उपर्युक्त रीति से आयोजित करने में जुट जाएँ, उनकी शिक्षाओं का अनुशीलन कर, उनके विचारों को समस्त देश में प्रचारित कर, और उनकी दिव्य दृष्टि में श्रद्धा रखकर यह पवित्र संकल्प करें कि जब तक लक्ष्य उपलब्ध नहीं होता, विश्राम न लेंगे।

हमारा आदर्श

हम यह देखें कि इस भूमि में किस प्रकार के श्रेष्ठ जीवनों की पूजा की गई है। क्या कभी हमने ऐसे व्यक्तियों को आदर्श माना है जो कि जीवन का लक्ष्य प्राप्त करने में असफल रहे हैं ? कभी नहीं। हमारी परम्परा ने उन्हीं की पूजा और आराधना करना सिखाया है जो अपने जीवन-उद्देश्य में पूरी तरह सफल सिद्ध हुए हैं। जो व्यक्ति परिस्थितियों का दास है वह हमारा आदर्श कभी नहीं रहा। हमारा आदर्श वह वीर रहा है जो कि परिस्थिति का स्वामी बन जाता है, केवल मात्र अपनी योग्यता और चरित्र के आधार पर परिस्थिति में परिवर्तन ला देता है और अपने जीवन की आकांक्षाओं को प्राप्त करने में पूर्ण सफल हो जाता है। ऐसी ही महान् आत्माओं की जिन्होंने अपने आत्मतेज से अपने चारों ओर के घोर अन्धकार को प्रकाशित कर दिया, निराश हृदयों में विश्वास उत्पन्न कर दिया, मृतप्राय लोगों तक में प्राण फूँक दिया और सफलता एवं प्रेरणा के जीवित स्वप्न के प्रति श्रद्धा को बनाए रखा, हमारी संस्कृति हमें पूजा करने का आदेश देती है।

जिस दिन संघ की स्थापना हुई

45 वर्ष पूर्व आज के ही दिन विजयदशमी, सन् 1925 मे मोहिते के बाड़े में राष्ट्रीय स्वयंसेवक संघ की स्थापना हुई थी। इस दृष्टि से आज के पावन दिवस का महत्त्व है। इतने वर्षों में भिन्न-भिन्न प्रकार की बाधाएँ होते हुए भी यह पवित्र कार्य नागपुर से प्रारम्भ होकर समस्त भारत में अपनी शाखाएँ चलाने में समर्थ हुआ है। शाखाओं में समूह-विशेष के अभिमान से मुक्त सम्पूर्ण भारत की एकात्मता पर दृढ़ विश्वास रखने की शुद्ध भावना दिखाई देती है। बाह्य आक्रमणों के लिए मार्ग प्रशस्त कर देनेवाली विच्छिन्नता की भावना को नष्ट कर भारत के भविष्य की भव्य कल्पना को रखते हुए विविधता में भी एकात्मता का भारतव्यापी जीवनसूत्र पहचानकर उसे व्यवहार में चरितार्थ करने का कार्य संघ कर रहा है।

शत नमन केशव-चरण में

भारत की हजार वर्षों की दासता का कारण जिन्होंने संगठन के अभाव को ठहराया ही नहीं वरन आगे फिर कभी देश पराधीन न हो इस हेतु राष्ट्रीय स्वयंसेवक संघ नामक शक्ति-गंगा बहाने वाले महापुरुष परम पूज्य डा. केशव बलिराम हेडगेवार का जन्म इस वर्ष मार्च मास की 20 तारीख (चैत्र शुक्ल प्रतिपदा) को पड़ रहा है। डाक्टर जी ने संगठन की जो परम्परा चलाई है वह युग-युगों तक देश को शक्ति देती रहेगी। देश के लिए मरने वालों के बीच देश के लिए जीने वाले डाक्टर जी ने अपने रक्त की एक-एक बूँद पानी बना डाली। ऐसे प्रातःस्मरणीय राष्ट्रपुरुष को हमारा शत-शत नमन्।

सर्व स्वयंसेवक बंधुओं को

गत एक मास से शरीर का शक्तिक्षय द्रुत गति से हो रहा है । डाक्टर बंधु निराश हो गए हैं । सबके मन में एक ही विचार आ रहा प्रतीत होता है कि यह शरीर अब अत्यल्प काल का साथी है ।

तब अपने संघ-कार्य की व्यवस्था का एक महत्त्व का प्रश्न सामने आया है । संघ-कार्य अपने संविधान के अनुसार सुचारु रूप से चलेगा ही । उसी संविधान के अनुसार नूतन सरसंघचालक की योजना करने का वह प्रश्न है । अखिल भारतीय कार्यकारी मंडल के जिन सदस्यों से मैं मिलकर विचार कर सका वे सब पुराने, दीर्घकाल के अनुभवी मँजे हुए कार्यकर्ता हैं और भिन्न-भिन्न प्रान्तों के संघचालक पद पर कार्य में संलग्न हैं । सबसे बातें होने पर उन सबका सारभूत निर्णय प्रकट करने का मेरा सद्यःकालीन सरसंघचालक के नाते दायित्व है ।

उस दायित्व को पूरा करते हुए मैं यह निर्णय प्रकट कर रहा हूँ कि मेरे शरीर के शांत होने के पश्चात् सरसंघचालक-पद का भार सब के परिचित श्री मधुकर दत्तात्रेय उपाख्य बाला साहेब देवरस ग्रहण करेंगे ।

अपने कार्य की स्नेहपूर्ण एकात्मता की पद्धति, धर्मनिरपेक्षता, ध्येय-निष्ठा आदि विशेषताओं को ध्यान में रखकर सब छोटे-बड़े स्वयंसेवक बंधु अपने परमपूज्य सरसंघचालक जी के मार्गदर्शन में संघ-कार्य की पूर्ति हेतु काया-वाचा-मनसा जुटे रहेंगे और कार्य शीघ्र लक्ष्यपूर्ति कर सकेगा ऐसा मेरा विश्वास है ।

सब बंधुओं को सादर नमस्कार ।

आह्वान

एक सज्जन प.पू. डाक्टर जी के पास आए और बोले, 'आपने हिंदू शब्द कहाँ से खोज निकाला ?' डा. हेडगेवार ने कहा, 'आपने मुझे क्या पण्डित समझा है ? मैं विद्वान् नहीं हूँ । मुझसे पाण्डित्य के प्रश्न कृपया न पूछें । मैं एक समाजसेवक हूँ । कार्य के बारे में पूछेंगे, तो कुछ बतलाऊँगा । जिसे वर्तमान युग में विद्वान कहा जाता है, उस अर्थ में वे विद्वान नहीं थे ।

उपदेश नहीं, संस्कार

डा. हेडगेवार ज्ञानी नहीं थे । वे अन्तःकरण गढ़ते थे । उनकी मृत्यु को कुछ साल बीत चुके हैं, आज भी कार्य केवल चालू नहीं, बढ़ रहा है । उन्होंने जो प्रेरणा दी उसका तेज वैसा ही चिरंतन है । मैं नहीं बता पाऊँगा कि वे स्वयंसेवक का अन्तःकरण कैसे गढ़ते थे । यादवराव जोशी डा. हेडगेवार के यहाँ दस-बारह वर्षों तक पुत्र के समान रहे थे । डाक्टर जी की उन्होंने निष्ठापूर्वक सेवा की । परंतु हेडगेवार जी ने उनको कभी बौद्धिक उपदेश नहीं किया । बोलचाल में संघ-नाम का उल्लेख भी नहीं किया । मेरा भी ऐसा ही अनुभव है । मुझ पर संघ संस्कार कब हुए, पता भी नहीं चला । मैं बहुत घुमक्कड़ था । एक बार भूल से हेडगेवार जी का भाषण सुना । मुझे अपनी बुद्धिमत्ता पर बड़ा घमंड था । परंतु डाक्टर जी के भाषण में ऐतिहासिक सन्दर्भ, तत्त्वज्ञान की चर्चा, सिद्धान्तों का खण्डन-मण्डन नहीं था । डाक्टर जी बोले, 'स्वयंसेवक बंधुओ, निष्ठा और प्रेमपूर्वक संघ-कार्य करो ।' बिल्कुल सीधा-सादा भाषण था । उस भाषण में मुझे विद्वत्ता नहीं दिखाई दी, उसमें स्नेहार्द्रता थी, मेरी उनसे कभी-कभार भेंट होती रहती । मुझे उनका कुछ सहवास मिला और मुझमें विलक्षण परिवर्तन हो गया और मेरे जीवन को निश्चित दिशा मिली । डाक्टर जी के सहवास में मैं रहा तो बहुत, परंतु सिद्धांत-चर्चा नहीं हुई, फिर भी मेरा घमण्ड गल गया, मन में परिवर्तन हुआ, मुझ पर संस्कार हुआ ।

अंतकरण : संघ के साथ समरस

डाक्टर जी ने मेरे अभिमान को झकझोर डाला । मेरी विद्वत्ता उनके सामने नहीं टिकी ।

मेरी प्रारम्भिक धारणा कैसे और क्यों मिट गई, यह बतलाना मेरे लिए कठिन है, परंतु मन में संघ का प्रवेश हुआ। संत ज्ञानेश्वर कहते है, 'यह अनुभव से होता है बोलने से नहीं।' मुझे आज भी इस बात का आश्चर्य होता है। सबसे अद्‌भुत बात तो यह है कि इस तरह के समर्पण में दुःख और क्षोभ नहीं है। अहंकारी को नम्र होना पडे तो वह बहुत क्रोधित होता है। परंतु मुझ पर इन संस्कारों से मुझे शांति मिली। गिलास में मकान डूबता नहीं है परंतु महासागर में सब कुछ डूब जाता है। उनके अंतःकरण की विशालता में शत्रु-मित्र दोनों को स्थान था, निरपेक्ष देश-सेवा के अलावा अन्य विचारों को स्थान नहीं था। इस गुण के कारण हर कोई उसमें डूब जाता था।

उनकी प्रत्येक कृति में संघ भरा रहता था। प्रत्येक बोलने का तात्पर्य संघ रहता था। लकड़ी काटने की कला भूख क्यों नहीं लगती, खाना, घूमना, भूनी हुई ज्वार या चना फाँकना आदि मामूली विषयों पर बोलते समय अंत में स्वाभाविक निष्कर्ष निकलता संगठन, अन्य विचार नहीं। बोलचाल की यह कला थी। संघमय जीवन के कारण 'संघ' नाम के उच्चारण की आवश्यकता नहीं हुई। उद्दिष्ट बताने का कारण नहीं रहा। उनकी बैठक में एक बार जाने से लगता था कि, सम्पूर्ण वातावरण में संघ है। डाक्टर जी के समान जिसके मन की अत्युत्कट अवस्था होती है उसका मौन भी व्याख्यान होता है। लगता था कि हवा में से अन्तःकरण पर आघात हो रहा है। सत्य यह है कि मनुष्य को बुद्धिवाद से जीतना संभव नहीं है। ऐसे असंख्य लोग हैं जिनका बौद्धिक सन्तोष हुआ है; फिर उनमें स सभी स्वयंसेवक क्यों नहीं बनते हैं ? बुद्धिवाद से बौद्धिक, संतोष होता हैं, परंतु बुद्धि का कवच तोड़कर बुद्धिवाद अन्तःकरण में प्रवेश नहीं कर पाता है। उसमें हृदय की ऋजुता नहीं है। संघ तो सहवास से समझ में आता है।

संघ-वृत्ति का निर्माण

संघ-वृत्ति से व्यक्तियों को भरना हो, तो उसका उपाय बौद्धिक वर्ग, भाषण नहीं है। यह वृत्ति कैसे निर्माण की जाए उनके अद्‌भुत स्नेह से अन्तःकरण पूर्णतः विगलित होकर संस्कारित होता था। जिस प्रकार मूर्तिकार पाषाण में से मूर्ति का निर्माण करता है, उसी प्रकार अत्यंत कुशलता से बुद्धि का कवच तोड़कर स्वयंसेवकों के मन पर संस्कार कर डाक्टर जी ने उन्हें आकार दिया।

वह वृत्ति कौन निर्माण कर सकता है ? 'परम पिता के समान पूर्णता प्राप्त करने के लिए, पहिले स्वयं पूर्ण बनो' [To be perfect as Father in the heaven, be yourself perfect first] इस वचन के अनुसार लोगों पर संस्कार करने के पूर्व स्वयं को संस्कारित करना पड़ेगा। हम विचार करें कि हमारा हृदय विशाल हुआ है क्या ? अपने विचारों में दृढ़ता आई है क्या ? इस प्रकार हम अपने हृदय की परीक्षा करें। ऐसा हुआ हो, तो उत्तम है; न हुआ हो तो, प्रारम्भ करो। डाक्टर जी के समान ज्वलन्त, प्रखर निष्ठावान बनो।

डाक्टर जी का अंतरंग सहज प्रकट नहीं होता था। जिन्होंने डाक्टर जी का प्रत्यक्ष

जीवन देखा था, उनमें से बहुतों को वह समझा नहीं । डाक्टर जी पालथी मारकर युवकों के बीच हास्य-विनोद करते हुए बैठे दिखाई देते । यह हास्य-विनोद संघ-प्रासाद की नींव थी । वह अनेक को नहीं दिखाई दी, और न ही समझ में आई । इस हास्य-विनोद के पीछे न उलझने वाला कठोर बल था । इतनी प्रखर निष्ठा अपने पास है क्या ? संघ के समान असाधारण कार्य पूर्ण निष्ठा के बिना असम्भव है ।

हमें प्रमुख, उत्तरदायित्वपूर्ण व्यवहार करने वाले, ध्येयवादी कठोर निश्चयी, अपना सब कुछ संघ को समर्पित करने वाले युवकों को एकसूत्र में पिरोना है । अपने स्वयं से प्रारम्भ कर यह उत्तरदायित्व ग्रहण किया जाए । अपने अंतःकरण में अन्य वृत्तियों को स्थान न रहे । सुवर्ण के कण-कण को तोड़ा गया, तो भी शुद्ध सुवर्ण ही मिलता है, उसी प्रकार अपने मन का कण-कण संघमय रहना चाहिए । अपने सारे व्यवहार-भोजन, शयन आदि संघ के लिए ही हों ।

मशक्कत की गई जमीन हमें मिली है

दूसरे के शरीर से एक बूँद भी रक्त बहते देखकर व्याकुलता अनुभव करने वाली स्नेहमयता और कार्य के प्रति प्रखर निष्ठा डाक्टर जी के पास थी । इसीलिए चट्टान पर वाटिका खिली । अत्यंत परिश्रम सहकर और अपना रक्त सींचकर डाक्टर जी ने यह जमीन जोती । इस प्रकार मशक्कत का गई जमीन हमें उपलब्ध हुई है । इसलिए सब स्वयंसेवक एकाग्र मन से कार्य करेंगे, तो वह अवश्य होगा । अपना हृदय विशाल बने । हृदय स्नेह से लबालब भरा हो । आपत्तिकाल में परिस्थिति से संघर्ष करते समय हँसने वाले डाक्टर स्वयंसेवकों को होने वाले कष्टों से रो पड़ते । हम उन्हीं के कदमों पर चलने वाले हैं ।

आप में से अनेक लोग डाक्टर जी के समकालीन हैं । आपने डाक्टर जी का उज्ज्वल चरित्र देखा है । डाक्टर जी संघ के जन्मदाता हैं, उनके हम अनुयायी हैं और जिम्मेवार अधिकारी हैं । हमने यदि इस अवसर से लाभ नहीं उठाया तो यह अवस्था होगी कि गंगा आई और लुप्त हो गई ।

अपने आचरण में वह ध्येय-निष्ठा प्रकट करें, तो कार्य वृद्धि में विलंब नहीं लगेगा ।

स्वभाव में उग्रता नहीं चाहिए

अभिमान के साथ उग्रता बढ़ती है । उग्रता से मन पर काबू पाने की क्षमता घटती है । मनुष्य को जो बोलना नहीं चाहिए वह बोलने लगता है, जो नहीं करना चाहिए वह करने लगता है, तेज जबान के बिना उसे संतोष नहीं होता । इस अवगुण से हमें सावधान रहना चाहिए । अनर्गल बोलने से यदि काम हुआ होता, तो अपने को संघ-कार्य चलाना आवश्यक नहीं होता । भारत जैसा बकबक करने वाला अन्य देश नहीं है । परंतु बकबक से काम नहीं होता । बहुत उग्र और भीषण बोलने से क्या श्रद्धा पैदा होगी ? अपने डाक्टर जी का बोलना, भाषण कितना सरल, कितना शुद्ध और कितना सात्त्विक होता था । परंतु उन शब्दों

में पत्थर तोड़ने की प्रचण्ड शक्ति होती थी । सन् 1940 के संघ शिक्षा वर्ग में जिन्होंने डाक्टर जी का भाषण सुना होगा, उनके मन पर पत्थर की लकीर के समान डाक्टर जी के शब्द अंकित हुए होंगे । पूरे वर्ग में वे बोल नहीं सके, उनका सारा समय निद्रा-शून्य अवस्था में बीतता था । अंत में समारोप के समय में उपस्थित रहूँगा इस निश्चय से वे आए और केवल दस मिनट बोले । उनका वह भाषण प्रकाशित हुआ है । परंतु वैसा प्रभावी भाषण किसी का भी नहीं होगा । उस समय कुछ स्वयंसेवक भावनावश होकर मूर्च्छित हो गए । यह बोलने की कुशलता डाक्टरजी में थी । श्रेष्ठ कर्तृत्व रहते हुए भी अभिमान यत्किंचित् भी नहीं था ।

तेज बुखार में भी मन पर काबू

अंतिम बीमारी में उनकी मृत्यु हुई । उसके कुछ पूर्व वायु-परिवर्तन के लिए दो मास देवलाली में उनका निवास था । उस समय वे न्यूमोनिया से पीड़ित थे । न्यूमोनिया के तेज बुखार में डाक्टर जी बड़बड़ाते थे, परंतु मिलने के लिए आए व्यक्ति से बिल्कुल सुसूत्र बोलते । एक बार बहुत रात बीते तीन सज्जन उनसे मिलने के लिए आए । डाक्टर जी को 103 डिग्री बुखार चढ़ा था । हमने उन सज्जनों को रोका । परंतु उन तीन सज्जनों ने यह कहते हुए कि हम केवल उनके दर्शन ही करेंगे । लेकिन उन सज्जनों ने भीतर जाकर एकदम बातचीत प्रारंभ कर दी । जन्मजात शालीनता के कारण डाक्टर जी तुरंत उठ बैठे । परस्पर कुशल समाचार पूछा । वे क्या सुन रहे हैं, इसका डाक्टर जी को स्मरण नहीं था । उन्होंने कहा, 'पहिले आप गुरु जी से वार्तालाप कर लो । वे मुझे सब बतलाएँगे । इस समय मैं कुछ विचार नहीं करता हूँ ।' रात के दो बजे तक उन सज्जनों का समय भोजनादि और गपशप में बीता । यह मन पर काबू रखने की शक्ति उनके अनुपम कर्तृत्व में समाई थी । सम्पूर्ण कर्तृत्व हजम करने पर ही यह संभव होता है ।

सरल और संयमित भाषण

भाषण या बोलना सरल और शुद्ध, परंतु मन को आकर्षित करने वाला संयमपूर्ण हो । संगठन अपना कार्य है । इसके लिए आवश्यक अभ्यास हमें प्रयत्नपूर्वक करना चाहिए ।

अपने मन पर संघ का पागलपन सवार हो । अपना मन तेजस्वी हो परन्तु वह अपने काबू में हो ।

संयमपूर्ण आचरण दूसरे के मन में आदर पैदा करता है । परंतु मन पर संयम रहते समय अन्य बातों के प्रति अनादर न दिखाएँ ।

अहंकार-त्याग ही सर्वस्व त्याग है । अहंकार का त्याग करने के पश्चात् फिर त्याग करने को कुछ भी शेष नहीं बचता । अच्छी बातों की प्रशंसा करने में क्या आपत्ति है ? इसलिए क्रांतिकारियों के देश-प्रेम के प्रति आदरभाव है, परंतु इसके आगे उनसे हमारा कोई संबंध नहीं । उनका त्याग बड़ा है, उनकी वृत्ति प्रखर है; परंतु हमें वह मार्ग पसंद नहीं है ।

उनका व्यर्थ उपहास या अनादर करना उचित होगा क्या ?

एक और तीन प्रतिशत की सीमा

अपने डाक्टर जी हमें कार्यवृद्धि की मर्यादा बतला गए हैं कि नगरों में तीन प्रतिशत और ग्रामों में एक प्रतिशत ऐसे स्वयंसेवक तैयार किए जाएँ, जिनका जीवन संघमय हो। सभी की इच्छा है कि एक वर्ष के भीतर यह पूर्ण हो। इसका यह अर्थ नहीं है कि तीन और एक प्रतिशत की सीमा पूर्ण करने मात्र से संघ-कार्य पूरा हो चुका। हम लोग पूरी शक्ति के साथ काम में जुटें, इसके लिए डाक्टर जी ने सामान्य स्वयंसेवक की दृष्टि जिस सीमा तक पहुँच सकती है, उसका उल्लेख किया। समाज के विश्वास और आदर के पात्र तीन और एक प्रतिशत स्वयंसेवक हों, तो हम तीस करोड़ हिंदू समाज को अपनी इच्छानुसार चला सकते हैं।

अपने काम में केवल श्रद्धा का गुण पर्याप्त नहीं है; बुद्धिमत्ता और नेतृत्व-कुशलता का भी योग चाहिए। अंधी-लूली श्रद्धा किस काम की ? स्वयंसेवक ऐसे चाहिए जो किसी भी स्थिति में प्रेम के अनुशासन से लोगों का नेतृत्व ग्रहण कर, उनका योग्य मार्गदर्शन कर सकें। इस वर्ष हमें ऐसे स्वयंसेवक तैयार करने का कार्य करना है।

संघ भूत का विचार

हम ध्यान में रखें कि अपने स्वयंसेवकों का नेतृत्व अनुयायित्व की नींव पर खड़ा है। जो श्रेष्ठ आज्ञाधारक होता है, वह श्रेष्ठ आज्ञाकारी होता है। उसे ही समझता है कि आज्ञा कैसी दी जाए तथा किस प्रकार उसका पालन करा लिया जाए। इसीलिए उत्कृष्ट स्वयंसेवक ही उत्कृष्ट अधिकारी बन सकता है। डाक्टर जी एक स्वयंसेवक से कहा करते, 'तेरे शरीर में संघ भूत का संचार हुआ है क्या ?' संघ-संचार का अर्थ है, जो संघ कहेगा उसके अनुसार व्यवहार करना, संघ के विचार और व्यवहार के अनुसार प्रत्यक्ष आचरण करना। यह स्वयंसेवक आज प्रेम के अनुशासन के बल पर एक प्रांत का नेतृत्व कर रहा है, क्योंकि वह उत्कृष्ट अनुयायी बना था।

याचि देही याचि डोला

सम्पूर्ण समाज का मार्ग-दर्शन करने वाले, एक सूत्र में पिरोए हुए, और उत्तम अनुयायी होने से उत्तम नेता बन सकने वाले स्वयंसेवक गढ़ना अपना कार्य है। आज जो हम परिश्रम कर रहे हैं, उससे सौ गुना परिश्रम कर और अपने काम की गति बढ़ाकर इस वर्ष यह काम हमें करना है। अपनी आँखों के सामने इसकी पूर्ति (याचि देही याचि डोला) देखने की डाक्टर जी की इच्छा। यह उनके जीवन में संभव नहीं हो पाया। डाक्टर जी ने द्रष्टा (Prophetic outlook) होने से 12-15 वर्षों में संगठन पूरा करने को कहा। अन्तिम दिनों में उन्होंने बतलाया, 'तीन प्रतिशत और एक प्रतिशत उत्तम स्वयंसेवक निर्माण करो।' हम

लोग एक संघ-गीत गाते हैं— 'एकनिष्ठ सेवक हूँ मैं, यही मोक्ष मेरा,' ऐसे निष्ठाव्रत का पालन करना, मनुष्य को सहज है। इसका अर्थ यह नहीं है कि, हम घर-गृहस्थी का परित्याग कर दें। परन्तु संघ-कार्य ईश्वरीय है और वह हमें करना ही चाहिए। संत तुकाराम कहते थे कि 'नारायण की उपासना में बाधा पड़ती हो, तो माता-पिता का भी परित्याग करना चाहिए !' ऐसा उन्होंने कहा, फिर भी उन्होंने जीवन भर घर-गृहस्थी सँभाली। संघ-कार्य में बाधा पड़ती हो, तो कठिन से कठिन बात करनी चाहिए। सभी युग-प्रवर्तकों ने यही कहा है। उन्मार्गगामी समाज सन्मार्गगामी हो, इसके लिए यही करना पड़ता है। युग-प्रवर्तकों को छोटे बालक माताओं की गोद से छीन लेने पड़ते हैं। हम निष्ठावान हैं, ऐसा कहने वालों को अपने जन्मदाता का यह कथन पूर्ण करना चाहिए।

अविचल श्रद्धा

कठोर अंतःकरण से हमें यह एक ही कार्य स्वीकार करना चाहिए। देश-सेवा के अनेक मार्ग हैं। 'सर्व देवं नमस्कारः केशवं प्रति गच्छति' यह भी सही है। परंतु प्रत्यक्ष 'केशव' सामने हो, तो अन्यत्र दौड़-धूप क्यों ? यह अपनी श्रद्धामूर्ति है। गोस्वामी तुलसीदास की प्रभु रामचंद्र के कोदण्डधारी रूप पर भक्ति थी, अविचल श्रद्धा थी। परमेश्वर की अन्य मूर्तियों को वे प्रणाम नहीं करते थे। रामचंद्र के रूप में ही परमेश्वर को देखूँगा, यह उनकी श्रद्धा थी। उन्हें अपने सामने श्रीकृष्ण की मूर्ति दिखाई दी। उन्होंने कहा, 'इस रूप मे मैं भगवान को प्रणाम नहीं करूँगा।' इस अवसर पर उनका कहा हुआ दोहा प्रसिद्ध है :

का बरनौ छबि आपकी भले बिराजहू नाथ।
तुलसी मस्तक तब नवै धनुष बाण लो हाथ॥

कहते हैं कि उनकी यह निष्ठा देखकर कोदण्डधारी प्रभु रामचंद्र जी के रूप मे उन्हें भगवान ने दर्शन दिए।

ऐसी हमारी अविचल श्रद्धा हो। राष्ट्रीय स्वयंसेवक संघ द्वारा प्रदर्शित मार्ग से मैं समाज-सेवा निष्ठापूर्वक करूँगा, इस निश्चय से हमें काम में जुट जाना चाहिए। यदि हम में यह निष्ठा होगी, तो लोगों में भी यह निर्माण हो सकेगी।

संघ-कार्य में जीवन की पूर्ण शक्ति अर्पण करें

हमारे इस संघ-कार्य में किसी व्यक्ति को गुरु नहीं माना गया है । हमारे राष्ट्र में गुरु की महत्ता अत्यधिक बताई गई है । गुरु साक्षात् ईश्वर का स्वरूप है, ऐसा कहा गया है । हमारे शास्त्रों में गुरुभक्ति का महत्त्व वर्णित है । गुरु कैसा होना चाहिए, गुरु किसे मानना चाहिए इत्यादि का वर्णन हमारे महान् शास्त्रकारों ने किया है । इन सब शास्त्रकारों द्वारा वर्णित गुरु के लिए आवश्यक सद्गुण किसी एक ही व्यक्ति में पा सकना असम्भव सा है ।

किसी व्यक्ति विशेष के कुछ गुणों का अवलोकन करने पर उस व्यक्ति के संबंध में मन में आदर की भावना निर्माण होती है । किंतु कभी-कभी कुछ काल बीतने पर वह सम्मान की भावना यथापूर्व नहीं रह सकती । जैसे-जैसे उस व्यक्ति के अन्य गुणावगुणों का परिचय होने लगता है उस व्यक्ति के सम्बन्ध का आदर नष्ट होता जाता है । इतना ही नहीं, उस व्यक्ति के बारे में मन में तिरस्कार की भावना भी निर्माण होती है ।

विश्वामित्र का उदाहरण

विश्वामित्र ऋषि का उदाहरण ऐसा ही है । उनकी तपस्या उग्र थी । गायत्री मंत्र का द्रष्टा यह महान् व्यक्ति अपने तपोमार्ग से फिसला । पश्चात्ताप करने की नौबत आ गई । इस प्रकार के उदाहरण ध्यान में रखकर इस प्रकार का गर्व किसी को नहीं करना चाहिए कि मेरे में कोई कमी नहीं है, उत्पन्न भी नहीं होगी । इस प्रकार का अभिमान अर्थहीन सिद्ध होने में देर नहीं लगती । अत्यधिक गुणवान, अत्यंत श्रेष्ठ और पवित्र होने पर भी व्यक्ति का अधःपतन हो सकता है ।

धोखे की सम्भावना

मनुष्य का जीवन फूल के समान है । इस जीवन-पुष्प का सम्पूर्ण विकास होने देना चाहिए । उसमें किसी प्रकार का कीड़ा लगना नहीं चाहिए । उसके जीवन की एक-एक पंखुड़ी खिलने देना चाहिए । तब तक किसी व्यक्ति का मूल्यांकन नहीं करना चाहिए । व्यक्ति का मूल्यांकन आने वाली पीढ़ियों को करने दीजिए । इसलिए गुरुस्थान पर किसी भी व्यक्ति को नहीं लेना चाहिए ।

प्राचीन प्रेरणास्थान

और एक विचार भी इसके मूल में है। कोई भी व्यक्ति सर्वगुण-सम्पन्न नहीं हो सकता। सर्वगुण-सम्पन्न केवल एक परमेश्वर ही है। व्यक्ति में कोई न कोई कमी होती है। फिर व्यक्ति को गुरु मान लेना कहाँ तक उचित है ? अतः संघ ने विचार किया कि सर्व प्रकार की परिस्थितियों में मार्गदर्शन करने वाला, संकटकाल में प्रेरणा देने वाला व्यक्ति नहीं तो कोई प्रतीक, चिह्न अथवा वस्तु ही हो सकती है। राष्ट्रीय जीवन के पुनर्निर्माण का संकल्प कर उसके लिए श्रेष्ठ गुणों का संचय करने की स्फूर्ति देने वाला, अनेक व्यक्तियों से संबंध स्थापित कर उनको इस संघटन-सूत्र में गूँथने की शक्ति उत्पन्न करने वाला, जिसके लिए हम जीते हैं, मरते हैं, जो अपना जीवित कार्य है, उसके लिए सदैव प्रेरणा देने वाला अतः वंदनीय ऐसा कौन सा प्रतीक है कि जिसे हम गुरु के स्वरूप में स्वीकार करें। अति प्राचीनकाल से अपने इस राष्ट्र में यज्ञ को अत्यधिक महत्त्व दिया गया है। यज्ञ अग्निप्रधान है, अतः इस अग्नि का प्रतीक जो उसको ज्वाला है, उस ज्वाला के रंग का प्रतीक भगवद्-ध्वज ही हम लोगों ने गुरु रूप में स्वीकार किया है।

अरुण का रंग

हमारे सांस्कृतिक जीवन-पद्धति में अंधविश्वास के लिए कोई स्थान नहीं हैं। हम लोग ज्ञान के उपासक हैं। हरेक बात का सूक्ष्म बुद्धि द्वारा परीक्षण करने की हमारी परम्परा है। परमेश्वर को भी अपने ज्ञान से जानने का मार्ग यहाँ बताया गया है। अज्ञान रूप अंधकार नष्ट करके ज्ञान का प्रकाश निर्माण करने का प्रयत्न यहाँ हो चुका है। इस दृष्टि से हमारे पूर्वजों ने, श्रेष्ठ दर्शनकारों ने कष्टमय तपस्या करके ज्ञान-सूर्य का उदय करने का प्रयत्न किया। हमारे नित्य के जीवन में उसका भली भाँति दर्शन होता है। रात भर अँधेरा रहता है। प्रकाशमान सूर्य उसे नष्ट करता है। गगन पर लहराने वाला उषाकालीन विजयध्वज दिखाई देता है और सारा अँधेरा नष्ट हो जाता है। वह ध्वज कैसा होता है ? स्वच्छ आकाश में प्रभात में यदि देखा जाए तो वह हल्के लाल रंग का दिखाई देता है। उसमें सुवर्ण के रंग की छटा रहती है। वही भगवान की, प्रकाशवान सूर्य की, ज्ञान की ध्वजा। वही ध्वजा हम लोगों ने हमारी राष्ट्रीय विशिष्टताओं के आविष्कार अथवा प्रतीक रूप में मानी है। भगवद्ध्वज का अपभ्रंश होकर भगवा ध्वज कहा जाता है। राष्ट्र का प्रत्यक्ष रूप प्रकट करने वाला, यज्ञज्वाला का प्रतीक, प्रकाशमान सूर्य का यह ध्वज जीवन में अँधेरे को दूर कर प्रकाश देने वाला है, इसे हमने गुरु माना है।

त्याग का प्रतीक

भिन्न-भिन्न धर्मों में भिन्न-भिन्न रंगों को महत्त्व प्राप्त है। हिंदू लोगों को गेरुए रंग का आकर्षण है और उसमें पवित्रता है ऐसा उनका विश्वास है।

संन्यासी सम्पूर्ण व्यक्तिगत जीवन का हवन करके समष्टि जीवन का प्रारम्भ करता है।

इसलिए वह गेरुए रंग का वस्त्र पहनता है । उसकी इस वृत्ति के कारण वह सर्वत्र वंदनीय होता है । इस प्रकार सर्वसंग परित्याग किए हुए व्यक्ति के वस्त्र के रंग के समान यह अपना ध्वज है ।

इतिहास का साक्षी

अतः श्रद्धा के श्रेष्ठतम केन्द्र और सब शक्तियों का आह्वान देने वाले इस ध्वज को ही हम अपने हृदय में उच्चतम स्थान देंगे, इसी के सामने नतमस्तक होंगे और इसी को जीवन समर्पित करेंगे, यह धारणा लेकर हम लोगों ने इस पवित्र पताका को अपने समक्ष गुरु के रूप में रखा है । इससे अति प्राचीन काल से आज तक के अपने राष्ट्र के सभी भव्य कार्य, उसके द्वारा सम्पादित समस्त पराक्रम और तेजस्विता आँखों के समक्ष प्रकट हो जाती है । जगद्‌गुरु का स्थान प्राप्त करने के लिए आवश्यक सभी गुणों का समुच्चय इस एक पताका के दर्शनमात्र से अपने अंतःकरण में जागृत हो जाता है । यह तो हमारी जीवन-परम्परा की अखंड ज्योति के रूप में, हमारे राष्ट्र-पुरुष अर्थात् प्रकट परमात्मा के नाते हमारे सामने है । इसकी सेवा के लिए हमें सब कुछ निछावर करने की आवश्यकता है । जीवन को यज्ञरूप मानकर उसी यज्ञ की ज्वाला में स्वयं को होम करने के लिए वह हमें प्रोत्साहित करता है, मार्गदर्शन करता है, प्रेरणा देता है । इस प्रकार यह 'यज्ञ-ज्वाल प्रतीक, आत्मसमर्पण का द्योतक' पवित्र ध्वज ही अपना आदर्श है, उसे ही सर्वस्व की भेंट चढ़ाने के लिए हम बद्धपरिकर हो खड़े होते हैं ।

शिवो भूत्वा शिवं यजेत् (शिव होकर ही शिव की पूजा)

हम जिस गुरु की पूजा करते हैं, उसके गुणों को भी अपने अंदर लाना चाहिए । यदि उन गुणों को जीवन में नहीं लाएँगे तो कर्तव्य-पूर्ति नहीं होगी । जो अपने गुरु के साथ अधिक से अधिक एकात्म और एकरूप होता है, वही उनकी पूजा कर सकेगा, अन्य कोई नहीं । हमारे यहाँ तो ऐसा कहा गया है कि पूजा करते-करते स्वयं ईश्वर, स्वयं शिव बनना चाहिए । जिस आदर्श की पूजा करने के लिए हम एकत्र हुए हैं, उसका निर्देशित जीवन अपने अंदर उत्पन्न करने का प्रयास करना चाहिए । सर्वप्रथम हमें अपने इस सर्वश्रेष्ठ गुरु की—इतना श्रेष्ठ कि जिसकी तुलना में तमाम विश्व छोटा मालूम पड़ता है—श्रेष्ठता अपने अंदर उत्पन्न करनी चाहिए । जीवन के प्रत्येक क्षेत्र में, जहाँ कहीं भी हम रहें, अंतःकरण में तीव्र ज्वाला लेकर आदर्श जीवन प्रकट करें । हम चाहे जहाँ काम करें, परंतु हमारे बारे में चारों ओर एक ही वाक्य बोला जाय कि यह व्यक्ति अत्यंत सच्चाई से काम करता है । हम एक आदर्श लेकर चल रहे हैं । अतः हम लोग अपने हृदय में यह दृढ़ निश्चय करें कि जिस-जिस क्षेत्र में हम पदार्पण करेंगे, अथवा बढ़ने की आवश्यकता पड़ेगी, उस-उस क्षेत्र में न केवल आगे ही बढ़ेंगे, अपितु जीवन का एक आदर्श उपस्थित करके ही रहेंगे । यह निश्चय करके उसके अनुसार जीवन-यापन करने की आज आवश्यकता है ।

पूजन का स्वरूप

केवल गंध, अक्षत, फूल चढ़ाकर पूजा करना योग्य नहीं। उसके पीछे सर्वसमर्पण की भावना होनी चाहिए। पूजा करके धन रूप से दक्षिणा अर्पण करना यह उस समर्पण भावना का दृश्य स्वरूप है। स्वार्थ के लिए उपयुक्त तथा संसार की सारी उपभोग्य वस्तुएँ जिसके द्वारा प्राप्त होती हैं, वह वस्तु है धन। उसका समर्पण गुरु को किया जाए तो सर्वसमर्पण की भावना को स्पष्ट करने वाला ऐसा वह एक प्रतीक होगा। इसलिए राष्ट्र-जीवन के लिए सर्वसमर्पण करने की भावना निर्माण करने के लिए इसका उपयोग होता है। सहज से किसी प्रकार एकाध पैसा ध्वज के सामने रखना यह समर्पण नहीं। उसके पीछे तुच्छता की भावना नहीं होनी चाहिए तथा किसी के अनुरोध पर भी यह कार्य नहीं होना चाहिए। उसके पीछे श्रद्धा होनी चाहिए। स्वयं को धन के अभाव का कष्ट अनुभव होने पर श्रद्धा से गुरु को धन देना चाहिए, इस प्रकार की पद्धति संघ ने अपनायी है। सालभर में एक दिन ध्वज का पूजन करना तथा स्वार्थ को कतरकर अंतःकरण को क्लेश देते हुए भी एकत्रित किया हुआ धन उसके सम्मुख अर्पण करना चाहिए। इसमें तुम इतना ही समर्पण करो ऐसी जबरदस्ती नहीं है अथवा नियमित रूप से इकट्ठा किया जाने वाला यह चंदा भी नहीं है। यह कार्य केवल स्वेच्छा का है। जीवन कष्टमय हो गया है, कुटुंब का भरण-पोषण ठीक से नहीं हो पाता अथवा मैंने कम धन दिया तो लोग क्या कहेंगे, इस कारण यह पूजन टालना नहीं चाहिए। यहाँ आकर अंतःकरण की ओत-प्रोत श्रद्धा से ध्वज को प्रणाम कर केवल एक पुष्प अर्पण किया तो भी काफी है। इस प्रकार के भाव से दिया हुआ एक पैसा भी धनी व्यक्तियों के दिए हुए 5 हजार से भी अधिक मूल्य का है।

प्रतिदिन का पूजन

सालभर में एक बार दक्षिणा देना भर पर्याप्त नहीं है। केवल थोड़ा-सा धन देने से सब कुछ कर लिया, 'तेरे पितर सरग गए' इस प्रकार की भावना भी योग्य नहीं है। यह समर्पण भावना की पूर्णता नहीं है। वह अंतःकरण की भावना का केवल एक उपलक्षण है। इस संघ-कार्य के लिए हरएक व्यक्ति की शक्ति और बुद्धि पूर्ण रूप से काम में आनी चाहिए। इस राष्ट्र-कार्य के लिए परमेश्वर की कृपा से जो कुछ प्राप्त हुआ है वह सब इस गुरुचरण में अर्पण करना चाहिए। दिन का कुछ भाग इस कार्य को देना चाहिए। रोज खाना, पीना, निद्रा जिस प्रकार होती है उस प्रकार पूजन भी होना चाहिए।

अपने मन को पसंद आने वाला उपयोगी काम तथा उद्योग मनुष्य दिन के चौबीस घण्टे में करता रहता है। उन घण्टों में से निश्चित समय अलग निकालकर राष्ट्र-कार्य के लिए देना चाहिए। उस समय का एक क्षण भी व्यक्तिगत कार्य के लिए उपयोग में नहीं आना चाहिए। कोई व्यक्ति विश्वास से यदि हमारे पास धन रखता है तो उसको वैसा ही रखे रहना चाहिए। उसका अपने स्वयं के लिए हम उपयोग नहीं करते। अभी उपयोग कर लें फिर योग्य समय पर उसकी भरपाई कर देंगे, ऐसा हम नहीं करते। ऐसा करना योग्य

नहीं होगा । यह व्यभिचार होगा । परस्त्री की ओर बुरी नजर से देखना जिस प्रकार से व्यभिचार होता है उसी प्रकार एक कार्य के लिए प्राप्त धन का उस कार्य के लिए उपयोग न कर दूसरे कार्य के लिए उपयोग करने से होता है । वह धन व्यक्तिगत कार्य के लिए लेना तो सरासर गलत है ।

प्रतिदिन राष्ट्र के लिए समर्पित किया हुआ जो समय है उसमें से एक क्षण भी अपने लिए काम में नहीं लाना चाहिए । यह राष्ट्र के लिए समर्पित है ऐसी आदत बनानी चाहिए । यह पद्धति यानी अपनी शाखा है—यह ध्यान में आने के बाद इस सम्बन्ध की नियमितता और तत्परता में दोष उत्पन्न नहीं होगा ।

व्यक्ति और समाज

नित्य शाखा के इस नियम के सम्बन्ध में इतनी दक्षता किसलिए ? नियंत्रण-रहित बनने की मनुष्य की सहज इच्छा होती है । वह उच्छृंखलता दबाकर जीवन में नियमितता आनी चाहिए, इसलिए यह आग्रह है । अनेक के मन में ऐसी शंका आती है कि इस नियमबद्धता से क्या होगा ? जो दिव्य तथा भव्य है उसकी सिद्धि यदि इसके द्वारा सम्भव न हो तो यह सब किसलिए, ऐसा विचार मन में आता है । यह विचार ठीक है । उसके द्वारा लाभ अवश्य होना चाहिए । किंतु वह लाभ कौन सा है ? सामान्य मनुष्य अपने स्वार्थ का विचार करता है । परंतु उसका स्वार्थ वह मनुष्य जिस समाज में रहता है, उस समाज द्वारा पूरा होता है । मनुष्य अकेला जिंदा नहीं रह सकता । पत्नी-बच्चे के दर्शन किए बिना केवल एकान्त में छः सप्ताह रहा जाए तो मनुष्य पागल हो जाता है, उन्मत्त हो जाता है, ऐसा कहा जाता है । इसका अर्थ यह है कि उस व्यक्ति का एकान्त के कारण जीवन नष्ट हो जाता है । एक दिनभर भी मनुष्य अकेला कमरे में नहीं रह सकता । उसे समाज की इतनी आवश्यकता रहती है । उसका सम्पूर्ण जीवन समाज पर अवलम्बित है । यदि समाज न हो तो वह मनुष्य पागल बनकर आत्महत्या भी करेगा । इसलिए समाज की सुस्थिति कायम रखना भी एक प्रकार का स्वार्थ ही है । उसके लिए नियमबद्ध जीवन स्वीकार करना चाहिए ।

हमारा हिंदू समाज

अब यह समाज कौन सा ? जिस समाज में भावनाओं की एकता है, जिसकी जीवन परम्परा एक है, जिसके घटकों में समरसता है, आपस में सामंजस्य है, ऐसा यह हिंदू समाज है । उनका धर्म, संस्कृति एक ही है, उनका सुख-दुःख समान ही है । वैभव-पराभव की स्मृतियाँ एक ही हैं । इनका एक विशेष जीवन है और वे एक सूत्र में बँधे हुए हैं । इस समाज को हिंदू नाम से पहचाना जाता है । इस समाज की सुव्यवस्था के लिए व्रत को स्वीकार करना है ।

अवनति का कारण

इतिहास कहता है कि इस देश में सुख-समृद्धि और वैभव का एक कालखंड था;

किंतु वह समाप्त होकर पराभव, अपमान, दारिद्र्य, पारतन्त्र्य का अधःपतित जीवन हिंदू समाज के भाग्य में आया। यह परिवर्तन क्यों हुआ ? विजयी तथा सामर्थ्य-संपन्न समाज की यह दयनीय अवस्था क्यों हुई ? समाज इतना विशाल होते हुए भी मुट्ठी-भर विदेशियों ने यहाँ आकर विजय किस प्रकार प्राप्त की ? इन बातों पर यदि गंभीरतापूर्वक विचार किया जाए तो यह स्पष्ट हो जाएगा कि जब तक हिन्दू समाज में एकता रही तब तक उन पर कोई आपत्ति नहीं आई। परंतु जब 'एक बने रहिए, एक विचार कीजिए' इस प्राचीन आदेश के अनुसार बर्ताव करना छोड़कर छोटे-छोटे गुट और संप्रदाय निर्माण हो गए और एक दूसरे के सम्बन्ध में ईर्ष्या करने लगे, अनास्था दिखाने लगे, आपस में द्वेष करने लगे, आपस में होड़ करने लगे तब उसका परिणाम यह हुआ कि यह अजेय समाज छिन्न-भिन्न हो गया; भिन्न-भिन्न गुटों में विभक्त हुआ और परकीय लोगों ने इस पर आसानी से विजय प्राप्त की। समाज का छिन्न-विच्छिन्न जीवन इस दुर्दशा को प्राप्त हुआ। इसलिए पुनरपि समाज को सुसंघटित करने के लिए समाज के सर्व घटकों में पारस्परिक आत्मीयता निर्माण करके उसमें एकसूत्रता निर्माण करना यह हमारा सर्वश्रेष्ठ और क्रम प्राप्त कर्तव्य है। अपना सम्पूर्ण स्वार्थ सिद्ध करने के लिए यह नितांत आवश्यक है।

स्वराज्योत्तर परिस्थिति

जब तक परतंत्रता थी तब तक उसको मिटाने के लिए लोगों में तड़पन थी। उसके लिए कार्य करने के लिए लोग तैयार थे। अंग्रेजों के चले जाने पर अब संगठन की क्या आवश्यकता है, इस प्रकार लोग सोचते हैं। फिर से इस 'दक्ष-आरम' की आवश्यकता नहीं ऐसा उन लोगों का कहना है। परंतु इनका वह विचार सुनकर दुःख होता है। आजकल हमारी क्या अवस्था है, उसका उन्हें ज्ञान नहीं है। ज्वर उतर जाने के बाद रोगी कमजोर हो जाता है, ऐसी अवस्था में ज्वर नहीं है इस ख्याल से तुरंत कूदफाँद प्रारम्भ कर देना क्या ठीक होगा ? ज्वर—यह रोग का लक्षण है। शरीर में जो क्षीणता निर्माण हो गई है, उसे मिटाना चाहिए। सामर्थ्य के संवर्धन के लिए जो बातें आवश्यक हैं, वह करनी चाहिए। अन्यथा वह मृत्यु के मुख में जाएगा। शरीर की इस अवस्था के समान ही राष्ट्र का भी है। अपने देश पर जो परकीय राज्य था वह हमारे अन्दर के दोषों का बाह्य लक्षण था। राष्ट्र का मूल रोग परतंत्रता नहीं। वह लक्षण अब नहीं है इसका अर्थ रोग समाप्त हुआ, यह नहीं होता।

परंतु दुर्भाग्यवश कुछ लोगों का विचार ऐसा ही है। समाज रोगमुक्त हुआ है, ऐसा वे समझते हैं। पर क्या वास्तव में समाज एकरूप हो चुका है ? क्या उसे अपने देश, धर्म तथा संस्कृति के सम्बन्ध में ज्ञान है ? क्या पारस्परिक प्रेम निर्माण होकर संघटित शक्ति निर्माण हो चुकी है, ऐसा अनुभव होता है ? इस प्रकार का कोई अनुभव नहीं आता। इसके विपरीत चारों ओर दुःख, मन-मुटाव फैला हुआ दिखाई पड़ता है। एक का दूसरे से मेल नहीं, प्रांतों के परस्पर झगड़े, भाषा के कारण झगड़े, भिन्न-भिन्न जाति और संस्था में द्वेष

और ईर्ष्या इत्यादि दिखाई देता है। पक्षोपपक्ष के नेतागण एक-दूसरे को शत्रुवत समझते हैं। राष्ट्र के नेतागण भी परकीयों द्वारा आक्रमण किए जाने के पश्चात भी रणक्षेत्र में शत्रु के नाश का कृतसंकल्प कर खड़े न होकर स्वबांधवों के बारे में द्वेषभरी भाषा बोलते हैं। क्या ऐसा नहीं दिखाई देता ?

सरकारी काला बाजार

ये बिगड़े हुए आपसी सम्बन्ध ठीक हो जाएँ, देश के उत्पादन में वृद्धि की जाए, वितरण-व्यवस्था सुनियंत्रित की जाय, इत्यादि कार्य कोई करता नहीं। पंजाब में अपसंचय करने वालों के खिलाफ कार्यवाही शुरू होते ही वह रुक जाए। इसलिए बड़े-बड़े नेता सक्रिय हो गए। क्या यह काला बाजार या अपसंचय की प्रवृत्ति केवल व्यापारियों में मिलती है ? उसमें सरकार भी शामिल है। जिस भाव से सरकार सामान खरीदती है, उससे कई गुना अधिक दाम लेकर सरकार सामान बेचती है। नागपुर में सरकार ने एक जमीन 6 हजार में खरीदकर पौने दो लाख में बेची। इस बाजार को क्या नाम देंगे ? मिट्टी का तेल मिलने के बारे में लोगों को शिकायत है। गुजरात से वह आना बन्द होने के कारण बाजार में तेल की कमी हो गई। क्या इसका अर्थ गुजरात ने तेल का अपसंचय किया ऐसा नहीं होता ? इसकी क्या सजा है ? वह तेल यहाँ आने पर डेढ़ गुने अधिक दाम लेकर हमारी सरकार उसे बेचती है। अब उसे कौन दण्ड देगा ? सामान्य लोगों में जो प्रवृत्ति है, वह सरकार में भी है। अनेक मनुष्य क्षुधा से तड़पकर मर रहे हैं, अन्न की कमी है, पानी की कमी है, अन्न, वस्त्र और आश्रय की कोई सुविधा नहीं है। इसकी ओर किसी का ध्यान नहीं। और करते क्या है तो उग्र प्रदर्शन और आंदोलन करते हैं। क्या इससे ये समस्याएँ हल हो जाएँगी ?

उग्र प्रदर्शनों का विवेचन

अब इन उग्र प्रदर्शनों का आयोजन किया जाए अथवा न किया जाए ? इनके कारण समाज में उच्छृंखलता निर्माण होती है; उद्दण्डता निर्माण होती है। किंतु उसके बिना सरकार सचेत भी नहीं होती। उस समस्या की गंभीरता समझी नहीं जाती। महाराष्ट्र और गुजरात का एक राज्य था। यह राज्य कुछ मनुष्य मरने के बाद भंग किया गया। यह पहले क्यों नहीं किया गया ? पिछले वर्ष अकाल-पीड़ित भाग में अनाज भेजने के बारे में वही हुआ। लोगों ने बलवा किया, हुल्लड़बाजी की और बाद में सरकार ने वहां अनाज भेजा। पहले क्यों नहीं भेजा गया ? अनाज चार दिन में तो पैदा नहीं हुआ। अनाज सरकार के पास था। किंतु जब तक बलवा, हुल्लड़बाजी नहीं होती तब तक सरकार सोचती ही नहीं। इसके कारण समाज में निराशा और विफलता फैलती दिखाई देती है। श्रेष्ठ गुणों की उपासना करने के बजाय समाज अपने क्षुद्र स्वार्थ के लिए प्रयत्नशील है। अतः व्यभिचार हो रहा है, वह रुकता नहीं। सर्वत्र चारित्र्य की हत्या तथा दुरवस्था हो चुकी है, ऐसा दिखाई देता

है । अब यह स्थिति क्या समृद्धि अथवा सुख का लक्षण है ?

बाहरी आक्रमण का संकट विद्यमान

देश में इस प्रकार अस्थिर वातावरण निर्माण किया जा रहा है । पड़ोसी शत्रु राष्ट्र आक्रमण के लिए सेना लेकर सीमा पर खड़े हैं । इस प्रकार बाहर से और अंदर से भी अस्तव्यस्तता, अशान्तता और अस्थिरता खुलेआम चल रही है । इन सब बातों का वर्णन करना आवश्यक है, ऐसा नहीं ।

पिछले वर्ष जब युद्ध शुरू हुआ तब देश में किसी प्रकार का हुल्लड़ अथवा बलवे न होने चाहिए, शान्ति रहनी चाहिए ऐसा एक केन्द्रीय मंत्री ने मुझसे कहा मैंने उनसे पूछा कि "ये बातें आप मुझसे क्यों कह रहे हैं ? जो बलवे करते हों उन्हें समझाइए । बलवा करने वालों में से मैं नहीं हूँ और वैसा समझकर यदि मुझे आप यह सूचना दे रहे हैं तो वह मेरा अपमान है । इस देश का अभिमान और उसके रक्षण का उत्तरदायित्व मुझमें आपकी उपेक्षा अधिक हैं ।" तब उन्होंने कहा, "मेरे कहने का मतलब ऐसा नहीं । किंतु बलवे की खबर आती है इसलिए मैंने कहा ।" फिर मैंने उत्तर दिया, "क्या आप सचमुच बलवे होंगे ऐसा समझते हैं तो फिर मैं उपाय बताता हूँ । वहाँ शान्ति बनाए रखने के लिए इतना कीजिए। अब अनायास युद्ध शुरू हुआ है । अब अपने बल से शत्रु की अच्छी तरह से मरम्मत कीजिए । इस समय यदि पूरी शक्ति लगाकर उक्त काम न किया गया तो यहाँ विस्फोट अवश्य होगा और आपकी शक्ति पर का भरोसा समाप्त हो जाएगा। परंतु यह मेरी राय उन्हें जँची नहीं । राज्यकर्त्तागण उक्त बात जानते नहीं, ऐसा नहीं । परन्तु उनके मन में भय है । इस प्रसंग में से हम बने रहेंगे अथवा नहीं ऐसी कुशंकाएँ उनके मन में बनी रहती हैं।

क्रियाशील बनना ही चाहिए

तब देश के अंदर और बाहर से ऐसे संकट होते हुए, कभी भी उनका कोलाहल मचने की संभावना होते हुए, समाज में सिद्धान्तशून्यता, स्वाभिमान शून्यता, विफलता से ग्रस्तता, विषय उपभोगता की ओर मुड़ी हुई उद्दण्ड प्रवृत्ति तथा गुटों और दलों के कारण छिन्न-विच्छिन्न हुई समाज की ऐसी अवस्था सामने दिखाई देते हुए भी हम उदासीन रहे तो क्या कहा जाए ? मनुष्य सचमुच स्वाभिमानी हो तो हृदय का खून निचोड़कर बाहर फेंक दे, इतने अति दुःख की परिस्थिति है । इसलिए वह संगठन का कार्य करने की शीघ्रता होनी चाहिए।

परिस्थिति की दी हुई यह सर्वश्रेष्ठ चुनौती है कि संघ शक्तियों को एकत्र कर संकटों के सिर पर पैर देकर खड़ा होना चाहिए । दिन-प्रतिदिन कार्य करके परिस्थिति को काबू में लाना चाहिए ऐसा परिस्थिति का आह्वान है । शाखा में आने वाले, संघ पर प्रेम करने वाले सब लोग इनका विचार करें ।

बहुत ही कम समय में सामर्थ्य-सम्पन्न राष्ट्र का निर्माण करना है । उसके लिए समय और शक्ति लगाना चाहिए । त्यागमय भूमिका से सर्वस्व का समर्पण करना चाहिए ऐसी अपेक्षा है । गुरुपूजन के दिन ऐसा संकल्प करना चाहिए । सर्वस्व-समर्पण के स्थायी भाव से जीवन की सारी शक्ति इस कार्य के लिए अर्पण करने की इच्छा से हर एक को आगे आना चाहिए ।

भारत को पुनः अखिल विश्व के सामर्थ्य-सम्पन्न, नेतृत्व पद पर अभिषिक्त करने का संकल्प लें

पूर्वाभ्यासेन तेनैव ह्रियते ह्यवशोऽपि सः ।
जिज्ञासुरपि योगस्य शब्द ब्रह्मातिवर्तते ।।

—गीता 6, 44

उस पूर्वाभ्यास के द्वारा वह अबाधित रूप से आगे बढ़ता है। योग के द्वारा ज्ञानजिज्ञासु भी वेद और उपनिषदों की सीमा को पार कर जाता है। श्री अरविंद का जीवन भगवान् श्रीकृष्ण की इस आश्वासनपूर्ण, उत्साहवर्धक शक्ति का सटीक प्रमाण है। जीवन के अत्यंत प्रभावग्रहणशील अंश में ऐसे परकीय देश में बड़े होने पर भी जहाँ मानव की समक्ष सत्ता धनार्जन और अधिकार की भौतिक वासना में लीन हो जाती है, पुण्यभूमि भारत में लौटने पर स्वाधीनता आंदोलन की विभिन्न गतिविधियों में उन्होंने अपने को अपनी चरित्रजात तेजस्विता के साथ झोंक दिया और जब वे देशवासियों के अत्यंत श्रद्धास्पद और असंदिग्ध नेता होकर उनकी सनातन राष्ट्र चेतना के वास्तविक प्रतिनिधि के रूप में उदय हो रहे थे तभी कर्म की अचिंत्य शक्ति से निर्देशित होकर योग के अभ्यास और निदिध्यासन की ओर आकृष्ट हुए और इसमें इस गहनता से डूबे कि बहुत शीघ्र ही वे केवल शब्द, अनुभव और बुद्धि के बोध की सीमा के बाहर चले गए।

इसके साथ हमारे राष्ट्र की समस्याओं के सम्यक्बोध और अपनी अंतःस्फूर्त भविष्यदृष्टि द्वारा उन्होंने अनुसरण करने के लिए हमें जो निर्देश दिए हैं उनसे हमारा पुरातन धर्म, संस्कृति और राष्ट्र, अखिल विश्व की मानवता के दीप्तिमन्त, पावन और सामर्थ्य-सम्पन्न नेता के रूप में निश्चय फिर उठ खड़ा होगा।

15 अगस्त 1971 को इस महान् मन्त्रद्रष्टा की जन्म शताब्दी का समारोह प्रारंभ होता है।

आइए, उनके कृतज्ञ देशवासी, हम सभी उनकी शिक्षा को समझने का प्रयास और उनके दर्शन-चिंतन का सारे देश में प्रसार कर इस उत्सव को उचित रूप से मनाएँ और उनकी भविष्यदर्शी चेतना में विश्वास के साथ यह पवित्र संकल्प ग्रहण करें कि हम इसे साकार करने का घोर प्रयास करेंगे और जब तक लक्ष्य प्राप्त नहीं होता, विश्राम नहीं लेंगे।

कैसी है हमारी महान् मातृभूमि

गायन्ति देवाः किल गीतकानि
धन्यास्तु ते भारतभूमि भागे ।
स्वर्गापवर्गास्पदहेतुभूते
भवन्ति भूयः पुरुषाः सुरत्वात् ॥

(देवगण इस प्रकार गीत गाते हैं कि हम देवताओं से भी वे लोग धन्य हैं जो स्वर्ग और अपवर्ग के लिए साधनभूत भारतभूमि में उत्पन्न हुए हैं ।)

अहो, यही तो हमारी सबकी माँ है—हमारी तेजस्विनी मातृभूमि ।

वास्तव में 'भारत' नाम ही निर्देश करता है कि यह हमारी माँ है । हमारी सांस्कृतिक परम्पराओं के अनुसार किसी महिला को पुकारने की सम्मानपूर्ण रीति यह है कि उसे उसके पुत्र के नाम से पुकारा जाए । किसी महिला को अमुक की पत्नी अथवा अमुक की 'मिसेज' कहकर पुकारना पाश्चात्य रीति है । हम कहा करते हैं, 'वह रामू की माँ है ।' यही बात हमारी मातृभूमि भारत के नाम के विषय में भी लागू होती है । भरत हमारे ज्येष्ठ भ्राता हैं—जिनका जन्म बहुत काल पूर्व हुआ था । वह उदार, श्रेष्ठ गुण-सम्पन्न और विजयिष्णु राजा थे एवं हिन्दू पुरुषार्थ के भासमान आदर्श थे । जब किसी स्त्री के एक से अधिक पुत्र होते हैं तब हम उसे उसकी ज्येष्ठ संतान के नाम से अथवा सबसे अधिक ख्याति-प्राप्त संतान के नाम से पुकारते हैं । भरत ख्याति-प्राप्त थे और यह भूमि उनकी माता कही गई, भारत, अर्थात् सभी हिन्दुओं की माता ।

किंतु कुछ लोग कहते हैं कि हिंदुओं को मातृभूमि की कल्पना का ज्ञान नहीं था । वे परस्पर युद्धरत विभिन्न कुलों में विभाजित थे । देशप्रेम से जो कि मातृभूमि के लिए भक्ति की भावना होती है, वे अपरिचित थे । उनमें कुछ सीमा तक यह भावना थी भी तो एक विशिष्ट भूखण्ड मात्र के लिए ही, वह हिमालय से लेकर कन्याकुमारी तक, सम्पूर्ण देश के लिए जैसा कि वह आज हमें प्राप्त है, नहीं थी । आज के प्रमुख व्यक्ति भी समय-समय पर घोषणा करते रहे है कि यह हमारा एक महाद्वीप अथवा उपमहाद्वीप है जिसमें विभिन्न प्रकार की जलवायु और विभिन्न प्रकार की भूमि है, यह राष्ट्रों का झुण्ड है और एक देश कहलाने योग्य नहीं है । ये विचित्र विश्वास हमारे राष्ट्र के मस्तिष्क में किस प्रकार फैल गए ?

प्राचीन काल से एक राष्ट्र

कुटिल, विदेशी अंग्रेजों ने अपने साम्राज्यवादी प्रयोजनों की सिद्धि के लिए हमारी जनता में इस प्रकार के सभी दुष्ट विश्वास प्रचारित किए, जिससे कि देशभक्ति की भावना एवं अपनी मातृभू के समग्र व्यक्तित्व के प्रति कर्तव्य की भावना का ह्रास हुआ। उसने यह प्रच्छन्न रूप से कुटिलतापूर्वक प्रचार किया कि हम कभी एक राष्ट्र नहीं थे। हम कभी इस भूमि की संतान नहीं थे। अपितु हम हैं नवोदित राष्ट्र, जिनका इस देश पर आक्रांताओं के झुण्डों में आने वाले मुसलमान और अंग्रेजों से अधिक अधिकार नहीं है। दुर्भाग्य यह है कि इस देश का तथाकथित शिक्षित जन इस चाल में फँस गया।

किंतु वास्तविकता तो यह है कि पश्चिम ने जब कच्चे मांस के स्थान पर भुना मांस खाना सीखा था उससे बहुत पूर्व हम एक राष्ट्र थे और थी हमारी एक मातृभूमि तथा समुद्रपर्यन्त भूमि में परिव्याप्त था एक राष्ट्र।

पृथिव्यायै समुद्रपर्यन्ताया एकराट्

हमारे वेदों का यह एक प्रिय उद्घोष है, युगों से हमारे सामने अपने राष्ट्र का एक स्पष्ट स्वरूप रहा है 'आसेतु-हिमालय'। हमारे पूर्वजों ने बहुत काल पूर्व कहा है :

उत्तरं यत्समुद्रस्य हिमाद्रेश्चैव दक्षिणम् ।
वर्षं तद् भारतं नाम भारती यत्र सन्ततिः ॥

(पृथ्वी का वह भू-भाग जो समुद्र के उत्तर और हिमालय के दक्षिण में हैं, महान भारत कहलाता है तथा उसकी संतानों को भारतीय कहते हैं।)

सम्पूर्ण हिमालय, अपनी उत्तर, दक्षिण, पूर्व तथा पश्चिम में फैली हुई शाखा-प्रशाखाओं के साथ इन महती शाखाओं के अन्तर्गत प्रदेशों के साथ हमारा रहा है। धार्मिक एवं अन्य भावुकताओं को छोड़कर यह तो एक शुद्ध, व्यावहारिक सामान्य बुद्धि की बात है कि कोई भी शक्तिशाली और बुद्धिमान राष्ट्र पर्वतों की चोटियों को अपनी सीमा नहीं बनाएगा। यह तो उसके लिए आत्मघाती होगा। हमारे पूर्वजों ने हिमालय के उत्तरांचल में हमारी तीर्थयात्राओं के लिए अनेक स्थानों की स्थापना कर उन भू-भागों को जाग्रत सीमा का स्वरूप प्रदान किया था। तिब्बत या त्रिविष्टप, जिसे आज हमारे नेता चीन का तिब्बतीय प्रदेश कहते हैं देवताओं का स्थान था और कैलास पर तो परमेश्वर का निवास है। मानसरोवर, तीर्थयात्रा के लिए एक अत्यंत पवित्र स्थान जो हमारी गंगा, सिंधु और ब्रह्मपुत्र जैसी पवित्र नदियों का उद्गम माना जाता है। हमारे महान राष्ट्रकवि कालिदास ने निम्न प्रकार से हिमालय का वर्णन किया है :

अस्त्युत्तरस्यां दिशि देवात्मा हिमालयो नाम नगाधिराजः।
पूर्वापरौतोय निधिवगाह्य स्थितः पृथिव्याः इव मानदण्डः ॥

(उत्तर दिशा में देवात्मा हिमालय नाम का पर्वतराज है, जिसकी भुजाएँ पूर्व और पश्चिम में समुद्रपर्यन्त फैली हुई हैं और जो पृथ्वी के मानदण्ड की तरह स्थित है।)

हमारे राजनीतिशास्त्र में जिनका वचन आप्त प्रमाण है, उन चाणक्य का वक्तव्य है :

हिमवत्समुद्रान्तरमुदीचीनं योजनसहस्त्रपरिमाणाम्

(उत्तर में समुद्र से हिमालयपर्यन्त इस देश की लम्बाई एक सहस्त्र योजन है ।)

महान चित्र

हमारे महाकाव्य तथा पुराण भी हमारी मातृभू की वैसी ही विशाल मूर्ति उपस्थित करते हैं । अफगानिस्तान हमारा प्राचीन उप-गणस्थान था । महाभारत का शल्य वहीं का था । वर्तमान काबुल और कन्दहार, गांधार थे तथा कौरवों की माता गांधारी वहीं की थी । ईरान तक मूलतः आर्यभूमि ही है । इसका अन्तिम राजा रजा शाह पहलवी इस्लाम से अधिक आर्य सिद्धांतों का अनुसरण करने वाला था । पारसियों का पवित्र ग्रंथ 'जेन्दा वेस्ता' बहुत कुछ ऋग्वेद है । पूर्व दिशा में ब्रह्मा (म्यांमार) हमारा ब्रह्मदेश है । महाभारत में इरावत का उल्लेख आया है, वर्तमान इरावदी घाटी का उस महायुद्ध से सम्बन्ध था । महाभारत में असम का उल्लेख प्राग्ज्योतिष के नाम से हुआ है, कारण कि सूर्य का प्रथमोदय वहीं होता है । दक्षिण में लंका भी निकटतम सूत्र में आबद्ध है और उसे कभी मुख्य भूमि से भिन्न नहीं माना गया ।

मातृभूमि का यह चित्र सहस्रों वर्ष से सतत हमारे जनमानस में देदीप्यमान है । आज भी हिंदू प्रतिदिन स्नान करते हुए गंगा, यमुना से लेकर गोदावरी, सरस्वती, नर्मदा और सिंधु से कावेरी तक पवित्र नदियों का आह्वान करता है :

गंगे च यमुने चैव गोदावरि सरस्वती ।
नर्मदा सिन्धु कावेरी जलेऽस्मिन सन्निधि कुरु ।।

(हे गंगा-यमुना, गोदावरी, सरस्वती, नर्मदा-सिंधु तथा कावेरी ! तुम्हारा जल हमारे इस स्नान के जल में सम्मिलित हो ।)

यह भी भक्ति का एक पाठ है, क्योंकि इसके द्वारा हमें यह अनुभूति कराई जाती है कि इन पवित्र नदियों के एक बूंद जल में भी हमारे समस्त पापों को धो डालने की शक्ति है ।

हमारी जाति के एक महानतम व्यक्ति रामचन्द्रजी थे, जिन्होंने इस जाति के चरित्र एवं संस्कृति पर एक अमिट छाप छोड़ी है । उनके महान गुण यथा—निराकुलता, उदारचित्तता, ज्ञान-गाम्भीर्य एवं अनुभूतियों की तुलना, समुद्र की उप्रमेय गहराई तथा शान्तता से की गई है और उनकी अदम्य शक्ति एवं धैर्य की तुलना महान और अजेय हिमालय से की गई है :

समुद्र इव गाम्भीर्ये धैर्येण हिमवान इव

(वे श्रीराम समुद्र की तरह गंभीर और हिमालय की तरह धैर्यवान हैं ।)

इष्ट भूमि

हमारे लिए यह सम्पूर्ण भूमि तपोभूमि है । हमारे पूर्वजों का विश्वास था कि सम्पूर्ण

संसार में यही एक ऐसा पवित्रतम देश है, जहाँ छोटा-सा सत्कर्म भी सैकड़ों-हजारों गुना अधिक लाभदायी होता है। स्वामी विवेकानन्द ने कहा है कि ''यदि पृथ्वी पर कोई ऐसी भूमि है, जिसे मंगलदायिनी पुण्यभूमि कहा जा सकता है, जहाँ ईश्वर की ओर अग्रसर होने वाली प्रत्येक आत्मा को अपना अंतिम आश्रयस्थल प्राप्त करने के लिए आना ही पड़ता है, तो वह भारत है।''

निःसंशय रूप से ईश्वरानुभूति हेतु निर्धारित यही देश है। यह भावनाओं का उद्रेक मात्र नहीं, वरन् हमारा अटल विश्वास है। कुछ वर्षों पूर्व हमारे वृत्त-पत्रों ने एक जर्मन की गाथा प्रकाशित की थी जो आध्यात्मिक अभिलाषी के रूप में हमारे देश में आया था। उसने संन्यास ग्रहण किया और एक परिव्राजक की भाँति उग्र तपस्या की। किंतु बहुत काल की तपस्या के पश्चात् भी वह ईश्वर का साक्षात्कार नहीं कर सका। आत्मनिरीक्षण के द्वारा उसे विश्वास हुआ कि उसका शरीर जो पश्चिम की तमोगुणी जलवायु में उत्पन्न और पोषित हुआ है, ईश्वरानुभूति के लिए अनुपयुक्त है। अतः वह हरिद्वार गया और अपने शरीर को पवित्र गंगा को अर्पण कर दिया। वह एक छोटा-सा पत्र छोड़ गया—''मैं स्वयं अपने शरीर को त्याग रहा हूँ, उस मंगलमय की कृपा से गंगा के पावन जल में अपने शरीर को अर्पित करने से मुझे भारत में पुनर्जन्म का सौभाग्य प्राप्त हो और उस नवीन निर्मल शरीर से मैं ईश्वर का साक्षात् करने योग्य हो जाऊँ।''

कोई आश्चर्य नहीं कि ऐसा देश, जिसकी धूलि का एक-एक कण दिव्यता से ओतप्रोत है, हमारे लिए पावनतम है, हमारी पूर्ण श्रद्धा का केन्द्र है। और यह श्रद्धा की अनुभूति सम्पूर्ण देश के लिए है, उसके किसी एक भाग मात्र के लिए नहीं। शिव का भक्त काशी से रामेश्वरम् जाता है, और विष्णु के विभिन्न आकारों एवं अवतारों का भक्त इस सम्पूर्ण देश की चतुर्दिक यात्रा करता है। यदि वह अद्वैतवादी है तो जगद्गुरु शंकराचार्य के चारों आश्रम, जो प्रहरी के समान देश की चारों सीमाओं पर खड़े हैं, उसे चारों दिशाओं में ले जाते हैं। यदि वह शाक्त है–उस शक्ति का पुजारी जो विश्व-माँ है तो उसकी तीर्थयात्रा के लिए बावन स्थान हैं, जो बलूचिस्तान में हिंगुलाज से लेकर आसाम में कामाक्षापर्यन्त और कश्मीर में ज्वालामुखी से लेकर दक्षिण में कन्याकुमारी तक फैले हुए हैं। इसका यही अर्थ है कि यह देश विश्व की जननी का दिव्य एवं व्यक्त स्वरूप है।

दिव्य माता

हमारे लिए इस भूमि से पवित्र और कुछ नहीं हो सकता। इस भूमि की धूलि का एक-एक कण, जड़ और चेतन प्रत्येक वस्तु, प्रत्येक काष्ठ और प्रस्तर, प्रत्येक वृक्ष एवं नदी हमारे लिए पवित्र है। इस भूमि के बच्चे के हृदय में यह प्रगाढ़ भक्ति सदैव जीवित रखने के लिए ही पूर्वकाल में यहाँ इतने विधि-विधानों एवं लोकाचारों की स्थापना हुई थी। यह एक प्रथा है कि प्रातःकाल में जैसे ही हिंदू निद्रा को त्यागता है, सर्वप्रथम वह पृथ्वी माता से इस बात के लिए क्षमा-याचना करता है कि दिनभर वह उसे अपने पैरों से स्पर्श करने

के लिए विवश है ।

समुद्रवसने देवि पर्वतस्तनमण्डले ।
विष्णुपत्नि नमस्तुभ्यं पादस्पर्शं क्षमस्व मे ॥

(देवि ! समुद्र तुम्हारा परिधान है, पर्वत स्तन-मण्डल हैं, जिनका वात्सल्यरस नदियों में प्रवाहित हो रहा है । हे विष्णु-पत्नी ! मैं तुम्हें प्रणाम करता हूँ । मेरे पैरों के स्पर्श होने की धृष्टता क्षमा करना ।)

यह एक साधारण कार्य है किंतु इसके द्वारा प्रत्येक प्रातःकाल हमारे मस्तिष्क में इस माता की भक्ति का विचार आता है, जो दिव्य माँ, आदिशक्ति की अति उदात्त भक्ति का ही भाव है । यह प्रशिक्षण इतनी गहराई तक पहुँच गया है कि सामान्य दैनिक कार्यों में भी हमें उस अनुभूति की झलक मिल जाती है । जब कोई बच्चा खेल-खेल में भूमि को रौंदता है तो माता कहती है, 'पुत्र, धरती माता को ठोकर मत मारो ।' एक साधारण किसान भी जब खेत में हल जोतता है तो पहले क्षमा-याचना कर लेता है । ऐसी है हमारी जीवन्त परम्परा ।

स्वामी विवेकानन्द जी जब इंग्लैण्ड से भारत के लिए चलने लगे तो उनसे पूछा गया कि इंग्लैण्ड और अमेरिका के समान समृद्ध देशों की यात्रा करने के पश्चात् अब अपनी मातृभूमि के सम्बन्ध में उनके क्या विचार हैं ! उन्होंने कहा, ''भारत से मैं पहले प्यार करता था, किंतु अब तो उसकी धूलि का एक-एक कण मेरे लिए अत्यंत पवित्र है, मेरे लिए वह तीर्थस्थान हो गया है ।''

इस प्रकार की रही है हमारी भूमि के दिव्य मातृत्व की सजीव अनुभूति, जो उसके महान पुत्रों के स्वभाव का एक अंग बन गई है, और हमारे समाज के प्रत्येक वर्ग में परिव्याप्त है । वास्तव में वह सदैव हमारे राष्ट्र-जीवन की मध्यवर्ती कल्पना रही है । उसने अपनी मिट्टी, हवा, जल तथा अन्यान्य विविध पदार्थों से, माँ जैसा हमारा पोषण किया है । उत्तर में अलंघ्य हिमालय के रूप में उसने पिता के समान हमें संरक्षित किया है तथा धर्मभूमि एवं मोक्षभूमि के रूप में उसने हमारे आध्यात्मिक गुरु का स्थान लिया है ।

अस्तु, हमारी मातृभूमि ने, एक रूप में ही माता, पिता एवं गुरु तीनों का कर्तव्य हमारे प्रति पूर्ण किया है ।

राष्ट्रीय कौन हैं ? और कौन हैं राष्ट्र-द्रोही, साम्प्रदायिक व देश के दुश्मन ?

1. अपने देश और उसकी परम्पराओं के प्रति, उसके ऐतिहासिक महापुरुषों के प्रति, देश की सुरक्षा तथा समृद्धि के प्रति जिनकी अव्यभिचारी एवं एकान्तिक निष्ठा हो—वे जन राष्ट्रीय कहे जाएँगे ।

2. वे लोग साम्प्रदायिक कहे जाएँगे, जो उपर्युक्त प्रकार की निष्ठा रखते हुए भी, शेष समाज से अलग, अपने पंथ, बिरादरी, भाषा और तथाकथित जाति के आधार पर सोचते हों; और अपने मर्यादित लाभ के लिए एवं राजनीतिक सत्ता के उपयोग के निमित्त, ऐसे विशेष अधिकारों व सुविधाओं को प्राप्त करने के लिए प्रयत्नशील हों (जो कि सर्वसामान्य समाज को उपलब्ध न हों) और इस उद्देश्य से वे दूसरों के साथ घृणा व द्वेष भी करें, उनका विरोध करें तथा कभी-कभी हिंसात्मक उपायों का भी अवलम्बन करें ।

3. (क) वे शत्रु कहे जाएँगे, जिनकी निष्ठा विभक्त हो और जो ऊपर (1) में बताई गई निष्ठा से व्यापक किसी अन्य निष्ठा को लेकर चलते हों और इन निष्ठाओं के संबंध में, देश के हितों की अवहेलना करें अथवा उनके प्रति उदासीन रहें तथा अपनी अन्य आस्थाओं को वरीयता दें ।

(ख) जो लोग अपने को बाहर से आने वाले, हमलावर, विजेता और अभी हाल तक स्वयं को देश के शासक व मालिक मानते हैं, वे सब विदेशी तो स्पष्टतः हैं ही, किंतु यदि वे फिर से यहाँ के शासक बनने की आकांक्षा लेकर चलें तो फिर वे शत्रु भी कहे जाएँगे ।

4. राष्ट्रीय होते हुए भी कुछ लोग विकारवश, राष्ट्र से अलग होने तथा एक विभिन्न एवं प्रायः विरोधी राजसत्ता के निर्माण के लिए प्रयत्नशील हों, तो वे राष्ट्र-विरोधी कहे जाएँगे ।

5. (क) उपर्युक्त (4) में वर्णित वे लोग जो कि अपने उद्देश्यों की सिद्धि के लिए 3 (क) व (ख) के साथ हाथ मिलाने में न हिचकिचाएँ और जो इस उद्देश्य से किसी विदेशी शक्ति के साथ गठबन्धन करने की इच्छा या प्रयत्न करें, तो वे राष्ट्रद्रोही कहे जाएँगे ।

(ख) वे राजनीतिक दल जो सत्ता-प्राप्ति के लिए या सत्ताधीश बने रहने के लिए,

उपर्युक्त 3 (क) व (ख) तथा (4) के साथ सहयोग करें अथवा उनके साथ वरीयता का व्यवहार करें तो वे 5 (क) के समान ही माने जा सकते हैं।

(ग) वे राजनीतिक दल जो किन्हीं विदेशी सत्ताओं की आधारभूत विचारधारा को मानते हों, अपने देश की तुलना में ऐसी सत्ताओं को प्राथमिकता देते हों और अपने देश पर उनका आक्रमण होने पर भी उसे सहन करें, उसके विषय में सफाई दें, उसे न्यायोचित ठहराएँ या प्रत्यक्ष अथवा अप्रत्यक्ष रूप से अपने देश के विरुद्ध उसमें सहायक हों तो वे देशद्रोही और शत्रु दोनों ही माने जाएँगे।

दुर्भाग्यवश आज अपनी पवित्र मातृभूमि में उपर्युक्त सभी प्रकार के लोग विद्यमान हैं। इनका ठीक और निर्भीक ज्ञान, एक संगठित और सशक्त राष्ट्र-जीवन बनाने के लिए आवश्यक है।

इन सब वर्गों में अपवाद हो सकते हैं। राष्ट्रीय जनों में कुछ राष्ट्रद्रोही व्यक्ति और अन्य जनों में देशभक्त व्यक्ति मिल सकते हैं। परन्तु व्यक्तिगत गुणों में और जनसमूह की प्रवृत्ति में, हमें अन्तर समझना चाहिए। यह सामान्य अनुभव है कि जब जनभावनाओं का भारी उभाड़ उमड़ता है तो अन्य जनों में विद्यमान देशभक्त व्यक्ति टिक नहीं पाते। हमें इन जनसमूहों के इस मानस का विचार करना होगा; और देश के हितों का सर्वोपरि लक्ष्य सामने रखते हुए उनके साथ सामाजिक, सांस्कृतिक, ऐतिहासिक तथा राजनीतिक आधार पर व्यवहार करना चाहिए। विकृति या शत्रुता के व्यक्तिगत मामलों का विचार करने के लिए, सर्वसामान्य कानून पर्याप्त रहता है।

उपर्युक्त (1) के हित सर्वोपरि हैं और उनकी रक्षा सदा व सर्वोपरि होनी चाहिए। (2) व (4) के साथ विवेक और शक्ति, सहानुभूति और प्रेम के साथ व्यवहार करना चाहिए, जिससे कि देश और राष्ट्र के लिए बाधक और घातक विघनटनकारी कार्यों से वे बचाए जा सकें। अन्यों को सभी सम्भव उपायों से दृढ़तापूर्वक दबाना चाहिए।

भारतीय राज्य-व्यवस्था का स्वरूप

हमारे शास्त्रकारों ने सृष्टि का स्वरूप मंडलाकार माना है। इसलिए केन्द्र से बाहर की ओर क्रमशः वर्धमान मण्डल बनाकर और उसके अनुसार ही प्रत्येक मण्डल की अपनी विशेषता बनाए रखते हुए तथा उनका अगले मण्डल और इस प्रकार सम्पूर्ण सृष्टि के साथ संबंध स्थापित कर शासन का विकास होना चाहिए।

ग्रामों को केन्द्र मानकर आसपास के ग्रामों के मण्डल बनाए जाएँ। उन मण्डलों का विकास करते हुए, जिनके अंदर भौगोलिक या व्यावसायिक सम्पर्क से निर्मित विशिष्टता के कारण आदान-प्रदान की समान परिभाषा उत्पन्न हुई है, ऐसे बड़े मण्डल बनाने चाहिए।

प्रान्त और भाषा

इस प्रकार के विकास में यदि भाषिक प्रान्त आ जाएँ तो कोई आपत्ति नहीं। यदि एक भाषा के दो प्रान्त बनें या एक से अधिक भाषाओं का एक प्रान्त बने, तो भी कोई आपत्ति नहीं।

केन्द्र पर झुकाव

इस विकासमान स्वरूप को यदि सम्मुख रखेंगे तो आज की विघटनकारी प्रवृत्तियों के स्थान पर संघटनात्मक भावनाओं की ही वृद्धि होगी। इसमें हमारा झुकाव केन्द्र की ओर होगा तथा जो कुछ विकेन्द्रीकरण होगा वह केन्द्र से अलग होकर टुकड़े-टुकड़े होने के लिए नहीं अपितु अपने विशिष्ट गुणधर्मों का विकास करते हुए केन्द्र को बलवान् बनाने के लिए ही होगा।

यही समाज का आधारभूत ढाँचा है।

इस ढाँचे का आग्रह

यदि समाज का यह ढाँचा दृढ़ है तो राजतंत्र से लेकर जनतंत्र तक सभी पद्धतियाँ चल सकती हैं। उनमें से कोई इसे डिगा नहीं सकेगी। अपने यहाँ शासन-संस्था के स्वरूप का आग्रह नहीं है।

ग्राम और पंचायत

हमारे शासन का स्वरूप पंचायती था और उनकी मूल इकाई ग्राम थी । जन-जन की भावना को व्यक्त करनेवाले प्रतिनिधि, पंचों को हमने परमेश्वर का ही रूप माना । पंच परमेश्वर की कहावत इसका प्रमाण है ।

पंचायत का संगठन

यह पंच कौन ? चातुर्वर्ण्य में से प्रत्येक का एक प्रतिनिधि तथा वनवासियों का पाँचवाँ प्रतिनिधि, यह हमारी राज्य-रचना का अधिष्ठान है ।

प्रतिनिधि शासन

इस प्रकार के प्रतिनिधि समाज की प्रकृति व्यक्त करते हैं । और जब वे एकत्र आते हैं, तो राष्ट्र की प्रकृति का समष्टिरूप खड़ा हो जाता है ।

इस प्रकार के समूहों, जिन्हें वर्ण, गिल्ड, सिंडिकेट या ट्रेड यूनियन, चाहे जो नाम दें, के प्रतिनिधियों द्वारा बना हुआ शासन ही वास्तव में सबके हितों की रक्षा कर उनके गुण-वैशिष्ट्य के विकास में सहायक हो सकता है ।

यह पद्धति ऊपर तक जाय

आगे भी इसी पद्धति का विकास होना चाहिए । यह नीचे से विकसित होकर ऊपर तक जाय । समान वर्णों अथवा समान उद्योगों के प्रतिनिधि मर्यादित क्षेत्रों में आवें और उनकी प्रतिनिधि सभा, उस सभा की आगे बड़ी प्रतिनिधि सभा, इस प्रकार शासन की पूरी व्यवस्था होनी चाहिए । यही मोटा सा सूत्र है ।

जागतिक एकता का प्रश्न

जहाँ तक जागतिक एकता का प्रश्न है, उसका विचार हमारे यहाँ हुआ है । अखिल मानव की एकता, उनमें पारस्परिक संघर्षविहीन एवं बन्धुता का जीवन व्यतीत करने का आदर्श अति प्राचीनकाल से हमारे सामने रहा है ।

हमने 'सर्वेपि सुखिनः सन्तु सर्वे सन्तु निरामया' की कामना करके एक भी व्यक्ति का दुखी या रोगी होना सहन नहीं किया है । आज का पाश्चात्य जगत् 'अधिक से अधिक व्यक्तियों का अधिक से अधिक भला' (Greatest good of greatest number) की ही कल्पना लेकर चला है, जबकि उसके विपरीत हमारा आदर्श सबका पूर्ण सुख रहा है ।

संघर्ष, राष्ट्रीय स्वार्थ के कारण

आज समाज छोटे-छोटे गुटों में बँटा हुआ है । राष्ट्र राज्य, समाज—साधारणतया

एक ही स्वरूप के विभिन्न नाम है । इन सबके अलग-अलग स्वार्थ हैं । 'जहाँ स्वार्थ वहाँ संघर्ष' के न्याय से उनमें पारस्परिक संघर्ष भी दिखाई देता है ।

यह संघर्ष कैसे मिटे ?

इस संघर्ष के रहते मानव-एकता सम्भव नहीं है । अतः कई लोगों के सम्मुख यह विचार आता है कि राष्ट्र की भावना विच्छेदकारी और मानव एकता के लिए बाधक है, अतः उसे ही निर्मूल कर देना चाहिए । साम्यवादी विचारधाराएँ यही आधार लेकर चली हैं।

राष्ट्र नष्ट नहीं हो सकता

इसके विपरीत दूसरा विचार यह है कि राष्ट्र शतकानुशतक वर्षों से लोगों के हृदय में दृढ़ बद्धमूल भावना है, जिसका उन्मूलन संभव नहीं है ।

रूस का उदाहरण

रूस में, जहाँ राष्ट्र-भावना के उन्मूलन का आधार लेकर ही साम्यवाद का प्रयोग हुआ, इस बात की अनुभूति हुई कि राष्ट्र भावना को हृदय से दूर करने पर जीवन की प्रेरणा ही समाप्त हो जाती है । रूसी क्रांति के पश्चात् प्रारम्भिक उत्साह की अवस्था में तो अवश्य ही कुछ भौतिक प्रगति हुई, पंचवार्षिक योजनाएँ सफल हुईं किन्तु धीरे-धीरे उत्साह ठंडा पड़ा और कार्य की प्रेरणा जाती रही । बाद में तो बड़े-बड़े कारखानों में फौज बैठाकर लोगों से बलात् श्रम लिया गया । ऐसी स्थिति उत्पन्न होने पर वहाँ भी राष्ट्र-भावना के पुनर्जागरण की आवश्यकता प्रतीत हुई और Fatherland या Motherland चाहे जिस नाम का प्रयोग करके, उस सुप्त भावना को जगाने का प्रयत्न हुआ ।

आत्मीयता से ही सेवा सम्भव

मातृभूमि या पितृभूमि कहकर जब कुल-परम्परा या समाज के प्रति एक आत्मीयता तथा ममत्व का भाव उत्पन्न होता है, तभी सेवा के लिए प्रेरणा मिलती है । संपूर्ण विश्व की बात करने वाले लोग अधिकांशतः स्वार्थकेन्द्रित (Self-centred) ही देखे गए हैं । यथार्थतः संसार को एक मानकर चलने वाले कुछ अपवाद ही मिलेंगे ।

राष्ट्र और संसार का समन्वय करें

अब राष्ट्र एवं संसार के समन्वय का मार्ग ही शेष रह जाता है । यह समन्वय किस प्रकार किया जाए, यह प्रश्न महत्त्वपूर्ण है ।

समन्वय के विभिन्न प्रयत्न

इस दिशा में समय-समय पर अनेक प्रयोग हुए हैं । पूर्वकाल की साम्राज्यवादी भावना

भी छोटे-छोटे राष्ट्रों के संघर्ष को मिटाने के लिए एक नया तथा बड़ा उपाय था। किन्तु स्वार्थ पर आधारित होने के कारण वह संघर्ष नहीं मिटा सका। लीग ऑफ नेशंज तथा संयुक्त राष्ट्र संघ के प्रयोग भी संसार को एक सूत्र में बाँधने के प्रयोग हैं। विश्व राज्य की चर्चा भी चलती है।

उनकी असफलता

किन्तु समस्या यह है कि क्या छोटे-छोटे राष्ट्र अपने अस्तित्व को मिटाने के लिए तैयार हैं ? भारत की ओर देखें। यहाँ आज भिन्न-भिन्न राज्यो की माँग हो रही है। छोटे-छोटे अहंभाव जाग्रत होकर संकीर्णता तथा विघटन को जन्म देते हैं।

फिर क्या करें ?

इस स्थिति में क्या किया जाए ? राष्ट्रभाव को मिटा नहीं सकते और विश्व राज्य का निर्माण सम्भव नहीं जान पड़ता, तो किस मार्ग का अवलम्बन करें ? इसका समाधान आज कहीं नहीं दिखाई देता।

भारतीय अध्यात्मवादी हल

हमारे यहाँ इसका हल है। किन्तु उसका आधार भौतिकता में नहीं। भौतिकता एक दूसरे को अलग रखने का ही कारण होती है। विश्व-एकता का सम्पादन करने के लए भौतिकता से अधिक श्रेष्ठ तथा उच्च्च भूमिका की आवश्यकता है।

यह भूमिका क्या है और उसका निर्माण करने मे हमारे इस हिन्दू समाज का भी कुछ योगदान है या नहीं ? हमें इसका विचार करना होगा। हमारा योगदान तो बहुत है किन्तु उसे समझने के लिए सूक्ष्म विचार आवश्यक है। केवल राजनीति और अर्थनीति के दो-चार आधुनिक सिद्धांतों से वह बुद्धिगम्य नहीं।

वे

अपने संघ के निर्माता डाक्टर जी बाल्यकाल से ही मातृभूमि की उत्कट भक्ति लेकर चलने वाले थे । इसी कारण परकीय 'अंग्रेजों का' शासन उनको सहन नहीं हो सका तथा अपने धर्म व संस्कृति का ज्वलन्त अभिमान हृदय में था, इसीलिए उन्होंने परकीय शासन को हटाने के लिए काम करने का बीड़ा उठाया ।

उन दिनों परकीय शासन को हटाने के लिए भिन्न-भिन्न कार्यप्रणालियों से प्रयत्न चल रहे थे । कुछ तो क्रांतिकारी विचारधारा के लोग थे, जो शस्त्रास्त्रों द्वारा अंग्रेजी राज्य को हटाने का प्रयत्न कर रहे थे । कुछ नरम दल के लोग थे, जो भिन्न-भिन्न प्रकार से अपनी माँग पेश करते थे । कुछ मध्य-मार्ग के थे, जो यह सोचते थे कि हम शस्त्रों से इतने बड़े साम्राज्य को हिला नहीं सकते तथा प्रार्थनापत्र पेश करते रहने से भी काम नहीं चलेगा, अतः परकीय शासन के साथ असहयोग की नीति अपनाई जाए, जिससे अंग्रेजों को शासन चलाना असम्भव हो जाएगा । डाक्टर जी ने तीनों प्रकार के लोगों के साथ काम किया । कांग्रेस में सब प्रकार से कार्य किया । जेल भी गए । जब तक उसमें दलबन्दी का भाव नहीं था—उसके निष्ठावान सदस्य भी रहे । सब जगह काम करके उन्हें यह अनुभव आया कि लोगों में आवेश है, तेजस्विता है, हृदय तड़पता है, परन्तु जिस देश और राष्ट्र की स्वतन्त्रता के लिए वे दिन-रात काम करते हैं—उसके यथार्थ स्वरूप को किसी ने पहचाना नहीं ।

'मैं करूंगा'

उन्होंने देखा कि इनका राष्ट्रभाव ब्रिटिश विरोध मात्र है । उन्होंने सम्पूर्ण देश भर में भिन्न-भिन्न कार्यों के लिए प्रवास (दौरा) किया । उस प्रवास से और इतिहास के अध्ययन से उन्हें अनुभव हुआ कि यदि यह मान भी लिया जाए कि सहयोग प्राप्त न होने के कारण अंग्रेजों का राज्य यहाँ से हट जाएगा तो भी अपने देश की सुरक्षा स्वतः होती रहे, वैसा सामर्थ्य कहाँ से आएगा ? पूर्वकाल में शक्ति के अभाव से ही हम हारे, राज्य-संपत्ति तथा धन के अभाव में हारे हों, ऐसी बात नहीं थी । वस्तुतः यहाँ धन-संपत्ति और बुद्धिमान लोगों की कमी नहीं थी । जनसंख्या भी कम नहीं थी । फिर भी हमारा पराभव हुआ । इसका कारण था—'समाज की विच्छिन्नता', 'राष्ट्रचेतना का अभाव' । इस मूल कारण को ढूँढ़कर

उन्होंने कई लोगों से विचार-विनिमय किया । अनेक ने सहमति भी प्रकट की किन्तु कोई आगे नहीं बढ़ा । क्योंकि इस काम से नाम नहीं होता था, यश नहीं मिलता था, कोई स्वार्थ-पूर्ति नहीं होती थी । किसी प्रकार की कोई चमक-दमक नहीं थी । इस प्रकार की स्थिति में, जब दूसरा कोई इसे करने वाला न था, किन्तु यह काम था राष्ट्र के लिए अतीव आवश्यक, तब उन्होंने निश्चय किया कि यदि और कोई नहीं करता तो मैं ही करूँगा । हमें विचार करना चाहिए कि उनको कौन सी अनुकूलता प्राप्त थी ।

वे एक सामान्य वेदपाठी परिवार में जन्मे थे । कोई बहुत बड़ी प्रसिद्धि नहीं, शरीर का भव्य आकर्षण नहीं, डाक्टर की डिग्री जरूर थी जो उन्होंने, समाज में आवश्यक है—ऐसा समझकर उपाधि पाने के लिए प्राप्त कर ली थी । उन्हें कोई बड़ी लोकप्रियता भी प्राप्त नहीं थी । सब प्रकार के कार्य स्वयं करके भी दूसरों को सारा यश दिला देना उनका नित्य का कार्य था ।

समस्त कार्य की जड़

नागपुर में संघ के कार्य को नागपुर के आस-पास फैलाने वाले कुछ स्वयंसेवक वकालत का व्यवसाय करते थे । वे सप्ताह में एक बार बैठकर विचार करते थे कि किस-किस को कौन-कौन से क्षेत्र में जाना है—यदि नागपुर में उपस्थित रहते थे तब संघ के निर्माता (डा. हेडगेवार) भी उस बैठक में रहते थे । यद्यपि मैं उस समय वकालत नहीं करता था तो भी मुझे उसमें उपस्थित रहना होता था । एक बार बातचीत करते-करते यह विषय चलने लगा कि इस नागपुर की शाखा को केन्द्र क्यों कहते है । दोनों पक्ष के लोग अपना-अपना तर्क देने लगे । जो नागपुर को केन्द्र मान रहे थे, उनका कहना था कि "नागपुर से कार्य का प्रारंभ हुआ, यहीं से सब स्थानों को विचार का पोषण मिलता है—इसे नहीं मानोगे तो यह संगठन जो वट-वृक्ष के समान है, वह बिना जड़ के कैसे चलेगा ?" दूसरे कहते थे, "जैसी नागपुर की शाखा वैसी और स्थानों की भी ।" उन दिनों में मुझे भी वाद-विवाद करने का बड़ा शौक था । मैंने देखा कि 'नागपुर को केन्द्र नहीं मानना चाहिए' यह पक्ष दुर्बल पड़ने लगा था । मैंने उसी का समर्थन करते हुए कहा, "नागपुर की शाखा को केन्द्र मानने की क्या जरूरत है ?" मेरी बात सुनकर सभी स्वयंसेवकों का माथा ठनका । यह जरूरी नहीं रहता कि वकील जो कहता है, उस पर विश्वास भी करता है । वह चाहे तो निर्दोष को दोषी सिद्ध कर दे । मेरी बात सुनकर दूसरे पक्ष के एक व्यक्ति ने कहा, "केन्द्र के बिना काम कैसे चलेगा ?" मैंने डाक्टर साहब की ओर इशारा करते हुए कहा, "समग्र कार्य की जड़ ये बैठे हैं ।"

वास्तव में बात थी भी ठीक । संपूर्ण कार्य एक ही मनुष्य के परिश्रम से चल रहा था । डाक्टर साहब ने तुरन्त बैठक समाप्त करते हुए कहा, "अब घर चलो, अब और अकल की परीक्षा की जरूरत नहीं ।"

उस बैठक में एक वृद्ध वकील थे, जिनका डाक्टर जी से घर के व्यक्ति के समान

निकट का संबंध था । उन्हें यह सुनकर बड़ा आश्चर्य हुआ कि यह व्यक्ति सचमुच संघ की जड़ है । उन्होंने बाद में कहा भी, "आप इतने बड़े होंगे, इतनी तो मुझे कल्पना भी नहीं थी ।"

डाक्टर साहब में कोई सौन्दर्य-आकर्षण हो, ऐसी बात न थी । रंग काला था, मुँह पर चेचक के दाग । आँखें छोड़कर आकर्षक वस्तु उनके पास नहीं थी । बाकी सर्वसाधारण रीति से वे कुरूप थे । पैसा तो था ही नहीं । सुबह का भोजन मिल गया तो दूसरी बार जरूर मिलने का कोई कारण नहीं था । उन्होंने इस बात की कभी चिंता भी नहीं की । मिल गया तो खा लिया, नहीं तो बिन खाए ही सो गए । ऐसी परिस्थिति में उन्होंने कार्य का निश्चय किया । समाज का वातावरण भी कोई अनुकूल नहीं था । हिन्दू कहना साम्प्रदायिकता और संकीर्णता समझा जाता था । व्यवहार में हिन्दू कहना पाप है—ऐसा लगता था । एक बैठक में मुझे अनुभव भी आया । एक स्थान पर बातचीत में मैंने कहा, "हम सब हिन्दू हैं, हमें परस्पर मिलकर रहना चाहिए ।"

एक पढ़ा-लिखा व्यक्ति उठकर कहने लगा, "मैं हिन्दू नहीं ।" संयोग से मैं उसके माता-पिता से अच्छा परिचित था । मैंने पूछा, "तुम एक अच्छे हिन्दू माँ-बाप के अहिन्दू बेटे कैसे हुए ?"

पर फिर भी उसने कहा, "चाहे गधा कह लो, पर मैं हिन्दू कदापि नहीं ।" ऐसी स्थिति में भी उनके पास क्या कभी निराशा आई ? वे क्या कभी माथे को हाथों में दबाकर बैठे ? इतना बड़ा दृढ़ निश्चय लेकर चल पड़े । बड़े लोग साथ चलने को तैयार नहीं हुए तो छोटे बच्चों को साथ ले लिया ।

अकेले व्यक्ति की कल्पना-बुद्धि और परिश्रम—इसके भरोसे आज हम देश-भर में शाखाओं का जाल खड़ा हुआ देखते हैं ।

वैसे तो किसी भी महापुरुष का जीवन आदर्श के रूप में रखा जा सकता है, परंतु उनका संबंध उस कार्य के साथ है—जिसे हमने अपनाया है, अतः उनके जीवन से सरलता से मार्गदर्शन प्राप्त किया जा सकता है । उनके जीवन में इतना पावित्र्य था कि विरोधी भी काक-दृष्टि से छान करके उनके जीवन में कोई दोष नहीं निकाल पाते थे ।

इस संबंध में उनके जीवन की एक घटना है । कांग्रेस के बड़े नेता डा. अभ्यंकर प्रतिपक्षियों का समाज-जीवन नष्ट करने में सिद्धहस्त थे । वे चुनाव में खड़े हुए । उनके मुकाबले डा. मुंजे खड़े हुए, जो बड़े कट्टर हिंदू तथा धैर्यवान व्यक्ति थे । जिन दिनों क्रांतिकारी के नाते डा. हेडगेवार जी नागपुर आए थे, तो डा. मुंजे से मिलने गए थे । डा. मुंजे ने कहा, "आजकल आप दीखते नहीं ?"

डाक्टर साहब ने कहा, "मेरा कोई रहने का ठिकाना थोड़े है । गुप्तचरों से बचता हुआ इधर-उधर भटकता रहता हूँ ।"

डा. मुंजे ने कहा, "आप हमारे घर रहिए ।"

डा. साहब बोले, "रहने दो, कहाँ तुम अपने सिर मुसीबत मोल लेते हो ।" इस पर

डा. मुंजे ने कहा, "तुमको जो कष्ट देने का इरादा रखता है—उसे जरा पास तो आने दो, मैं दरवाजे पर बन्दूक लेकर बैठूँगा ।" डा. मुंजे के अन्दर भारत स्वतन्त्र होने पर सेनापति तक होने की योग्यता थी, ऐसा कहा जाता है । फिर, वे फौज में रहकर आए थे किन्तु डा. अभ्यंकर ने उनकी इतनी बदनामी का काम शुरू किया, आरोप लगाए कि नागपुर में उनको सभा करना कठिन हो गया । केवल वही सभाएँ हो पाती थीं जिनकी व्यवस्था डा. हेडगेवार स्वयं करते थे । तब बैरिस्टर अभ्यंकर ने कहा था, "मैंने तो डा. मुंजे का सामाजिक जीवन बिल्कुल समाप्त कर दिया था पर अभी भी उनके जीवन को बनाए रखने का जो आधार है, उसे उखाड़ कर फेंकने के लिए मेरे पास कोई सामग्री नहीं । इस डा. हेडगेवार में कोई दोष नहीं । यह ऐसा पवित्र मनुष्य है कि इसमें जरा-सा दोष ढूँढ़ने से नहीं मिलता ।"

एक बार डाक्टर साहब अपने मित्र की किसी कठिनाई को दूर करने के लिए डा. अभ्यंकर के घर रुपया लेने के लिए उनके पास गए । डा. अभ्यंकर अपने मित्रों के बीच बैठे थे । उनके मित्रों ने डा. हेडगेवार को आया देखा तो उन्हें बड़ा आश्चर्य हुआ । डाक्टर साहब ने जाते ही डा. अभ्यंकर से कहा, "मुझे आपसे कुछ काम है ।" बैरिस्टर ने पूछा, "आपके बाकी दोस्त कहाँ गए ?"

डा. साहब ने कहा, "बकबक करने का समय नहीं है ।"

बैरिस्टर साहब उठे और उन्हें अन्दर ले गए । डा. साहब ने कहा, "मेरे एक मित्र के परिवार की इज्जत खतरे में है, इतना रुपया चाहिए । यह प्रामिसरी नोट लिखे देता हूँ ।"

बैरिस्टर साहब ने कहा, "तुमसे रसीद ली तो लोग कहेंगे—अभ्यंकर पागल हो गया है । इसका माथा सड़ गया है । मेरा माथा ठिकाने है डाक्टर ! मैं रसीद नहीं लूँगा ।" ऐसी पवित्रता चाहिए । यदि मनुष्य होकर वे प्राप्त कर सकते थे तो हम भी कर सकते हैं ।

एकात्म-भाव की स्थापना

आवश्यकता

प्रश्न है कि समाज-सेवा का रास्ता क्या हो ? समाज-सेवा अनेक प्रकार से की जा सकती है । उसके भिन्न-भिन्न मार्ग हैं । कोई शिक्षा प्रसार करते हैं, कोई रोगियों की सेवा करते हैं तथा कोई निसर्ग के प्रकोप के समय पीड़ितों की सहायता करते हैं । जहाँ-जहाँ समाज में दुःख और आपत्ति दिखाई पड़े वहाँ-वहाँ पहुँचकर सहायता करना हमारा कर्तव्य है । ये सारे कार्य अभिनन्दनीय हैं । ...संघ ने इन कार्यों को अपना लक्ष्य नहीं बनाया, क्यों ? उसने अपना लक्ष्य समाज संगठन को ही माना, क्यों ? इसका हम विचार करें । अपने संघ निर्माता केवल सतही विचार नहीं करते थे । उन्होंने सोचा कि वर्तमान सामाजिक दुरवस्था का कारण है पिछली अनेक शताब्दियों से सम्पूर्ण समाज-जीवन का अस्तव्यस्त होना । ...इतिहास बताता है कि एक समय अपने समाज का जीवन बहुत सुखी और समृद्धिशाली था । वह समाज इतनी सुस्थिति में था कि कोई भूखा, निराश्रित, वस्त्रहीन तथा सुरक्षाहीन नहीं था । परन्तु आज समाज की वैसी सुस्थिति नहीं रही है । यह दुःस्थिति कैसे उत्पन्न हुई ? इतिहास साक्षी है कि पिछले 1200 वर्षों से बाहर के लोग इस देश पर बार-बार आक्रमण करते आए और यहाँ की सम्पूर्ण राज्यसत्ता के स्वामी बन गए । अपने समाज को दासता स्वीकार करनी पड़ी । आक्रमण से सम्पत्ति और दासता स्वीकार करनी पड़ी । आक्रमण से सम्पत्ति और दासता से गुणों का लोप होता गया । अतः देश में दुर्बलता आई और हमारे जीवन से स्वत्व का बोध लुप्त हो गया । अर्थात जब तक हमारे समाज में अपने स्वत्व का अभिमान जागृत रहा और इसके कारण भूमि, धर्म, संस्कृति और राष्ट्र की एकात्मता की भावना विद्यमान रही तब तक इस समाज की ओर आँख उठाने का साहस कोई न कर सका । परन्तु एकात्म जीवन का विस्मरण होते ही छोटे-बड़े अनेक स्वार्थ घुस आए, सत्ता-लोभ में राज्य आपस में टकराने लगे, इससे निर्बलता आई और गुलामी सहित अनेक प्रकार की दुर्दशा समाज को भोगनी पड़ी । ...यदि सब प्रकार की दुर्दशा को दूर हटाया है तो उत्तम संगठित समाज-जीवन खड़ा करना होगा । ...राष्ट्र की सुसंगठित अवस्था अर्थात् उसमें एकात्म-भाव का निर्माण करना ही होगा और यह हमारा काम है ।

लक्ष्य-सिद्धि के लिए तद्रूप अनुभूति आवश्यक

प्रश्न उठता है कि एकात्मता आए कैसे ? किसी भी बात, वस्तु या स्थिति में सिद्धता लाने के लिए तद्रूप गंभीर चिन्तन आवश्यक है। चिन्तन के परिणामस्वरूप ही हृदय में तद्रूप सत्य की अनुभूति आती है। अतः एकात्म-भाव स्थापित करने के लिए हृदय में उसकी सत्य-अनुभूति नितान्त जरूरी है। हम लोग दैनन्दिन कार्य करने वाले लोग हैं। अतः हमें कार्य की पद्धति तथा लक्ष्य के अनुसार अपने जीवन को ढालना होगा। इसलिए सर्वप्रथम आवश्यक बात है, हृदय में सम्पूर्ण हिन्दू समाज के लिए एकता की अनुभूति होना। इसका अर्थ है अपने समाज के किसी भी बन्धु के प्रति तुच्छता या घृणा की भावना हृदय में न हो। सब भगवत्-स्वरूप हैं, ऐसा अगर साक्षात्कार हुआ तो हृदय में घृणा का भाव नहीं रहता। हृदय में भेद-भाव रहा तो भगवान के दर्शन नहीं होते। इसलिए हमें अपने हृदय में उस समाज रूपी भगवान का यदि साक्षात्कार करना है तो समग्र समाज के प्रति आत्मीयता रखनी होगी। परन्तु एकसाथ तो पूरा समाज नहीं मिलता। जहाँ हम रहते हैं वहीं से अपने चारों ओर मित्र-मंडली एकत्रित करते हुए, उनसे अधिकाधिक परिचय तथा आत्मीयता बढ़ाते हुए तथा उसकी संख्या वृद्धि करते हुए हमें समाज के साथ अधिकाधिक मात्रा में एकरूप होने का प्रयत्न करना है। अपने आचरण से सबके मन में अपने प्रति विश्वास का भाव जागृत करना तथा प्रत्येक के सुख-संवर्धन तथा दुःख-निवारण के लिए अपरिमित कष्ट उठाने के लिए स्वेच्छा से अपने को सिद्ध रखने की इच्छा होना आवश्यक है।

एकात्मता का निर्माण

परकीय सत्ता को यहाँ अपना राज्य चलाने के लिए अधिक-से-अधिक लोगों का समर्थन चाहिए था। मुसलमानों ने तो जोर-जबरदस्ती से यहाँ के लोगों को मुसलमान बनाया, परिणाम सुखद नहीं रहा। यहाँ का समाज उनका विरोधी हो गया। अंत में उन्हें सत्ता से भी हाथ धोना पड़ा। किन्तु अंग्रेज बड़े धूर्त और चतुर थे। वे राजनीति के पक्के खिलाड़ी थे। उन्होंने समझ लिया कि यदि जोर-जबरदस्ती की तो यहाँ के लोग उनके भी पैर नहीं जमने देंगे। अतः उन्होंने यहाँ की शिक्षा पद्धति बदली, भाषा बदली, विचार बदले और इतिहास बदल दिया। फलतः यहाँ के लोग नाम मात्र के देशी रह गए, वे पूरी तरह से विदेशी हो गए। फल सामने हैं—आज हमारे ही लोग अंग्रेजी शिक्षा और भाषा के गुण गाते हैं, वे यह भी मानते हैं कि हम बाहर से आए हैं, यहाँ के मूल निवासी तो आदिवासी जंगलों में रहने वाले लोग हैं जबकि वे ही लोग पक्के हिन्दू हैं। यही नहीं, आर्य-अनार्य, उत्तर-दक्षिण, ब्राह्मण-शूद्र आदि न जाने कितने भेदभाव पैदा कर दिए। परिणामस्वरूप अपना अधिकांश हिन्दू समाज अहिन्दू बन गया।

अहिन्दुता के प्रसार का परिणाम यह हुआ कि प्रत्येक जाति के लोग स्वयं को पृथक मानकर, स्वार्थवश एक-दूसरे से द्वेष करने लगे। पृथक भाषा, भिन्न पंथ का मानकर हमारी

संस्कृति भी अलग है, हमारा राष्ट्र भी अलग है, ऐसा कहकर अलग राज्य की कामना करके बची-खुची एकात्मता को नष्ट करने के प्रयत्न में संलग्न है। वस्तुतः वे सब तो अपने ही समाज के विविध रूप हैं। भिन्न भाषा, भिन्न जाति, भिन्न पंथ, भिन्न सम्प्रदाय—इन सब विविधताओं में—यह मेरी मातृभूमि है, मैं इसका पुत्र हूं, यह भाव, यह धारणा, यही एकता का सूत्र है। इस सूत्र का निषेध करके कोई देश में एकात्मता स्थापित करने की बातें करे तो यह दृष्टि मिथ्या है। कहना पड़ेगा कि उसको वास्तविकता का परिचय नहीं। यदि हम लोग समाज को एक सुव्यवस्थित एकात्म राष्ट्र के रूप में खड़ा करना चाहते हैं तो अपनी हिन्दुता का एक बार फिर से स्मरण करना पड़ेगा। इसके अतिरिक्त अन्य कोई मार्ग नहीं।

एकत्व का सूत्र—'हिन्दुत्व' के प्रति दृढ़ आस्था

एकात्मता निर्माण के लिए हमें ही प्रचण्ड कार्य करना है। इसके लिए हमें हिन्दू जीवन के महान् कल्याणकारी सिद्धांत को जीवन के विभिन्न तंत्रों की प्रगति में सत्य सिद्ध कर दिखाना है। इसलिए मैं एक छोटी-सी बात कहता हूँ कि देखो, ये सब बातें हमें करनी हैं तो अपने मन में यह अभिमान रखें कि मैं हिन्दू हूँ। यह मेरा समाज है, राष्ट्र है, इसका अभिमान धारण करो। इतना निश्चय भी तो मन में धारण करो कि मुझे इस राष्ट्र को अपने वैशिष्ट्य के साथ सम्पूर्ण जगत में महान् बनाकर खड़ा करना है। बिना इस अभिमान और निश्चय के, प्रगतिसूचक कोई भी सामाजिक परिवर्तन असम्भव है। इसलिए इस अभिमान को पक्का बनाओ। दुनिया चाहे कुछ कहे, कहती रहे। हम तो अपना सम्पूर्ण समाज एकात्म भावना से युक्त करेंगे, अपना राष्ट्र-जीवन यहाँ प्रस्थापित करेंगे। हमारे इस निश्चय से दुनिया टकराना चाहे तो टक्कर देंगे और जीतेंगे। ऐसा निश्चय और स्वाभिमान रहा, तो बाकी सब बातें अनायास आएँगी। यदि इसमें दुर्बलता रही, तो केवल हिन्दू धर्म के ही नहीं अन्य और चाहे जितने सिद्धांत एकत्रित करके साक्षात् भगवान के पास से भी लाए हुए बताएँ, तो भी उनका कोई उपयोग नहीं। यह मेरा स्पष्ट विचार है।

इसलिए इस सत्य के असंदिग्ध प्रतिपादन की आवश्यकता है कि वेदकाल से 'पृथिव्यै समुद्रपर्यन्ताया एकराट्' के रूप में जिस मातृभूमि की वन्दना की गई है, और आज भी 'गंगे च यमुने चैव गोदावरी सरस्वती, नर्मदा सिन्धु कावेरी जलेऽस्मिन सन्निधिं कुरु' मंत्रोच्चारण कर जिसका स्मरण किया जाता है, वह हिन्दू भूमि ही है अखण्ड-अविभाज्य हमारी मातृभूमि, यह भारत-माता है। आजकल प्रचलित वायुमण्डल में तो हिन्दू राष्ट्र के इस आग्रह को अत्यधिक तीव्र बनाए रखना आवश्यक है।

युधिष्ठिर की परम्परा के अनुगामी

पं. दीनदयाल जी एक विरोधी दल के प्रमुख व्यक्ति थे। उनका तो यह कर्त्तव्य ही था कि जो कुछ त्रुटिपूर्ण दिखाई दे उसके विषय में अपना मत वे असन्दिग्ध शब्दों में प्रकट करें। यह उन्होंने किया। परन्तु उनके सब लेखों को देखें, तो हमें दिखाई देगा कि उनके हृदय के अन्दर कोई कटुता नहीं थी। शब्दों में भी कटुता नहीं थी, बड़े प्रेम से बोला करते थे। मेरा तो बहुत संबंध था। कभी किसी पर जरा भी नाराज नहीं हुए। बहुत खराबी होने पर भी खराबी करने वाले के प्रति अपशब्द का प्रयोग नहीं किया। वे युधिष्ठिर के समान थे। दुर्योधन में दुराक्षर था, इसलिए वे दुर्योधन नहीं सुयोधन कहा करते थे। दीनदयाल जी भी इसी परम्परा के थे। इसलिए उनमें कटुता दिखाई नहीं दी। शब्दों में नहीं, हृदय के अन्दर नहीं, वाणी में भी नहीं।

मैं जानता था कि वह कर्तृत्ववान है। मैं जानता था कि वह गुणवान है, बुद्धिमान है। मुझे इस बात का भी प्रत्यक्ष अनुभव है कि संघ के प्रचारक के नाते वह संगठन के शास्त्र में कुशल है। मैं यह भी जानता था कि अपनी मधुर वाणी, स्निग्ध व्यवहार और सब प्रकार के मानसिक-बौद्धिक सन्तुलन से इस क्षेत्र में असामान्य स्थान प्राप्त करेगा। देश में तो उसे बहुत बड़ा स्थान प्राप्त हो चुका था। और भी बड़ा स्थान मिल सकता था, मिलने वाला था। मुझे दुःख यही होता है कि जगत् के सामने आने, असामान्य स्थान प्राप्त करने के पहले ही वह चला गया। जगत् में भी उसका नाम हमेशा के लिए स्मरण रह सके, ऐसा बनने के पहले ही वह चला गया।

अपने घर का लड़का बुद्धिमान हो, होशियार हो, खूब उत्तम रीति से परीक्षा में उत्तीर्ण हो रहा हो, इधर-उधर नाम कमा रहा हो, ऐसा लड़का चट से चला जाय, तो माँ-बाप को कैसा दुःख होता है ? आप में बहुतांश परिवार चलाने वाले लोग हैं। आप उसकी कल्पना कर सकते हैं। मैं परिवार नहीं चलाता, इसलिए मेरी जो दुःख की भावना है वह शत गुणित है। इसलिए उसके वैयक्तिक संबंध में कुछ नहीं कहूँगा। इतना ही कहूँगा कि ईश्वर ने ले लिया है। अंग्रेजी की एक पुरानी कहावत मैंने पढ़ी है कि 'दोज हूम गॉड लव्हज् डाय यंग' भगवान को शायद उस पर अतीव प्रेम था, इसी कारण हम लोगों के प्रेम की अवहेलना करके वह उसे उठाकर ले गया।

एक बात और…

आजकल धर्म की जो भाषा बोली जाती है, उसका कोई अर्थ नहीं है । अंग्रेजी फैशन के कारण यह कहने की पद्धति चल पड़ी है कि "मैं धर्म पर विश्वास नहीं करता, ईश्वर को नहीं मानता ।" इस प्रकार अपने जीवन का जो मूलाधार है, उसे ही अस्वीकार करने का फैशन चल पड़ा है । आज वास्तव में यह विचार करने की आवश्यकता है कि जिन्होंने हमारे जीवन पर यह आघात किया है, उनका क्या कोई श्रेष्ठ दर्शन है ।

इस नाते आज एक बहुचर्चित दर्शन कम्युनिज्म है । उसने कुछ सिद्धांत बनाए हैं, कुछ समाज-रचना की बात है और सुख समान रूप से वितरित हो सके ऐसा बड़ा सिद्धान्त सबको बताया है । पश्चिम के अन्य जो देश हैं, उनके पास ऐसा कोई दर्शन नहीं है । सामान्य राजनीति की, प्रजातंत्र की, मानव की समानता की जो घोषणाएँ पहले फ्रांस में हुई थीं, उन्हीं के आधार पर सामाजिक, राजनीतिक और आर्थिक जीवन चलाने की बात करने के अतिरिक्त, उनके पास और कोई सिद्धांत नहीं है । यदि कोई कहे कि सभी मानवों में समानता है तो यह बात अपने अनुभव के विरुद्ध जाएगी । कोई भी दो व्यक्ति समान नहीं । एक माता के दो लड़के समान नहीं होते । हाँ, शारीरिक आवश्यकताओं में समानता हो सकती है । परन्तु बुद्धि, गुणों और सब प्रकार की शक्तियों में समानता की बात करना अनुभव-विरुद्ध होगा ।

इस विचार-प्रणाली से ही आगे चलकर साम्यवादियों ने भी समानता निर्माण करने का प्रयत्न किया । इन सब बातों मे एक विचारणीय प्रश्न यह भी है कि क्या मनुष्य का जीवन इसी लोक से संबंधित है ? क्या मनुष्य को केवल भोजन, आवास और मन को सुख-संतोष देने वाले साधन ही चाहिए ? इसी का उत्पादन और वितरण ही उसका अभीष्ट है ? पश्चिम के लोकतांत्रिक कहलाने वाले और साम्यवादी कहलाने वाले देशों में केवल विकल्प का भेद है और कुछ नहीं ।

यह जीवन इस लोक से संबंधित है यानी अर्थ प्रधान है । मन की विषय-वासना को तुष्ट करने वाले साधनों को जुटाना और रक्षा के लिए सत्ता को अधिकाधिक प्रबल करना यही आज की अर्थ-काम प्रधान व्यवस्था है । हमारे यहाँ कलियुग का वर्णन आता है ।

उसका अर्थ इतना ही है कि मनुष्य खाना-पीना, सुख-साधना और विषयोपभोग में ही फँसता चला जाएगा। भिन्न-भिन्न देशों की दशा को देखने से लगता है कि 'कलि' का यह वर्णन सार्थक है।

सभी लोग जानते हैं कि जीवन अर्थ-काम प्रधान है। अर्थ-प्राप्ति के बाद उसकी अर्थ-प्राप्ति के बाद उसकी रक्षा और उसका संवर्द्धन आवश्यक हो गया है। आवश्यक इसलिए कि आज तक वासना से कोई सन्तुष्ट नहीं हुआ है। इसलिए अपने यहाँ लोगों ने कहा, ''न जातुकामः कामानाम् उपभोगेन शाम्यति।'' जैसे अग्नि में लकड़ी डालने से या आहुति देने से अग्नि धधक उठती है, उसी प्रकार से वासना-विकार भी धधक उठते हैं। भिन्न-भिन्न प्रकार के भोगों के लिए शारीरिक दृष्टि से असमर्थ होने पर उन उपभोगों की चाह मन से नहीं जाती है। इसलिए कई लोगों ने कहा है कि ''क्या करें? हम तो जीर्ण हो गए हैं, लेकिन हमारी तृष्णा अभी यौवन पर है—''तृष्णा न जीर्णावयमेव जीर्णाः।'' किसी भी वासना की कभी संतुष्टि नहीं होती, इसी कारण इन वासनाओं की तुष्टि के लिए अधिकाधिक साधन जुटाना, अधिकाधिक संग्रह करना, अपनी भूमि से यदि वासना-तृप्ति न हो तो दूसरे की भूमि पर प्रहार करके उसके धन का अपहरण करना यही स्वाभाविक रूप से उत्पन्न होता है। जगत में चलने वाला एक प्रकार का साम्राज्यवाद इसी उपभोग की उद्दाम लालसा का परिणाम है। इसी के कारण अन्यान्य देशों पर बलात् अधिकार करने की इच्छा का भी निर्माण हो रहा है। इस नाते जगत में कभी शांति होने की आशा नहीं। मन की इस अशांति का प्रत्यक्ष व्यवहार में प्रकट होना अनिवार्य है। आज यही स्थिति हमें दिखाई देती है। सब प्रकार संतोष पा जाने के कारण वासनाओं में विराम आ गया है, ऐसा कहीं भी दिखाई नहीं देता।

भगवत् गीता के 16वें अध्याय में दो प्रकार के लोगों का वर्णन किया गया है। एक सत् और दूसरे आसुरी गुण वाले। आज भिन्न-भिन्न प्रकार के लोग सम्पत्ति के मद में अन्यान्य देशों पर अपना प्रभुत्व स्थापित करने के लिए चेष्टाएँ करने में लगे हैं। यही आसुरी वृत्ति आज भी···मैं समाजवादी हूँ, मैं साम्यवादी हूँ, मैं प्रजातंत्रवादी हूँ आदि बोलने वाले लोग, अर्थ और काम की प्रधानता के कारण, सभी देशों में मिलते हैं। पश्चिम के अनेक देशों में गीता के 16वें अध्याय का जीता-जागता स्वरूप दिखाई देता है। वहाँ दैवी शक्ति और दैवी संपत्ति देखने को नहीं मिलती।

आज कम्युनिस्ट कहता है कि, ''भाई, क्या तुम्हारे पास कोई जागतिक सिद्धांत भी है? हमारे पास तो जागतिक सिद्धांत है, इसीलिए हम सारे जगत के श्रमिकों का आह्वान करते हैं।'' परन्तु भारतीय तत्त्वज्ञान इसके विपरीत मानव में श्रमिक-गैरश्रमिक का भेद न करते हुए सम्पूर्ण मानव का आह्वान करते हुए कहता है कि, ''आओ, पूर्ण मानव बनो। पूर्ण मानव बनने के लिए चतुर्विध पुरुषार्थ ग्रहण करो। उसके आधार के ऊपर समाज की सुव्यवस्था, सुख-सम्पन्नता का पोषण करो। इस प्रकार एक नियंत्रित व्यक्तिगत जीवन निर्माण करो। व्यक्तिगत जीवन के अर्थ-काम को सब प्रकार से काबू में रखो।''

इस प्रकार प्रत्येक मानव में श्रमिक और गैर-श्रमिक का भेद न करते हुए सबको एक स्वर से आह्वान करने की क्षमता अपने जीवन की परम्परा में है। इस क्षमता को हमें जगत के कल्याण हेतु अपने भीतर लाना, उसका परिपूर्ण करने भरी की गुण सम्पदा अपने भीतर आविष्कृत करना, उसके लिए अपने समाज को, सुव्यवस्थित, सूत्रबद्ध, एकात्मक बनाना, उसके भीतर सम्पूर्ण सत्त्व और स्वाभिमान का जागरण करके उसको चतुर्विध पुरुषार्थों के परम श्रेष्ठ जीवन का अनुगामी बनाना और उसे सब तरह से प्रशिक्षित करके एक आदर्श और सर्वोत्तम समाज के रूप में खड़ा करना आवश्यक है।

इस संबंध में मुझे एक बात और कहनी है। कोई सिद्धान्त बोल देने से ही जगत उसे ग्रहण नहीं करता, चाहे वह कितना भी श्रेष्ठ क्यों न हो ? आज सत्ता की उन्मत्तता और जीवन में अर्थ-काम की विपुलता के कारण जिन्हें मानव की सज्जनता की परवाह नहीं है, ऐसे अत्यन्त उद्दण्ड लोगों को अपना सिद्धान्त बता देने से या उसका विवरण कर देने से कोई अर्थ नहीं निकलेगा। वे हमारे सिद्धान्त का अनुसरण करें, इसके लिए बल प्रयोग की भी आवश्यकता पड़ सकती है। अर्थ और काम के अमर्यादित उपभोग के कारण मनुष्य में जो पशुता आती है, उसका नियंत्रण सामर्थ्य से ही सम्भव होता है—'दंडेन गो-गर्दभैः।' गो (इंद्रिय) और गधे (पशु) का नियंत्रण गीता पढ़ाने से नहीं होता, दंड प्रयोग से ही होता है। आज हमें उसी पशुता में पलता हुआ मनुष्य दिखाई दे रहा है। अपना परम सामर्थ्य, अर्थ की प्रचुरता, सत्ता की निरंकुशता और सब प्रकार की उपभोग सामग्री की विपुलता के कारण उद्दंड बने हुए मनुष्य को राह पर लाने के लिए कभी-कभी कान पकड़ने की भी आवश्यकता पड़ती है। पर कान कौन पकड़ेगा ? वहीं, जिसके अंदर प्रयत्क्ष और आंतरिक दोनों प्रकार की सामर्थ्य है। सद्‌गुणों की, आत्मा की सर्वश्रेष्ठ धन-सम्पदा की पूँजी जिसके पास है, वही लोगों को प्रभावित कर सकता है। आत्मानुभूति के कारण लोगों को अपने वश में कर सकता है।

ऐसी स्थिति में भी यदि उद्दंडता करनेवाले अपनी ऐहिक सामर्थ्य के द्वारा समाज को अपने नियंत्रण में रख सकते हैं तो हमारा यह दायित्व है कि हम भी ऐहिक दृष्टि से समर्थ बनें। व्यक्ति-व्यक्ति के जीवन में सब प्रकार के सद्‌गुणों द्वारा मानसिक शक्ति भरें।

गुरु जी-पटेल-नेहरू पत्रव्यवहार

पं. नेहरू को पत्र

'मेरा मन कलुषित नहीं' : प्रतिबन्ध आवश्यक कर्तव्य में बाधक

कैंप, नागपुर
दिनांक : 11 अगस्त 1948

प्रिय माननीय पं. नेहरू

1.2.48 को मेरी गिरफ्तारी होने के पहले तथा पूज्य महात्मा जी की हत्या के कारण उत्पन्न असाधारण वातावरण में मैंने आपको एक पत्र लिखा था। 6.8.48 को कारावास से मुक्त होने पर फिर मैं उसी प्रेम, आदर तथा सम्मानपूर्ण सहयोग की भावना से आपको लिख रहा हूँ।

यह सत्य है कि मैं उस समय यह नहीं समझ पाया कि मैं तथा मेरे असंख्य मित्र गिरफ्तार तथा नजरबन्द क्यों किए गए ? मैं बाद में की गई उस कार्रवाई को भी नहीं समझ पाया जो उस संगठन के सम्बन्ध में की गई जिसका मैं प्रतिनिधित्व करता हूँ। मैं कई बार प्रकट किए गए इस तर्क से अपने को समझाने का प्रयत्न करता रहता हूँ कि अत्यन्त असाधारण परिस्थिति के फलस्वरूप वह असंयमित कार्रवाई की गई। मैं इस बात पर विश्वास नहीं करना चाहता कि उच्च तथा उत्तरदायी पदों पर स्थित व्यक्ति उत्तेजित हो सकते हैं, जल्दीबाजी कर सकते है और मानसिक संतुलन खो सकते है। उनके संबंध में ऐसा सन्देह भी नहीं होना चाहिए। किन्तु यही निष्कर्ष मुझे बाध्य होकर स्वीकार करना पड़ा है। छः महीने की नजरबन्दी की अवधि के बाद जब मुझे या मेरे कार्य पर लगाए सभी गंभीर अभियोगों से निर्दोष सिद्ध करने योग्य पर्याप्त प्रकाश पड़ चुका है मुझ पर एक आज्ञा जारी की गई जिसके द्वारा मुझे नागपुर में ही रहने के लिए बाध्य कर दिया गया और मेरी गतिविधि पर इस प्रकार प्रतिबन्ध लगाए गए कि मेरी मुक्तता, अपेक्षाकृत अधिक विस्तृत जेल में नए कारावास के रूप में परिणत हो गई।

किन्तु सर्वसाधारण अधिकारियों की विशेषकर आपकी मनःस्थिति उस समय चाहे जो हो और आज भी जो कुछ भी हो, मैं सर्वशक्तिमान परमात्मा का कृतज्ञ हूँ कि उसने मेरे मन

को कलुषित होने नहीं दिया और मैं अपनी स्नेह, सौहार्द तथा आत्मीयता की भावना से परिपूर्ण हूँ। मुझे आशा और विश्वास है कि मेरे पुराने सहयोगी कार्यकर्ताओं की यही भावनाएँ होंगी। मैं स्नेह के इस सन्देश को सभी तक पहुँचा देता और मैं सभी से यह कहता कि वे कष्ट और व्यथा की भावना से हृदय को मलिन न होने दें। किन्तु मेरे ऊपर लगाए गए इन प्रतिबन्धों ने मुझे इस आवश्यक कर्तव्य से रोक दिया। इन अन्यायपूर्ण प्रतिबन्धों में डाले जाने के स्थान पर मुझे अपनी स्थिति स्पष्ट करने और इस संकट के समय सरकार के साथ वास्तविक सहयोग और प्रेम की मेरी भावना का आपको विश्वास दिलाने का अवसर दिया गया होता तो मैं उसे उचित समझता। अब भी मुझे आशा है कि फिर से निकट आने का अवसर बीत नहीं गया है।

समय बदलता ही है और प्रत्येक वस्तु अपना योग्य स्थान प्राप्त करती है। मुझे इसमें सन्देह नहीं कि परमात्मा, जो पिछली सभी शताब्दियों में हमारा सहायक था, हमें आवश्यक शक्ति, साहस तथा विशाल हृदय देगा जिससे महानता के मार्ग पर हम चल सकेंगे। अपने-अपने रास्ते पर चलते हुए भी हम सब भारत माता की सेवा में एकरूप हो सकते हैं।

इस अवधि में हम सदा के लिए हार्दिक मैत्रीपूर्ण संबंधों की आशा करें और उसके बीच पिछले कुछ महीनों के वे राक्षसी दुःस्वप्न न आने दें जो हमारे पारस्परिक प्रेम में कटुता उत्पन्न कर सकें।

भवदीय

(हस्ताक्षर) **मा.स. गोलवलकर**

सरदार को पत्र
'प्रतिबन्ध लगाना अनावश्यक'
गुरुजी द्वारा सहयोग का आश्वासन

कैंप, नागपुर
दिनांक 11 अगस्त 1948

मान्यवर सरदार वल्लभभाई पटेल जी,

सादर प्रणाम,

ता. 6.8.48 को बन्दिवास से मेरी मुक्तता हुई। तुरन्त ही मुझ पर कुछ निर्बन्ध डाले गए जिससे मैं नागपुर में ही हूँ। जिस समय मुझे बन्दिवास में डाला गया उस समय की परिस्थिति में अधिकारी वर्ग की मनःस्थिति विचलित होने से ही यह अकल्पित कदम उठाया गया, ऐसा मैंने स्वतः को समझाने का प्रयत्न किया। अर्थात् महत्त्वपूर्ण स्थान अलंकृत करने वालों के मन विचलित हो और वे विपरीत कृत्य करें, यह बात मान लेना अतीव कठिन रहा और अब भी कठिन ही है। और अब तो पर्याप्त समय बीत जाने के बाद और वायुमंडल स्वच्छ होने के लिए आवश्यक पर्याप्त प्रमाण प्रकाश में आने के पश्चात् भी मन की अवस्था वैसे ही विचलित हो सकती है यह मानना असम्भव है। परन्तु मेरे ऊपर लगाए गए अनावश्यक निर्बन्धों से मन के स्थैर्य का अब भी परिचय नहीं मिलता--असम्भव को सम्भवनीय मानना पड़ता है।

तथापि आप सब लोगों के सम्बन्ध में जिस आत्मीय भाव को लेकर चलना मैंने अपना स्वभाव बनाया है उस आत्मीयता में तथा स्नेह में कुछ भी कमी उत्पन्न नहीं हुई है। ता. 1.2.48 को कारावास में जाने के पूर्व मैंने आपको एक पत्र लिखा था उसमें परस्पर विश्वास का, सहकार्य का तथा सौहार्द का भाव ही मेरा स्थायी मनोधर्म है। उसी की स्मृति से अपनी मुक्ति के पश्चात यह पत्र लिख रहा हूँ।

सब विचार करके आपके और मेरे बीच में जो व्यक्तिगत तथा वृत्ति का स्नेह और साधर्म्य है वह सदा के लिए बना रहे यही उचित है। अपनी ओर से मैं इस संबंध में दत्तचित्त हूँ। मेरे पूर्व कार्य के सब मित्र भी इसी दृष्टि से आपकी ओर देखते होंगे ऐसा

अनुमान करता हूँ। प्रत्यक्ष में मेरे हृदय का स्नेह-भाव सबमें प्रसृत करने के मेरे कर्तव्य से निर्बन्धवशात् मैं वंचित हूँ; इसी का केवल दुःख है। साथ ही आपसे प्रत्यक्ष मिलकर मेरी ओर मेरे कार्य की भावना स्पष्ट कर आप सबका मनोमालिन्य दूर करने के तथा सद्यःकालीन राष्ट्र की कठिन व्यवस्था में आपसे यानी अपनी सरकार से सहकार्य करने के कर्तव्य से, इन्हीं अकारण निर्बन्धों के कारण मैं वंचित हूँ इसका अतीव दुःख है। आशा करता हूँ कि अब वह समय दूर नहीं जबकि हम लोग आपस में मिलकर सहकारिता का शुद्ध वायुमंडल निर्माण करेंगे।

अस्तु वर्तमान में शेष सब कुशल है। परमात्मा की कृपा से अपना सबका पारस्परिक स्नेह वृद्धिगत हो और सबके अपने प्रयत्नों से भविष्यकाल आनन्द और सुख से परिपूरित हो—यही भारत की अधिष्ठात्री देवी से प्रार्थना करता हुआ पत्र पूर्ण करता हूँ। बाकी प्रसंग उपस्थित होने पर प्रत्यक्ष में।

आपका शुभाकांक्षी

(हस्ताक्षर) **मा.स. गोलवलकर**

सरदार पटेल को दूसरा पत्र

संघ से आरोप हटाकर न्यायप्रियता का परिचय दें

नागपुर
ता. 24.9.48 ई.

मान्यवर सरदार वल्लभभाई पटेल जी,

सादर प्रणाम,

आपकी सेवा में पिछले पत्र प्रस्तुत किए हुए डेढ़ मास से अधिक समय बीत चुका है। आपकी ओर से उनकी प्राप्ति का समाचार अभी तक नहीं मिला। दूसरा पत्र लिखने का विचार पिछले कुछ दिनों से मन में था। परन्तु बीच में हैदराबाद की समस्या गंभीर होती गई और फिर प्रत्यक्ष रूप में सरकार की ओर से हस्तक्षेप करने का आवश्यक प्रसंग भी निर्माण हो वह कदम उठाया गया। भाग्यवश अत्यन्त अल्पावधि में इस कार्य के महत्त्व का अंश पूर्ण हो गया। हैदराबाद के प्रश्न में अनेक पक्षोपपक्ष अपनी-अपनी चाल चलाने का प्रयत्न करते हुए भी मैंने और मेरे साथियों ने यही मन्तव्य रखा था कि सरकार ही इस प्रश्न को अपनाकर ठीक करे। और सब जनता सरकार का साथ देगी। मेरी वह इच्छा पूर्ण हुई। अर्थात् मेरे कार्य की भग्नावस्था में मैं कुछ सहायता करने मे असमर्थ रहा। परन्तु हृदय सरकार की विजय के लिए उत्सुक था। विजय हुई, और मैंने आपको तथा श्री प्रधानमंत्री जी को तार द्वारा हृदयपूर्वक बधाई दी। हैदराबाद के प्रश्न में आप व्यस्त होंगे, ऐसा समझकर ही मैंने दूसरा पत्र लिखने में विलम्ब किया। अब इस प्रश्न के महत्त्व का अंग पूर्ण होने पर यह पत्र प्रस्तुत कर रहा हूँ।

राष्ट्रीय स्वयंसेवक संघ को अवैध घोषित किए जाने को अब आठ मास हो रहे हैं। उस पर जो आरोप लगाए गए थे उनमें कहाँ तक तथ्य है इसका आपको पूर्ण ज्ञान है ही। मैं विश्वास करता हूँ कि आपके मन में संघ की निर्दोषिता के विषय में कोई सन्देह नहीं है। देशभर में तलाशियाँ, छानबीन इत्यादि हो चुकी हैं। अब और प्रमाण की आवश्यकता नहीं कि संघ पर जो आरोप लगाए गए थे वे सरकार को उस समय भले ही ठीक जँचे हों, निराधार थे और उनका पूर्णतया निराकरण करना सरकार की न्यायप्रियता का परिचय देना

होगा ।

यह तो न्याय की दृष्टि से हुआ । परिस्थिति की दृष्टि से मैं दो प्रकार से विचार करने के लिए आपसे अनुरोध करता हूँ । जिस समस्या के कारण कुछ लोगों की दृष्टि से 'साम्प्रदायिकता' बढ़ने का डर था, वह हैदराबाद की समस्या यशस्वी रीति से हल हो रही है । अपनी सरकार का हाथ ऊपर है और हम लोग आनन्दपूर्वक निश्चिन्त हैं कि इस प्रकार की धैर्यशाली नीति सरकार के अपनाने पर वह अनिष्ट 'साम्प्रदायिकता' बढ़ नहीं पाएगी । इस यश से वायुमंडल में पर्याप्त परिवर्तन हुआ है और अब संघ के ऊपर किए आरोपों को निराधार घोषित कर उसको अपना कार्य पहिले जैसे करने का अवसर देने में कोई प्रतिवाद दिखाई नहीं देता ।

परिस्थिति की दूसरी दृष्टि यह है । संघ के अवैध होने के उपरान्त युवक वर्ग विशेषतः विद्यार्थीगण कम्युनिज्म की ओर अधिकाधिक झुकने लगा है, ऐसा समाचार दक्षिण से तथा युक्तप्रांत आदि क्षेत्रों से प्राप्त हुआ है । उनका प्रचार बढ़ रहा है । इस खतरे की सूचना मुझे ही आपको देनी चाहिए, ऐसी बात नहीं । परन्तु इस देश में बाह्य-मतप्रणाली को बढ़ते देख अकर्मण्य होकर बैठे रहना—जबकि मुझे विश्वास है कि संघ का कार्य निस्संदिग्धता से दोषमुक्त होकर वैध होने से इस संकट से युवक वर्ग का रक्षण बहुत मात्रा में हो सकता है—मेरे लिए कितना कठिन होगा और हृदय को कितनी यंत्रणा देना होगा इसका आप विचार करें । मैं तो यही समझता हूँ कि आप अपनी सरकार की शक्ति, और हम अपनी सांस्कृतिक संघ-शक्ति अगर साथ-साथ लगाएँ तो इस संकट से शीघ्र मुक्त हो सकते हैं । अपने पड़ोसी देशों में इस बाह्य प्रणाली की यशस्विता की जो लहर दौड़ रही है इससे मैं अत्यधिक चिन्तित हूँ । इसी चिन्ता के कारण आपसे संघ-कार्य पूर्वतः करने का वायुमंडल निर्माण करने के निमित्त अनुरोध कर रहा है ।

हर एक महत्त्व के प्रश्न पर आप गंभीरता से विचार करते हैं । यह भी आपके विशाल हृदय तथा व्यापक दृष्टिकोण के अनुरूप प्रश्न है ।

इसी संबंध में मैं एक और निवेदन करता हूँ । मेरे ऊपर निर्बन्ध है । केन्द्रीय सरकार की सूचना से वह लगाया जाना असम्भवनीय नहीं हैं । परन्तु मैं समझता हूँ कि देश की, राष्ट्र-जीवन की, और अपनी सरकार की रक्षा के हेतु मुझे भारतवर्ष-भर भ्रमण कर अपने नवयुवकों को राष्ट्र-बाह्य होने से बचाना मेरा कर्तव्य है, और उसको करने में मुझे यदि कुछ आपत्ति भी भोगनी पड़े तो मुझे भारत-भ्रमणार्थ शीघ्र ही चलना होगा ।

आप सब बातों का विचार करें । सरकार ने संघ के विषय में जो कदम उठाया था उसके न्याय्य-अन्याय्य होने आदि के सम्बन्ध में वाद-विवाद करते रहने का समय नहीं है । न मेरे पास उतना intellectual leisure ही है । अतः उन बातों की दृष्टि से ओझल कर परिस्थिति की पुकार को सुनते हुए आप निर्णय करें । मैं और मेरे सब साथी परिस्थिति को

काबू में लाकर अपने देश को अजेय बनाने के लिए आपसे सहकार्य करने के लिए पहिले से ही प्रयत्नशील हैं ।

अति शीघ्र प्रत्युत्तर की प्रतीक्षा करता हूँ ।

आपका शुभाकांक्षी

(हस्ताक्षर) **मा.स. गोलवलकर**

सरदार पटेल द्वारा पहले पत्र का उत्तर

'आर. एस. एस. ने हिन्दू समाज की सेवा की परन्तु…'

1, औरंगजेब रोड
नई दिल्ली, 11.9.48

भाई श्री गोलवलकर,

आपका 11 अगस्त का पत्र मिला। जवाहरलाल ने भी आपका उसी तारीख का पत्र मुझको भेज दिया है।

आर.एस.एस. के विषय में मेरे जो विचार हैं उनको आप भली भाँति जानते हैं। उन विचारों को मैंने दिसम्बर के महीने में जयपुर में, व जनवरी के महीने में लखनऊ में प्रकट किया है। जनता ने उन विचारों को सराहा था। मुझे आशा थी कि आप लोग भी उनको स्वीकार करेंगे। किन्तु उनका कोई खास प्रभाव आर.एस.एस. वालों पर नहीं पड़ा और न तो उसके कार्यक्रम में कोई अन्तर हुआ। आर.एस.एस. ने हिन्दू समाज की सेवा की थी इसमें तो कोई सन्देह नहीं हो सकता। ऐसे इलाकों में जहाँ कि उनका संगठन, व सहायता की आवश्यकता थी आर.एस.एस. के नवजवानों ने औरतों व बच्चों की रक्षा की व उनके लिए काफी काम किया। किसी भी समझदार आदमी को इस पर कोई शिकायत का मौका नहीं हो सकता। हाँ, मौका तो जब आया जबकि बदले की आग से जलते हुए उन्होंने मुसलमानों पर अत्याचार शुरू किए। हिन्दुओं का संगठन करना व उनकी सहायता करना एक प्रश्न है पर उनकी मुसीबतों का बदला, निहत्थे व लाचार औरतों, बच्चों व आदमियों से लेना दूसरा प्रश्न है।

उनके अतिरिक्त यह भी था कि उन्होंने कांग्रेस का विरोध करके और वह भी इस कठोरता से कि न व्यक्तित्व का ख्याल, न सभ्यता व शिष्टता का ध्यान रखा, जनता में एक प्रकार की बेचैनी पैदा कर दी थी। उनकी सारी वक्तृताएँ साम्प्रदायिक विष से भरी थीं। हिन्दुओं में जोश पैदा करना व उनकी रक्षा का प्रबन्ध करने के लिए यह आवश्यक न था कि वह जहर फैले। उस जहर का फल अन्त में यही हुआ कि गांधी जी की अमूल्य जान की कुरबानी देश को सहनी पड़ी। और सरकार व जनता की सहानुभूति जरा भी आर.एस.एस.

के साथ न रही, बल्कि उनके खिलाफ हो गई । उनकी मृत्यु पर आर.एस.एस. वालों ने जो हर्ष प्रगट किया अथवा मिठाई बाँटी उससे वह विरोध और भी बढ़ गया और सरकार को इस हालत में आर.एस.एस. के खिलाफ कार्रवाई करना जरूरी ही था ।

तब से अब छः महीने से ज्यादा हो गए । हम लोगों को आशा थी कि इतने वक्त के बाद सोच-विचार करके आर.एस.एस. वाले सीधे रास्ते पर आ जाएँगे । परन्तु मेरे पास जो रिपोर्ट्स आती हैं उनसे यही विदित होता है कि पुरानी कार्रवाइयों को नई जान देने का प्रयत्न किया जा रहा है । मैं आपसे एक बार और कहूँगा कि मेरी जयपुर व लखनऊ की स्पीचेज पर ध्यान दीजिए और जो रास्ता मैंने उनमें आर.एस.एस. के लिए बताया था उसको स्वीकार कर लीजिए । मुझे पूर्ण विश्वास है कि उसी में आर.एस.एस. व देश का कल्याण है और उसी रास्ते पर चलकर हम एक होकर देश की भलाई कर सकते हैं । यह तो आपको स्वयं ज्ञात है कि एक नाजुक घड़ी में हम लोग गुजर रहे हैं । देश के हर व्यक्ति, छोटे से छोटे व बड़े से बड़े का यह कर्तव्य है कि देश की सेवा के लिए जिस किसी प्रकार भी हो सके अपनी देन पूरी करे । इस नाजुक समय पर पार्टीबन्दी का अर्थात् पुराने मतभेदों का अवसर नहीं है । मेरा पूर्ण विश्वास है कि आर.एस.एस. वाले अपने देश-प्रेम को कांग्रेस से मिलकर ही निभा सकते हैं, अलग होकर या विरोध करके नहीं । मुझे इस बात की खुशी है कि आपको छोड़ दिया गया । आशा है, आप मेरे विचारों पर ध्यान देकर उचित निश्चय पर पहुँचेंगे । आप पर जो रुकावटें लगाई गई हैं उनके विषय में सी.पी. सरकार से पूछताछ कर रहा हूँ । उनका उत्तर आने पर फिर आपको सूचित करूँगा ।

वंदेमातरम् !

आपका

(हस्ताक्षर) **वल्लभभाई पटेल**

(यह पत्र श्री गुरुजी को काफी विलम्ब के बाद अर्थात् सरदार पटेल के 26.9.48 के पत्र के साथ मिला ।)

पं. नेहरू को पत्र

संघ पर लगे प्रतिबन्ध हटा लें

गुरुजी द्वारा केवल न्याय की माँग

कैम्प-नागपुर
ता. 24 सितम्बर 1948

माननीय पं. जवाहरलाल नेहरू,

लगभग डेढ़ मास पूर्व मैंने आपको एक पत्र लिखा था। उत्तर प्राप्त होने का सौभाग्य मुझे अभी तक प्राप्त न हो सका। पुनः लिखने का विचार मैं स्थगित करता गया क्योंकि हैदराबाद का प्रश्न गंभीर रूप धारण कर रहा था। सरकारी कार्रवाई अपरिहार्य दिखाई दे रही थी। उस समस्या का सबसे महत्त्वपूर्ण भाग सफलतापूर्वक हल हो जाने के कारण अब आपको लिखना मैं उचित समझता हूँ।

हैदराबाद में प्राप्त हुई सफलता से उत्पन्न हुए कुछ प्रशांत वातावरण में मैं आपसे राष्ट्रीय स्वयंसेवक संघ पर लगाए गए प्रतिबन्ध के प्रश्न पर पुनः विचार करने की प्रार्थना करता हूँ। संघ पर प्रतिबन्ध लगाए लगभग आठ मास व्यतीत हो चुके हैं तथा इस विषय की सब प्रकार की छानबीन की जा चुकी है। मुझे विश्वास है कि आपको अब भली भाँति अनुभव हो गया होगा कि संघ पर लगाए गए आरोप मिथ्या तथा निराधार हैं। अतएव यह विषय तो अब केवल न्याय का ही प्रश्न है और अपनी ही सरकार से ऐसे न्याय की आशा करना हमारा अधिकार है।

संघ के विसर्जित किए जाने के कारण इस बीच के समय में बुद्धिमान नवयुवक कम्युनिज्म के जाल में फँसते जा रहे हैं। ब्रह्मा, हिन्दचीन, जावा तथा पड़ोस के दूसरे राज्यों में भी कुछ आतंकपूर्ण घटनाएँ हुई हैं। उनसे इस आगामी विभीषिका की कल्पना की जा सकती है। इस संकट का सुदृढ़ प्रतिरोधक संघ आज विद्यमान नहीं है। कम्युनिस्टों ने संघ को अपने पथ का सबसे बड़ा रोड़ा समझा और इसलिए वे सदा उसके विरुद्ध विषवमन तथा कुत्सित प्रचार करते रहे। महात्मा जी की हत्या तथा संघ पर लगे प्रतिबन्ध से उन्हें अपने जीवन का

सबसे बड़ा अवसर हाथ लगा और उन्होंने संघ को नीचे गिराने तथा अपने कार्य को बढ़ाने के हेतु इस अवसर से अनुचित लाभ उठाया। उनकी प्रगति के समाचार भयावह हैं। आशा है आप शांतचित्त से इस समस्या पर विचार करेंगे और ऐसा वायुमंडल निर्माण करने में सहायक होंगे जिसमें संघ अपने सांस्कृतिक आधार पर सम्मानपूर्ण कार्य करता हुआ इस नई विभीषिका का मुँह तोड़ने में सरकार का हाथ बँटा सके। संघ पर लगाए गए प्रतिबन्ध को हटाने तथा उस पर लगाए गए आरोपों को असंदिग्ध रूप से वापस लेने से ही वैसा वातावरण निर्माण हो सकता है।

मुझे पूर्ण विश्वास है कि लगाए गए वृथा आरोपों के कलंक से सर्वथा विमुक्त होकर हमारा यह सांस्कृतिक संगठन उस संकट पर विजय प्राप्त कर सकेगा। अब मैं निश्चेष्ट एवं असहाय बन कर बैठा नहीं रह सकता।

अतएव स्थिति पर पुनः विचार करने तथा संघ पर से प्रतिबन्ध हटाने की ही मेरी प्रार्थना है।

भवदीय,

(हस्ताक्षर) **एम.एस. गोलवलकर**

सरदार पटेल का उत्तर

'प्रान्तीय सरकारें नहीं मानतीं'

1, औरंगजेब रोड,
नई दिल्ली, 26.9.48

भाई श्री गोलवलकर,

आपका पत्र 24 तारीख को मिला। मैंने आपके पहले पत्र का उत्तर 11 सितम्बर को भेजा था। पता नहीं क्यों आपको नहीं मिला। उसकी एक नकल मैं भेजता हूँ। पहला पत्र न मिलने के कारण मैं यह उचित समझता हूँ कि यह पत्र भी शुक्ला जी के द्वारा आपको भेजूँ।

2. आपके पत्र का जो उत्तर मैंने दिया था उससे आपको सारी परिस्थिति मालूम हो जाएगी। संघ के विरुद्ध जो कार्यवाही की गई है सब प्रांतों की सहमति से की गई है। अभी हाल में प्रांतों की सलाह इस विषय पर फिर ली गई है लेकिन प्रांतों की राय अभी भी यही है कि संघ के ऊपर से गैरकानूनी संस्था होने का नोटीफिकेशन हटाया नहीं जा सकता। आप स्वयं जानते हैं कि प्रांतों में मंत्रिमंडल में सब अपने ही आदमी हैं। यदि उन सबका यही अभिप्राय है कि यह नोटीफिकेशन जारी रखा जाए तो संस्था में ही कोई त्रुटि होगी। किसी को संस्था के प्रति कोई द्वेष नहीं है। यदि उनका यह अभिप्राय है तो वास्तविक निर्माण के कारण ही होगा।

3. इन सब बातों को देखते हुए मेरी आपको यही सलाह होगी कि संघ को एक नई रीति और एक नई नीति पर लाना चाहिए। वह नई रीति या नई नीति केवल कांग्रेस के नियमों के अनुसार ही हो सकती है। विद्यार्थियों में या युवकों में जोश है तो उसका निकास केवल अत्याचारों द्वारा या अपघातों द्वारा नहीं हो सकता। उसके लिए और भी सीधे मार्ग है जिन पर युवकों और विद्यार्थियों को चलाने के काम में मेरी निजी व सरकार की पूरी-पूरी सहानुभूति हो सकती है।

4. आपके यहाँ आने के बारे में मैंने शुक्ला जी को लिखा है। उनका उत्तर आने पर मैं आपको फिर लिखूँगा।

आपका
(हस्ताक्षर) **वल्लभभाई पटेल**

पं. नेहरू का प्रत्युत्तर

सांप्रदायिक दृष्टिकोण

प्रधानमंत्री का कार्यालय
नई दिल्ली
27 सितम्बर, 1948
क्र. 10 (12) 47 प्र.म.

प्रिय श्री गोलवलकर,

प्रधानमंत्री जी को 24 सितम्बर का आपका पत्र मिला। उन्होंने मुझे आपका यह सूचित करने के लिए कहा है कि राष्ट्रीय स्वयंसेवक संघ पर प्रतिबन्ध न रखने का प्रश्न गृह विभाग के अधीन है। अतः आपका पत्र उसके पास भेजा जा रहा है।

किन्तु उन्होंने आपको सूचित करने के लिए मुझसे यह कहा है कि आपका यह कथन कि राष्ट्रीय स्वयंसेवक संघ निर्दोष हैं और उसके विरुद्ध लगाए गए अभियोग निराधार हैं वे स्वीकार करने को प्रस्तुत नहीं हैं। सरकार के पास पर्याप्त प्रमाण हैं जो प्रकट करते हैं कि राष्ट्रीय स्वयंसेवक संघ ऐसी कार्रवाई में संलग्न था जो राष्ट्र-विरोधी तथा जनहित की दृष्टि से आपत्तिजनक थी। राष्ट्रीय स्वयंसेवक संघ पर प्रतिबंध लगाए जाने के कुछ पूर्व प्रधानमंत्री को ज्ञात हुआ था कि युक्त प्रांतीय सरकार ने आपके पास एक नोट भेजा था जिसमें युक्त प्रांत में संघ की उक्त कार्रवाई के संबंध में प्रांतीय सरकार द्वारा संकलित कुछ प्रमाण थे। अन्य प्रांतों के पास भी इस प्रकार के प्रमाण हैं।

प्रतिबन्ध लगाए जाने के पश्चात भी हमें राष्ट्रीय स्वयंसेवक संघ के पुराने सदस्यों की अवांछनीय कार्रवाई के संबंध में जानकारी मिली है। इस प्रकार की जानकारी हमारे पास अभी भी आ रही है। आप यह स्वीकार करेंगे कि इस जानकारी के होते हुए सरकार राष्ट्रीय स्वयंसेवक संघ को जनहित की दृष्टि से हानिरहित संस्था नहीं समझ सकती। देश से साम्प्रदायिकता को उखाड़ फेंकना यह सरकार की नीति है। अतः ऐसे किसी संगटन को प्रोत्साहित नहीं किया जा सकता जो साम्प्रदायिक दृष्टिकोण को बढ़ावा

देता है । राष्ट्रीय स्वयंसेवक संघ का लक्ष्य और उसके क्रियाकलाप निश्चित ही साम्प्रदायिक हैं । कभी-कभी उसके नेता जो कहते है वह और जो प्रत्यक्ष किया जाता है, उसके साथ मेल नहीं खाता । संघ के बाहरी लक्ष्य और वास्तविक व्यवहार में महान अन्तर है ।

भवदीय

(हस्ताक्षर) **ए.वी.पाई**

(इसी के बाद श्री गुरुजी पर से सब प्रतिबन्ध हटाए गए और वे 17 अक्टूबर को स्वयं दिल्ली आए । वे 17 तथा 23 अक्टूबर को सरदार पटेल से मिले और उन्होंने संघ के संबंध में लगाए जाने वाले विभिन्न आक्षेपों का निराकरण किया ।)

पं. नेहरू को एक और पत्र

निराधार अभियोग

पं. नेहरू से प्रमाणों को प्रकट करने की माँग

20 बारहखम्बा रोड
नई दिल्ली,
3 नवम्बर 1948

सेवा में,

माननीय पं. जवाहरलाल नेहरू,
भारत के प्रधानमंत्री

मान्यवर,

आपका 27 सितम्बर 1948 का पत्र, जिस पर आपकी ओर से श्री ए.वी.पाई. के हस्ताक्षर थे, मुझे यथासमय प्राप्त हुआ। 24 सितम्बर 1948 के मेरे पत्र के उत्तरस्वरूप आपका यह पत्र मुझे 4, अक्टूबर 1948 को मिला। इतनी देर हो चुकी थी कि इंग्लैण्ड जाने के पूर्व आपको उसका उत्तर देना संभव नहीं हो सकता था। अतः अब जब आप दिल्ली वापस आने को हैं इस पत्र को इस आशा से भेज रहा हूँ कि आप इस पर ध्यानपूर्वक विचार करेंगे।

2. सबसे पहले मैं यह कह देना चाहता हूँ कि युक्तप्रांत की सरकार ने मुझे भेजे गए तथाकथित नोट के-सम्बन्ध में यही जानकारी केन्द्रीय सरकार को नहीं दी है। मुझे तथा युक्तप्रांत में काम करनेवाले मेरे भूतपूर्व किसी सहयोगी को कभी भी इस प्रकार का कोई नोट प्राप्त नहीं हुआ। यदि वह सचमुच भेजा गया है तो उसका क्या हुआ, यह मेरे लिए एक रहस्य है। राष्ट्रीय स्वयंसेवक संघ पर प्रतिबंध लगाए जाने के बहुत पहले मैंने भी एक अभियोग-पत्र के सम्बन्ध में, जिसे युक्तप्रांतीय सरकार हमारे विरुद्ध तैयार कर रही थी, बहुत सुना था। महीने बीत गए किन्तु वह सामने नहीं आया। इसका अर्थ क्या मैं यही समझूँ कि युक्तप्रांत तथा अन्य प्रांतों की सरकार के पास जो तथाकथित प्रमाण हैं उनका

अधिकांश उसी प्रकार से प्रामाणिक है, जैसा कि वह रहस्यपूर्ण 'नोट' ?

3. प्रमाणों के संबंध में मैं यह भी कह दूं कि युक्तप्रांतीय सरकार के प्रधानमंत्री के पार्लमिंटरी सेक्रेटरी श्री गोविन्दसहाय ने 'नाजी टेकनीक और आर.एस.एस' शीर्षक एक पुस्तिका हिन्दी में लिखी है और वे उच्च सरकारी अधिकारी के पद से उसका खूब प्रचार कर रहे हैं। उस पर एक दृष्टि डालने से ही यह स्पष्ट हो जाता है कि वह आदि से अन्त तक मनगढ़न्त और कुत्सित झूठ से भरी पड़ी है। यह है प्रमाणों का स्वरूप जो युक्तप्रांतीय सरकार के पास है।

4. यदि वास्तव में केन्द्रीय और प्रांतीय सरकारों के पास राष्ट्रीय स्वयंसेवक संघ या उसके कतिपय सदस्यों के विरुद्ध दोष प्रमाणित करने योग्य प्रमाण हो तो क्या यह उचित नहीं है कि सरकार इन तथाकथित अपराधियों के विरुद्ध सफल वैधानिक कार्रवाई करे। जहाँ तक मैं जानता हूँ पिछले इन कई महीनों में विभिन्न सरकारों ने असाधारण विशेष कानून के उपयोग करने का मार्ग ही स्वीकार किया और दण्ड-विधान की धाराओं के अन्तर्गत किसी व्यक्ति या व्यक्तिसमूह पर कानूनी कार्रवाई नहीं की। एक मुकदमे का, जिसका बहुत ढोल पीटा गया था और जो मुजफ्फरनगर के कांधला-कांड के नाम से विख्यात है, निर्णय पिछले सप्ताह में ही हो गया है। प्रतीत होता है कि युक्तप्रांतीय सरकार के तथाकथित अभियोग-पत्र का सम्पूर्ण आधार यही था। न्यायाधीश के सुपठित तथा सन्तुलित निर्णय पर दृष्टिपात मात्र से ही 'राष्ट्रीय स्वयंसेवक संघ' के कुछ सदस्यों के विरुद्ध 'महान प्रमाण' की असत्यता स्पष्ट हो जाती है।

5. स्वतंत्र राज्य की वैधानिक सरकार के शासन में, जो सरकार नागरिकों के मूलभूत अधिकारों को प्रतिपादित करती है और अपने विचारों के अनुसार कार्य करने तथा उन्हें शांतिपूर्ण तरीकों से प्रचारित करने का उनका अधिकार मानती है, हम इसे अपना अधिकार समझते हैं कि सरकार उन प्रमाणों को हमारे सामने उपस्थित करे जिससे हम उन अभियोगों का निराकरण कर सकें। किसी भी सुसभ्य सरकार के लिए, जैसी कि अपनी है, यह सर्वथा अनुचित है कि वह किसी भी वर्ग अथवा व्यक्ति पर बिना पर्याप्त पुष्ट प्रमाण उपस्थित किए गंभीरतम अभियोग लगाए और अभियुक्त को अपनी निर्दोषिता प्रमाणित करने का अवसर भी न दे। राष्ट्रीय स्वयंसेवक संघ के संबंध में मुझे बाध्य होकर यह कहना पड़ रहा है कि हम पर लगातार अभियोग लगाते जाना, सरकारी प्रतिबंध की आड़ में व्यक्तियों तथा गुटों को हमारे विरुद्ध गन्दा प्रचार करने का अवसर देना और साथ ही जन सुरक्षा कानून जैसे असाधारण कानूनों द्वारा सब प्रकार से हमारा मुँह बन्द करना हमारे साथ महान् अन्याय है। मैं समझ नहीं पाता कि जिस सरकार को हम प्रेम और आदर की दृष्टि से देखना चाहते हैं उसके इस प्रकार के कार्य उसे कैसे शोभा देंगे।

6. इस संक्षिप्त पत्र में मैंने यही निर्देशित करने की चेष्टा की है कि वे 'प्रमाण', जैसा कि उनका स्वरूप है, अविश्वसनीय हैं। इन 'प्रमाणों' की एक बार जाँच-पड़ताल कर वास्तविक तथ्य को निर्धारित करना होगा। मेरा निवेदन है कि इस प्रश्न पर आप हमारे

प्रधानमंत्री के नाते पक्षपात-रहित, न्यायपूर्ण एवं विधायक दृष्टिकोण से विचार करें तथा मुझे और मेरे साथियों को लगाए गए आरोपों का निराकरण करने तथा अपनी निर्दोषिता सिद्ध करने का अवसर अवश्य देंगे। साथ ही मेरा यह भी निवेदन है कि लगाए गए आरोपों की प्रमाणहीनता को देखते हुए रा.स्व. संघ पर लगाया गया प्रतिबंध उठा लिया जाए। मैं यह भी निवेदन करूँगा कि इस संबंध में अब नई-नई बातें जोड़कर प्रस्तुत न की जाएँ क्योंकि ऐसा करना न्याय एवं विधान की स्थापित परम्परा के प्रतिकूल होगा।

7. आपसे प्रत्यक्ष मिलकर यदि अपनी स्थिति भली भाँति समझाने का शीघ्रातिशीघ्र अवसर मुझे मिल सका तो मैं आपका बड़ा कृतज्ञ रहूँगा। भेंट करने के समय एवं तिथि की आप कृपया सूचना देंगे।

शीघ्र प्रत्युत्तर की आशा में।

भवदीय

(हस्ताक्षर) **एम.एस. गोलवलकर**

सरदार पटेल को उत्तर

'अप-प्रचार से सत्य दीर्घकाल तक ढका नहीं जा सकता'

20 बाराखम्बा रोड
नई दिल्ली
ता. 5.11.48

मान्यवर सरदार जी,

सादर प्रणाम ।

आपके वहाँ से बम्बई के लिए प्रस्तुत होने के पश्चात् आप ही की ओर से कुछ सूचनाएँ मेरे पास आईं । उनका सारांश यह है कि मेरा देहली आने का कार्य हो चुका । प्रांतों से राय मँगाई थी, वह संघ से प्रतिबंध उठाने के प्रतिकूल आ पहुँची है । अब मैं यहाँ न रहकर नागपुर ही लौट जाऊँ । कारण मेरे ऊपर के निर्बन्ध केवल इसीलिए उठाए गए थे कि मैं देहली आकर आपसे भेंट कर सकूँ और संघ से प्रतिबंध हटाने के लिए प्रार्थना आपके समक्ष कर सकूँ । वह काम हो चुका है । सब प्रांतों की राय प्रतिकूल होने से अब आगे वार्तालाप की आवश्यकता नहीं है । अतः अब आप मुझसे मिलेंगे भी नहीं । आपने मुझसे फिर न मिलने का निश्चय किया वह बात जानकर ही यह छोटा सा पत्र सेवा में भेज रहा हूँ ।

एक बात प्रथम स्पष्ट कर देना चाहता हूँ कि मेरे ऊपर के निर्बन्ध केवल किसी कार्य-विशेष के लिए हटाए जाने का मुझे पता नहीं । मैंने माननीय पंडित द्वारिकाप्रसाद जी मिश्र से यह बात बहुत पहिले अगस्त में कह रक्खी थी कि केवल दिल्ली जाने की अनुमति या उस शर्त पर निर्बन्धों का उठाया जाना मैं चाहता नहीं था । सरकार अच्छा-बुरा सोचकर बिना शर्त के प्रतिबंध उठाए तो ठीक । अर्थात् प्रतिबंध हटते ही संघ को वैध कराने के प्रयत्नों में मैं प्रथम दिल्ली जाऊँगा, यह मैंने कहा था । परन्तु इस शर्त पर निर्बन्ध उठें यह मैं मान्य करने के सिद्ध नहीं था । अतः बिना शर्त निर्बन्ध उठने का समाचार पढ़ने के बाद ही मैं यहाँ आने के लिए चल पड़ा ।

दूसरी बात—अनेक बार अनेक लोग अनेक प्रकार के प्रश्न पूछते रहे। उनका संकलित उत्तर तारीख 2.11.48 को दो वक्तव्य प्रसारित करवा देने का मैंने प्रयत्न किया है। दोनों की प्रतियाँ पत्र के साथ भेज रहा हूँ। उन्हें आप ध्यानपूर्वक पढ़ें यह प्रार्थना है।

तीसरी बात—भिन्न-भिन्न प्रांतों से आपने संघ से प्रतिबन्ध उठाने के विषय में राय मँगवाई थी और मुझे यह बताया भी था। उसी समय मैंने यह कहा था कि यह प्रश्न तो केन्द्रीय सरकार का और विशेष रूप से केवल आपका ही है। प्रतिबन्ध लगाते समय जहाँ तक सब जानते है केन्द्रीय सरकार ने ही अपनी इच्छा से अपनी आज्ञा प्रकट की और तत्पश्चात् दूसरे दिन अन्य प्रांतों मे तथा कुछ काल के अनन्तर रियासतों में भी वह आज्ञा केवल जारी की गई। अनेक प्रांतों के मंत्रियों को मिलने गए मेरे मित्रों से यही कहा गया कि हम उदासीन हैं। कुछ प्रांतों में अवश्य कहा गया कि हम विरुद्ध हैं। परन्तु सब लोगों ने यही अन्तिम बात कही कि यह तो केन्द्रीय सरकार का प्रश्न है। हम उनके आदेश के अनुसार चलेंगे। और यही बात मैंने भी आपसे कही थी कि वास्तव में केन्द्रीय सरकार के अधिकार का ही यह प्रश्न है और बाकी के प्रांत केन्द्रीय सरकार के निर्देशानुसार चलेंगे।

अब प्रांतीय सरकारें केन्द्रीय सरकार की ओर और केन्द्रीय सरकार प्रांतीय सरकारों की ओर अंगुलि-निर्देश करते हुए इस प्रश्न को केवल उड़ा देने में ही सफल हो सकते है। परन्तु किसी का समाधान हो सके ऐसे निर्णय पर तो नहीं पहुँच सकेंगे। ऐसा होना कहाँ तक वांछनीय है आप स्वयं सोचें।

संघ की निर्दोषिता, उपयुक्तता तथा नितांत आवश्यकता आप ही प्रमाणित हो जाएगी—हो रही है। अपप्रचार से सत्य दीर्घकाल तक ढका नहीं जा सकता।

एक बार फिर मैं यह निवेदन करना चाहता हूँ कि संघ के ऊपर लगाए गए सब आरोप निराधार, प्रमाण-शून्य एवं मिथ्या हैं। उनके अत्यधिक प्रचार से ही आप जैसे गंभीर पुरुष का भी मन विचलित हो उठा ऐसा प्रतीत होता है। मैं अपने कार्य को जानता हूँ। उसमें किस उच्च श्रेणी का भाव, सांस्कृतिक दृढ़ता, त्याग, निःस्वार्थ जनसेवा और नितांत राष्ट्रप्रेम से भरे हुए व्यक्तियों विशेषकर युवकों का निर्माण होता है, उनमें कितना विशुद्ध प्रेम प्रकट होता है, उदात्त चारित्र्य विकास आता है इसका मैं नित्य अनुभव करता आया हूँ। इस पवित्र कार्य के ऊपर घृणित आरोप लगा देखकर मैं आश्चर्य और दुःख से दुखित हो उठा हूँ। इतना अपप्रचार होने के बाद और अनेक अविवेकी व्यक्तियों द्वारा प्रत्यक्ष आघात होने के बाद भी और अब भी जो संयम संघ के स्वयंसेवकों ने प्रकट किया और आपसी झगड़ों तथा कटुता का निवारण अपने सभ्यतापूर्ण विवेक से किया यह एक ही उदाहरण संघ के विशुद्ध भावों को सिद्ध करने के लिए पर्याप्त है।

अस्तु, देश की नाजुक अवस्था को देखकर और उज्ज्वल भविष्य के निर्माण के लिए विघटन नष्ट करने की आवश्यकता को दृष्टि में रखकर मैंने शान्त रहने की सब स्वयंसेवक बन्धुओं को सूचना दी और शांततामय मार्ग से समझौता हो इस निमित्त प्रयत्न किया। राजनैतिक क्षेत्र में कार्यक्षम और वर्तमान काल में शासनारूढ़ संस्था कांग्रेस और सांस्कृतिक

क्षेत्र में असामान्य बन्धुभाव, दृढ़ राष्ट्रप्रेम तथा स्वार्थ-शून्यता का निर्माण करने में सफलता पाने वाला राष्ट्रीय स्वयंसेवक संघ इनके बीच में वैमनस्य न हो, यह परस्पर पूरक हों और इनका कहीं पवित्र मिलन हो इसलिए मैंने अपनी पूरी शक्ति से प्रयत्न किया, संघ-कार्य का हाथ आगे बढ़ाया। मुझे अत्यन्त दुःख से कहना पड़ता है कि मेरी सद्भावनाओं की आपकी ओर से उपेक्षा की गई। मेरे मन की इच्छा दोनों प्रवाहों का संयोग-अतृप्त होकर रही है। हो सकता है कि परम करुणामय परमात्मा मेरे लिए किसी अन्य मार्ग की ओर संकेत कर रहा हो और संभवतः उसी में इस देवभूमि भारतवर्ष के भाग्य उदय के बीज हों।

मार्ग विभिन्न होते समय मेरी यह इच्छा है कि एक बार आपके दर्शन करूँ। यद्यपि आपने मुझसे न मिलने का विचार किया हो तथापि मैं आपसे प्रार्थना करता हूँ कि आप एक अवसर मुझे दें ताकि शिष्ट-सम्प्रदाय के अनुसार मैं आपसे विदाई ले सकूँ। संघ के वैध कराने के विषय में आपके और मेरे बीच में यद्यपि कुछ मतभिन्नता उत्पन्न हो गई हो, मैं व्यक्तिशः आपको बहुत मानता हूँ और केवल इसी दृष्टि से विभक्त मार्ग, अनिच्छा से ही क्यूँ न हो, अपनाने के समय आपसे मिलकर जाने की इच्छा है।

एक छोटी सी बात—ता. 2.11.48 को सायंकाल दिल्ली जिलाधीश ने मुझे निर्बन्ध* आज्ञा भेजी थी। प्रथम परिच्छेद में लिखी घटनाओं से तर्क है कि आपसे परामर्श कर आपकी सूचना के अनुसार ही यह किया होगा। इस नीति की मैंने आशा नहीं की थी। अत्यन्त खेद का अनुभव करते हुए मैंने वह आज्ञापत्र वापस कर दिया है क्योंकि मैं उसे अकारण व अन्याय्य समझता हूँ।

और सब कुशल है। हम सब का बुद्धिदाता श्री परमात्मा सब मंगल करे। त्वरित पत्रोत्तर की प्रतीक्षा है।

आपका शुभाकांक्षी

(हस्ताक्षर) **मा.स. गोलवलकर**

---

*12 नवम्बर 1948 को जब पुलिस उक्त निर्बन्ध आज्ञा जारी करने के लिए 20 बाराखंभा रोड, नई दिल्ली पर गई, श्री गुरुजी ने उक्त आज्ञा अस्वीकार करते हुए आज्ञापत्र के पृष्ठ पर निम्नलिखित वाक्य अंग्रेजी में लिखे :

"मैं समझता हूँ कि यह आज्ञा पूर्णतः अनावश्यक और हमारे राज्य के कानून मानने वाले व्यक्ति की नागरिक स्वतंत्रता का अपहरण है। मैं यह भी समझता हूँ कि इस आज्ञा को स्वीकार करने से अन्याय्य तथा अनुचित कार्य का मैं भी भागी बनूँगा। इस आज्ञा को स्वीकार कर मैं स्वतंत्र राज्य के नागरिक के कर्त्तव्य-पालन में गिर जाऊँगा। अतः मुझे यह कहना पड़ता है कि मैं इस असाधारण आज्ञा को स्वीकार नहीं कर सकता।"

प्रधानमंत्री को पत्र

भ्रम-निवारणार्थ

गुरुजी द्वारा भेंट की माँग

20 बाराखम्बा रोड
नई दिल्ली,
8 नवम्बर 1948

माननीय पं. जवाहरलाल नेहरू,

प्रणाम ।

मध्यप्रांतीय सरकार द्वारा मुझ पर लगाए गए बन्धनों के हटने के पश्चात् मैं तुरन्त ही आवश्यक व्यक्तियों से मिलने के लिए दिल्ली आया । इन दिनों में आपके विदेश से लौट आने की प्रतीक्षा करता रहा जिससे मैं आपसे भेंट का अवसर प्राप्त करूँ । इस भेंट का जो भी परिणाम हो, मैं यह आवश्यक समझता हूँ कि अपने तथा जिस कार्य का मैं प्रतिनिधित्व करता हूँ, उसके विषय में प्रचलित भ्रमों में निराकरण का प्रयत्न करूँ ।

1947 के अक्टूबर में जब मैं आपसे मिला था, मैंने कहा था कि मैं आपसे फिर मिलूँगा । किन्तु मेरे अनवरत भ्रमण के कारण यह असम्भव हो गया । मुझे आशा है कि वह अवसर अब मुझे मिला है । आप मुझे भेंट की तिथि और समय सूचित कर अनुगृहीत करें । आपसे मिलकर मुझे गत अक्टूबर 1947 में दिए हुए अपने इस आश्वासन को फिर से दुहराने का अवसर मिलेगा जिसमें मैंने इस नाजुक समय में सरकार के साथ बिना किसी अटकाव के सहयोग करने की बात कही थी ।

शीघ्र उत्तर की प्रतीक्षा में—

भवदीय
(हस्ताक्षर) **मा.स. गोलवलकर**

प्रधानमंत्री का उत्तर

भेंट करना व्यर्थ

क्र. 1396 प्र.म.
10 नवम्बर 1948

प्रिय श्री गोलवलकर,

मुझे आपके 3 और 8 नवम्बर के पत्र मिले।

आन्तरिक मामलों से भारत सरकार के गृहविभाग का ही संबंध है। अतः राष्ट्रीय स्वयंसेवक संघ की समस्या को उसी को हल करना है। मैं समझता हूँ कि उन्होंने इस प्रश्न पर पर्याप्त ध्यान दिया है और प्रांतीय सरकारों से परामर्श भी किया है। मेरा सुझाव है कि आपको उसी विभाग से सीधे पत्रव्यवहार करना चाहिए।

आपने मेरे पास कागज-पत्र भेजे हैं, वे मैं उनके पास भेज रहा हूँ।

गत वर्ष केन्द्रीय तथा प्रांतीय सरकारों को राष्ट्रीय स्वयंसेवक संघ के उद्देश्य और कार्यकर्ताओं के संबंध में बहुत सी जानकारी प्राप्त हुई। आपने संघ की ओर से जो कुछ कहा है उसका प्राप्त जानकारी से सामंजस्य नहीं है। सच तो यह दिखाई देता है कि संघ के घोषित उद्देश्यों का वास्तविक उद्देश्यों और राष्ट्रीय स्वयंसेवक संघ के लोगों द्वारा किए जाने वाले क्रियाकलापों से जरा भी संबंध नहीं है। यह भी प्रतीत हुआ कि ये 'वास्तविक उद्देश्य' भारतीय पार्लमिंट के निश्चयों और भारत के प्रस्तावित संविधान की धाराओं के सर्वथा विपरीत है। हमारी जानकारी के अनुसार वे क्रियाकलाप राष्ट्रविरोधी और बहुधा विध्वंसात्मक तथा हिंसापूर्ण हैं। अतः आप यह स्वीकार करेंगे कि केवल आग्रहपूर्ण कथन बहुत उपयोगी नहीं हो सकता।

मैं आपसे प्रसन्नता के साथ मिलता किन्तु यूरोप से लौटने पर अत्यधिक व्यस्त होने के अतिरिक्त मुझे यह प्रतीत नहीं होता कि इस प्रकार की भेंट से कोई लाभ हो सकेगा। चूँकि प्रश्न गृहविभाग के हाथ में है, यह उचित है कि आप उससे सीधे पत्र व्यवहार करें।

भवदीय
(हस्ताक्षर) **जवाहरलाल नेहरू**

प्रधानमंत्री को पत्र

'एक भी प्रमाण नहीं'

निरन्तर किए जाने वाले अन्याय पर गुरुजी के विचार

20 बारहखम्बा रोड
नई दिल्ली,
12 नवम्बर 1948

माननीय पं. जवाहरलाल नेहरू,

प्रणाम ।

दिनांक 10 के त्वरित कृपा पत्रोत्तर के लिए मैं आपका कृतज्ञ हूँ । मैं समझता हूँ कि यह पत्र पूर्ण विचार के पश्चात लिखा गया होगा । यह पत्र प्राप्त होने पर मुझे पत्र-व्यवहार जारी रखने की आवश्यकता नहीं थी क्योंकि इस पत्र से प्रगट होता है कि आप अब इस प्रश्न पर विचार करने को ही तैयार नहीं हैं ।

किन्तु आपके दिनांक 10 के कृपापत्र के कारण उपस्थित कुछ बातों को आपके सामने रखना मेरे लिए आवश्यक हो गया है । मुझे प्रतीत होता है कि सरकार का यह कथन अतिशयोक्तिपूर्ण है कि उसे राष्ट्रीय स्वयंसेवक संघ के संबंध में हम सब लोगों—उसके सभी सदस्यों—की अपेक्षा अधिक जानकारी है और गत वर्ष उसे बहुत अधिक जानकारी प्राप्त हुई है । इस अवधि में नौ महीने या इससे कुछ अधिक समय से राष्ट्रीय स्वयंसेवक संघ कार्य ही नहीं कर रहा है और जहाँ तक सदस्यों का व्यक्तिगत संबंध है, सभी प्रमुख लोग इस अवधि में से अधिकांश समय जेल में थे और किसी भी प्रकार की कार्यवाही नहीं कर सकते थे । आपके कथनानुसार आपके पास जिस कार्यवाही के संबंध में विपरीत जानकारी पहुँची है, उसमें सचाई का अंश भी नहीं हो सकता । मुझे आशा है कि आप अपने पत्र की इस स्पष्ट असंगति पर अवश्य ध्यान देंगे ।

और प्रतीत होता है कि उक्त जानकारी से आपने यह समझा है कि वह कार्यवाही राष्ट्रविरोधी है । यह एक गंभीर अभियोग है जिसे किसी पर सहज में लगाना उचित नहीं । इसके लिए ठोस तथा तथ्यपूर्ण प्रमाणों की आवश्यकता है । केवल भावनाएँ और सम्मतियाँ

इस विषय में कोई कीमत नहीं रखती। जिन पर अभियोग लगाए गए है उन्हें उसकी जाँच-पड़ताल करने की अनुमति दिए बिना सरकार के पास जानकारी है यही केवल बार-बार कहना व्यर्थ है। हम दोनों इस बात को स्वीकार करें कि केवल आग्रहपूर्वक कथन अधिक उपयोगी न होगा जब तक सरकार केवल कहती और अभियोग लगाती रहेगी किन्तु अखंडनीय प्रमाणों से उसे हम पर साबित न करेगी। हम केवल इतना ही कह सकते हैं और वह न्याय्य भी होगा कि ये सब अभियोग झूठे हैं—और हमारे साथ अन्याय किया जा रहा है।

यदि कोई न्यायाधीश किसी व्यक्ति को किसी अपराध के लिए चाहे वह कितना ही छोटा क्यों न हो, बिना प्रमाण बताए केवल यह कहकर कि उसके विरुद्ध बहुत कुछ जानकारी है, दंड देता है तो न्यायाधीश का वह कार्य स्वतः निन्दनीय हो जाता है, और एक भी प्रमाण न बताकर जब ऐसे गंभीर अभियोग लगाए जाते है, तब हम क्या कहेंगे ? क्या हम उस अन्धयुग की ओर वापस लौट गए हैं जहाँ कुछ व्यक्तियों और दलों की भावनाएँ, सम्मतियाँ और इच्छाएँ ही न्याय और राष्ट्रीय हुआ करती थीं और किसी भी व्यक्ति या वर्ग को केवल अपने मनोरंजन के लिए फाँसी तक की सजा दी जाती थी। यह ऐसा अवैधानिक कार्य है जिससे अधिक की हम कभी कल्पना भी नहीं कर सकते। क्या भारतीय पार्लमिंट के निश्चयों से यह कोसों दूर नहीं है !

जहाँ तक मैं जानता हूँ, राष्ट्रीय स्वयंसेवक संघ के उद्देश्यों में कोई ऐसी बात नहीं है जिस पर भारतीय पार्लमिंट आपत्ति कर सके। पार्लमिंट के जो निश्चय अब तक प्रकाशित हो चुके हैं उनके विरुद्ध भी उसमें कुछ नहीं है। जहाँ तक प्रस्तावित संविधान की धाराओं के विरुद्ध होने की बात है, अधिक अच्छा होता यदि वह बात आपके—हमारे प्रधानमंत्री—द्वारा न लिखी गई होती। यह वैसा ही विचित्र है जैसा कि एक वर्ष या इससे अधिक अवधि के बाद जन्म लेने वाले व्यक्ति की हत्या का प्रयत्न करने के अपराध में किसी व्यक्ति को दण्ड देना है।

एक बात और—हमारे घोषित उद्देश्यों और क्रियाकलापों से अलग आप किसे हमारे वास्तविक उद्देश्य और क्रियाकलाप कहते हैं, यह हम नहीं जानते। हमारे लिए तो हमारे घोषित उद्देश्य ही वास्तविक हैं और हमारे उन वास्तविक उद्देश्यों को हमने सदा ही स्पष्ट कहा है। वास्तविकता को भीतर छिपाकर दूसरा चोला पहनना, जो अभिप्रेत नहीं है उसे ही प्रकट करना, जिसे कभी प्रकट नहीं किया वही अभिप्रेत मानना, विचार, शब्द तथा कार्य में कभी सामंजस्य न रखना ये सब छद्म वेश के स्वरूप हैं—और हो सकता है कि ये चतुर कूटनीतिज्ञ तथा राजनीतिज्ञ के लिए आवश्यक गुण हों। हम लोग राजनीति से अलग सांस्कृतिक क्षेत्र में चारित्र्य तथा एकता के निर्माण के लिए अपनी जाति के साधारण सेवक मात्र हैं। हमारे कार्य में उस कला के लिए स्थान नहीं है जिसमें घोषित उद्देश्यों में वास्तविक उद्देश्य छिपाया जाता है।

कुछ स्पष्टवादिता के लिए आप हमें क्षमा करें। किन्तु निरन्तर अन्याय, जाँच के लिए सामने न आ सकने वाली बहुत कुछ जानकारी का बराबर ढोल पीटते रहने तथा आपके

प्रत्येक पत्र में कुछ अनोखे और पहिले न सोचे हुए अभियोगों को लगाए जाने से मैं अपनी कुछ उत्कट भावनाएँ बाध्य होकर प्रकट कर रहा हूँ । सरकार के विशिष्ट रुख के कारण हमारे कार्य के साथ इतना अधिक अन्याय किया गया है कि वह आगे चलकर अनिवार्यतः बुरी परिपाटी उपस्थित करेगा । मुझे डर है कि यह अभागा देश निरन्तर होने वाले कलह तथा पारस्परिक अविश्वास में डूब ही जाएगा । पिछले एक हजार वर्ष का इतिहास इन कलहों से भरा हुआ है । जिसका परिणाम पराजय और हमारे अधःपतन में हुआ है । मुझे आशा है कि अब जब देश पिछली दस शताब्दियों की विच्छिन्नावस्था से पहिली बार ऊपर उठ रहा है, हम लोग अधिक सुज्ञ और अधिक विवेकपूर्ण बनकर हमारे देश के इतिहास के उसी दुर्भाग्यपूर्ण अंश को दूसरे नाम से दुहराने नहीं देंगे ।

बस, यदि मुझे आपसे मिलने का अवसर दिया गया होता तो मैं बहुत प्रसन्न और कृतज्ञ होता । किन्तु जैसी आपकी इच्छा । प्रतीत होता है कि हम लोगों के मार्ग विलग हो रहे हैं । माता की पूजा विभिन्न मार्गों से की जा सकती है । सभी मार्ग आज नहीं तो कल माता के पवित्र चरणों पर ही जा मिलेंगे । मैंने अपने मार्ग शीघ्र मिल जाएँ और एक हो जाएँ इसके लिए प्रयत्न और आशा की थी किन्तु माता की यह इच्छा नहीं दिखाई देती । मैं उसकी आज्ञा मानूँगा और आपके प्रति पूर्ण प्रेम और आदर के साथ उस मार्ग पर, जिसका भगवती मुझे संकेत देगी, चलने की तैयारी करूँगा ।

आपके विचारपूर्ण उत्तर से मैं उपकृत होऊँगा ।

भवदीय

(हस्ताक्षर) मा.स. गोलवलकर

पं. नेहरू को पत्र

'न्याय की माँग करने का अधिकार'

दिल्ली में ही रहने का गुरुजी का निश्चय

20 बाराखम्बा रोड
नई दिल्ली
13 नवम्बर, 48

माननीय पं. जवाहरलाल नेहरू,

प्रणाम ।

कल शाम को जब साथ का पत्र लगभग तैयार ही था कि गृहविभाग का एक पत्र मुझे मिला, जिसमें मुझे यह सूचित किया गया है कि आपने मुझे 10 तारीख को जो पत्र भेजा है उसके अनुसार प्रतिबंध नहीं हटाया जाएगा । आप कहते हैं कि इस प्रश्न पर निर्णय देने के लिए गृहविभाग पूर्णतः उत्तरदायी है किन्तु गृहविभाग का निर्णय स्वतंत्र रूप से न होकर आपके पत्र के बल पर होता है यह एक आश्चर्य है ।

मैं यह भी कह दूँ कि गृहविभाग मुझे दिल्ली छोड़कर नागपुर जाने के लिए बाध्य कर अन्याय करना चाहता है । आप जानते हैं कि मैं केन्द्रीय सरकार से न्याय की माँग करने के लिए यहाँ आया था, क्योंकि इसका मुझे अधिकार है । अवैधानिक निश्चयों की कोई कीमत नहीं । सभी अभियोग पूर्णतः सिद्ध किए जाएँ या बिना शर्त वापस लेकर तुरन्त प्रतिबन्ध हटाया जाए ।

हम सुसभ्य राज्य होने का दावा करते हैं । ऐसे अवैधानिक निर्णय असभ्य युग के तानाशाही शासन अथवा किसी हद तक विदेशी एकतंत्री शासन में शोभा दे सकते हैं किन्तु मेरी सम्मति में आधुनिक सुसभ्य लोकतंत्री सरकार को जो बिना पक्षपात तथा न्याय के साथ नागरिक अधिकारों को कायम रखने का दावा करती है, यह शोभा नहीं देता ।

अतः हमारे साथ किए गए अन्याय का परिमार्जन होने तक मैंने राजधानी में रहने का निश्चय किया है ।

भवदीय
(हस्ताक्षर) **मा.स. गोलवलकर**

(गृह) सेक्रेटरी का पत्र

'दिल्ली छोड़ने का अनुरोध'

नई दिल्ली

12 नवम्बर 1948

प्रिय श्री गोलवलकर,

सरदार पटेल ने मुझसे कहा है कि मैं आपके 5 नवम्बर 1949 के पत्र तथा उसके साथ की सामग्री की प्राप्ति-सूचना भेजूँ और आपको यह सूचित करूँ कि उन्हें इस बात का बड़ा दुःख है कि पूर्वनिश्चित कार्यक्रम के कारण वे स्वयं उत्तर देने में असमर्थ हैं।

2. आपको अवश्य ही प्रधानमंत्री का 10 नवम्बर 1948 का पत्र मिला होगा। उसमें उन मुख्य विषयों पर जिसका उल्लेख आपने सरदार पटेल को लिखे अपने पत्र में किया है, पूर्ण प्रकाश डाला गया है। सरदार पटेल को खेद है कि वे आपके साथ हुई पिछली भेंट में उन्होंने लिए हुए रुख को छोड़ने तथा गृहविभाग के श्री बेडेकर द्वारा मौखिक रूप से आपको सूचित भूमिका त्यागने में असमर्थ है। आपके संगठन पर लगाया गया प्रतिबंध हटाने में प्रांतीय सरकारों ने अपनी असमर्थता प्रकट की है तथा 10 नवम्बर के प्रधानमंत्री के पत्र द्वारा आपको सूचित कारणों से भारत सरकार प्रांतीय सरकारों को इसके विपरीत सलाह नहीं दे सकती। चूँकि वह कार्य, जिसके निमित्त मध्यप्रांतीय सरकार द्वारा आप पर लगाए गए प्रतिबंध हटाए गए थे, पूर्ण हो चुका है, आपका दिल्ली में अधिक रहना आवश्यक नहीं है।

3. अतः मैं आपसे अनुरोध करता हूँ कि आप नागपुर वापस लौटने की तुरन्त व्यवस्था करें। मैं यथाशीघ्र किन्तु कल सायंकाल तक अवश्य यह जानना चाहूँगा कि आप इस संबंध में क्या प्रबंध कर रहे हैं जिसे हम तदनुसार मध्यप्रांतीय सरकार को सूचित कर सकें।

भवदीय

(हस्ताक्षर) **एच.वी.आर. ऐयंगर**

सेक्रेटरी, गृह-विभाग

सरदार पटेल को पत्र

'निराधार अभियोगों को वापस लें'

20 बाराखम्बा रोड
नई दिल्ली
13 नवम्बर 1948

माननीय सरदार जी,

प्रणाम ।

आपकी ओर से श्री ऐयंगर का पत्र कल सायंकाल मुझे प्राप्त हुआ । धन्यवाद । 10 नवम्बर को माननीय प्रधानमंत्री द्वारा भेजे गए पत्र पर आधारित राष्ट्रीय स्वयंसेवक संघ पर से प्रतिबंध न हटाने का आपका निर्णय मुझे ज्ञात हो गया । मुझे यह देखकर आश्चर्य हुआ कि जहाँ प्रधानमंत्री ने अपने पत्र में मुझे यह सूचित किया है कि गृहविभाग को ही उस पर निर्णय करना है वहाँ आपका निर्णय प्रधानमंत्री द्वारा मुझे भेजे गए पत्र पर अवलम्बित है ।

मैं अपने कार्य के प्रति न्याय कराने के लिए दिल्ली आया था । किन्तु मुझे उसके स्थान पर विपरीत निर्णय प्राप्त हुआ । यह अवैधानिक निर्णय जनता के मूलभूत अधिकारों की दुहाई देनेवाली सभ्य सरकार के लिए शोभा नहीं देता । प्रश्न पूर्णतः गृहविभाग पर सौंपा गया है अतः अब उसके लिए केवल दो मार्ग बचे हैं :

1. राष्ट्रीय स्वयंसेवक संघ को अवैध घोषित करते हुए 4 फरवरी 1948 को प्रकाशित विज्ञप्ति में कथित अभियोगों तक अपना ध्यान सीमित कर सर्वमान्य प्रमाणों द्वारा उन अभियोगों को साबित करें और हमें भी यह अधिकार दें कि हम उन प्रमाणों की जाँच-पड़ताल कर सकें । प्राप्त जानकारी का जो प्रमाणित नहीं हुई है, केवल आग्रहपूर्वक कथन और ऐसी जानकारी पर, जो बहुत गुप्त रखी गई है, आधारित अवैधानिक निर्णय इस मामले में उपयोगी सिद्ध न होंगे ।

2. सभी अभियोग निराधार तथा 'अप्रमाणनीय' होने के कारण वापस लेकर प्रतिबंध हटा लिया जाए । मेरा विचार राजधानी में तब तक रहने का है जब तक इनमें से कोई एक मार्ग स्वीकार कर हमारे कार्य के साथ न्याय नहीं किया जाता ।

जहाँ तक मेरे दिल्ली छोड़ने और नागपुर जाने का प्रश्न है, 5 नवम्बर के मेरे पत्र में मैंने यह स्पष्ट कर दिया है कि मध्यप्रांतीय सरकार द्वारा मेरी गतिविधि तथा कार्यवाही पर से प्रतिबंध बिना शर्त हटाए जाने पर ही मैंने दिल्ली आने का निश्चय किया था। मैं आपसे मिलने के निमित्त यहाँ आने के सीमित कार्य के लिए प्रतिबंधों के अस्थायी रूप से हटाये जाने के लिए कभी तैयार नही था। आपके कल के पत्र में दिया गया यह सुझाव कि प्रतिबंध अस्थायी रूप से हटाए गए थे, पूर्णतः भ्रामक है। ऐसी परिस्थिति में मुझे दिल्ली छोड़कर केवल नागपुर जाने के लिए बाध्य करने का प्रयत्न करना अनुचित है। जैसा कि मैंने कहा था, मैं मेरे साथ न्याय किए जाने की प्रतीक्षा करूँगा और तब तक दिल्ली में रहूँगा जब तक किसी सभ्य राज्य की तरह सरकार न्याय की माँग पूरी नहीं करती।

मुझे विश्वास है कि जो कुछ ऊपर लिखा गया है उस पर आप उचित ध्यान देंगे और वह कार्य करेंगे जो न्याय्य और उचित होगा। आप वह न करेंगे जो तानाशाहीपूर्ण तथा अवैधानिक होगा।

समादरपूर्ण।

भवदीय

(हस्ताक्षर) **मा.स. गोलवलकर**

स्वयंसेवकों को उद्बोधन

'अन्याय का परिमार्जन हम करें'

मा.स. गोलवलकर

20 बाराखम्बा रोड
नई दिल्ली

प्रिय स्वयंसेवक बन्धुगण

आज दस मास होने आए अपना पवित्र कार्य बंद है। अपने पवित्र धर्म, संस्कृति तथा समाज की सेवा कर विशुद्ध भारतीय राष्ट्र-जीवन का निर्माण करने के लिए सम्पूर्ण समाज को अटूट स्नेह, असीम सूत्र में गूँथना तथा परम पावन भारतमाता के चरणों में असीम श्रद्धा रख कर उसकी पूजा में निःस्वार्थ होकर जीवन सर्वस्व समर्पण करना इन उज्ज्वल भावनाओं को लेकर अपना राष्ट्रीय स्वयंसेवक संघ कार्यशील रहा है। अकस्मात उसकी पावन धारा खंडित सी हो गई। अनेक घृणित आरोप उस पर लगाए गए। उस पर अत्याचार हुए। परन्तु अपनी स्वाभाविक धीरोदामना से हम लोगों ने सब सहा। आशा थी कि कुछ समय व्यतीत होने पर सब आरोपों का मिथ्यात्व स्पष्ट होकर अपने कार्य के ऊपर के प्रतिबंध हटेंगे, न्याय की विजय होगी। इसी दृष्टि से शांततायुक्त मार्ग से न्याय प्राप्त करवाने के निमित्त मैं प्रयत्नशील रहा।

परन्तु मैंने अनुभव किया कि सरकार में उच्च स्थानापन्न सज्जनों को न्याय की चाह नहीं है। दलबन्दी, स्वार्थान्ध सत्तालोलुपता का बोलबाला है। अभारतीय मनोवृत्तियाँ बढ़ी हैं। अतः भारतीयत्व के सांस्कृतिक कार्य से घृणा है। घोर असहिष्णुता से मन कलुषित हो गया है। फिर न्याय कहाँ और सत्प्रवृत्ति भी कहाँ।

दलगत स्वार्थान्धता और असहिष्णु सत्तालोलुपता का प्रादुर्भाव भेदों को, वैमनस्य को, स्नेहशून्यता को जन्म दे राष्ट्र-जीवन को अधिकाधिक छिन्न-विच्छिन एवं दुर्बल बनाकर अल्पावधि में ही नष्ट कर देगा। इस दुष्ट भावना का उच्छेद करना भारतमाता का पुत्र कहलाने वाले प्रत्येक व्यक्ति का प्रथम परम पवित्र कर्तव्य है। हम लोग राष्ट्रीय स्वयंसेवक संघ के स्वयंसेवक, भारतमाता की अनन्य पूजा का व्रत लेने वाले, हमें इस राष्ट्रघात की

मनोवृत्ति से सामना करना है। इस महान् उद्देश्य के निमित्त अपने संघ के कार्य का पुनरुत्थान कर उसके श्रेष्ठ ध्येय की पूर्ण सफलता तक प्रयत्नशील होना है। आगे और आगे और सदा आगे ही बढ़ते जाना है। किसी भी कारण से मार्ग में रुकना नहीं है। संकट, बाधाएँ, दुर्भाग्य से कभी स्वजनों द्वारा ही द्रोह, सब सहना है। अपने कार्य की शुद्धता न्यायपूर्णता, महानता तथा निरपवाद आवश्यकता को प्रमाणित करना है। भारतमाता के शरीर-स्थित इस भयंकर संकट काल में 'मैं और मेरा' के विचार के लिए अवकाश नहीं। व्यक्ति के नाते अपना कुछ भी हो परन्तु भारतमाता को अभारतीयता के प्रभाव से, अन्तर्गत दुर्घटनाओं से मुक्त करना है। माँ की सब संतानों को, उनके स्वाभाविक अधिकारों के, स्वार्थी, सत्तामदान्ध दलों के द्वारा होने वाले अपहरण से बचाना है। सब को स्वतंत्र सुखपूर्ण सामान्य जीवन का लाभ कराना है। और यह अपने को ही करना है।

कार्य श्रेष्ठ है, महान् है, ईश्वरीय है। इसकी पूर्ति में मानवता का उच्चतम आविष्कार है। भगवान का साक्षात्कार है।

अतः उठो और दस मास से स्थगित अपने कार्य का पुनरारंभ करो। दस मास की अकर्मण्यता की क्षतिपूर्ति करो। सत्य अपने साथ है। अन्यायों में सोते रहना उसका भागी बनकर पाप करना है। अन्याय का परिमार्जन हम करें। अन्तःकरण में न्यायपूर्ण सत्यता अधिष्ठाता श्री परमात्मा को दृढ़ विश्वास से धारण कर, समस्त प्राणशक्ति से भारतमाता का ध्यान कर, उसकी संतानों के प्रेम से प्रेरित होकर उठो, कार्य उठाओ, बढ़ाओ और यश प्राप्ति के पथ में कहीं न रुकते हुए आगे बढ़ते चलो।

यह धर्म का अधर्म से, न्याय का अन्याय से, विशालता का क्षुद्रता से, स्नेह का शत्रुता से सामना है।

विजय निश्चित है, क्योंकि धर्म के साथ श्री भगवान और उनके साथ विजय को रहना है। तो फिर हृदयाकाश से जगदाकाश तक भारतमाता की जयध्वनि ललकार कर उठो और कार्य पूर्ण करके ही रहो।

'भारत माता की जय !'

आपका

मा.स. गोलवलकर

राष्ट्रपति के शोकोद्गार

श्री गोलवलकर प्रभृति महान धार्मिक एवं सांस्कृतिक नेता के निधन से मुझे गहरा धक्का लगा है । उनमें असीम संगठन शक्ति थी । उनके लाखों अनुयायियों और समर्थकों का शोकाकुल होना नितान्त स्वाभाविक है । मेरी हार्दिक भावनाएँ तथा वेदनाएँ उनके साथ हैं ।

–श्री वाराहगिरि व्यंकटगिरि

6 जून, नई दिल्ली

प्रधानमंत्री की शोक-संवेदना

राष्ट्रीय स्वयंसेवक संघ के सर संघचालक श्री गुरुजी का देश के राष्ट्र-जीवन में महत्त्वपूर्ण व्यक्तित्व था तथा वे अपनी मान्यताओं और विचारों पर दृढ़ आस्था रखते थे । इस देश में उनका महत्त्वपूर्ण स्थान था, यद्यपि हमारे विचार परस्पर नहीं मिलते थे ।

–श्रीमती इन्दिरा गांधी

6 जून, नई दिल्ली

प्रतिरक्षामंत्री का शोक-संदेश

राष्ट्रीय स्वयंसेवक संघ के नेता श्री गोलवलकर के सिद्धांत और चिन्तन-धारा से कोई भले ही सहमत न हो किन्तु उनकी निष्ठा और साहस की सराहना किए बिना नहीं रह सकता । उनमें देश-सेवा में लगे हुए असंख्य लोगों में अनुशासन निर्माण करने की असीम क्षमता

थी। उनके निधन से निःस्वार्थ देशभक्ति एवं सेवा का ज्वलंत प्रतीक चला गया।

–श्री जगजीवनराम

6 जून, नई दिल्ली

शोकांजलि

श्री गोलवलकर के निधन से सार्वजनिक जीवन से एक अत्यन्त प्रतिष्ठित व्यक्तित्व उठ गया। श्री गोलवलकर के विचारों से किसी की असहमति हो सकती है किन्तु वे निश्चय ही विद्वान तथा एक चरित्रवान व्यक्ति थे।

–श्री यशवंतराव बलवंतराव चव्हाण

6 जून, नई दिल्ली

ये वन्य, धूलि-धूसरित और कुम्हलाए कुसुम…

श्री गुरुजी का निधन वज्राघात ही है; क्या सोचा था—क्या हो गया ! क्या जानते थे कि जुलाई का यह अंक 'श्रद्धांजलि-अंक' के रूप में निकालना होगा। पहले सामग्री कुछ और ही तय थी—उसकी सूची भी दे दी थी कि एकाएक क्रूर नियति हमसे गुरुजी को छीन ले गई और हमें पूर्व निर्धारित अंक असंयत हृदय की ही स्थिति में बदल देना पड़ा। 'श्रद्धांजलि अंक' के लिए न किसी को मैं पत्र लिख सका, न लिखते ही बनता था। समय नहीं के बराबर। किन फूलों से पूज्य गुरुजी को 'श्रद्धांजलि' दें। विकलता, अस्तव्यस्तता, अस्थिरता, अशांति और अशांति। कौन सामग्री प्रेस में जा रही है—प्रायः इसका भी भान नहीं रह गया। किससे कहें, गुरुजी के प्रति लिखिए। नहीं कहते बना। सभी अधीर, रिक्त-प्राण और खोए-खोए से। अतः 'श्रद्धांजलि-अंक' की सफलता का सवाल ही क्या ? 'राष्ट्रधर्म' परिवार और देशभर में फैले उसके पाठकों की श्वास-श्वास में उस महाप्राण का स्पन्दन ज्वलन्त है, वही कार्य को गति देगा।

गुरुजी का जीवन राष्ट्रोपासना का पर्याय था। वह स्वयं पथ और प्रतीक बन गया था। हमारे हाथ रीते हैं—इस तुच्छ कलंक से सम्भव नहीं उसकी गंभीरता, निष्ठा, गरिमा-महिमा का आकलन और अवगाहन। उनको समर्पित करने योग्य पुष्प खोज नहीं पा रहे। वन्य, धूलि-धूसरित और कुम्हलाए कुसुमों से उनको श्रद्धांजलि कैसे दें—इस अंक में यह

प्रश्न अनुत्तरित ही रह गया है । कृपालु पाठक अपने संस्मरण भेजें, 'राष्ट्रधर्म' वर्षभर उन्हीं पुष्पों से गुरुजी की पावन स्मृति की अर्चना करता रहेगा । पूज्य गुरुजी की जीवन-कथा इस अंक में प्रारंभ होकर ही रह गई—उसको क्रमशः अगले अंकों में आप पढ़ सकेंगे । जिन बन्धुओं के विलंबवश श्रद्धांजलि व संस्मरण इस अंक में नहीं जा सके—वे अन्य अंकों में छपेंगे । अगला अंक 'स्वाधीन भारत विशेषांक' होगा—पृष्ठ अधिक होंगे । मूल्य 1 रु. ही रहेगा । अभिकर्ता और पाठक बन्धु अपनी माँग पहले से लिख भेजें ।

—वचनेश त्रिपाठी

उनकी मातृ-दृष्टि

स्वं-स्वं चरित्रं शिक्षेरन्...

उत्तरप्रदेश के एक बड़े नगर की बात । एक प्रमुख संघ-अधिकारी के पुत्र का यज्ञोपवीत था । गुरुजी पधारे थे । बहुत से स्वयंसेवक मौजूद थे । कामकाज में महिलाएँ भी रहती ही हैं । पर्दा आदि का झंझट नहीं था । प्रसंगवशात या स्वभाव की दुर्बलतावश एक स्वयंसेवक की नजर किसी महिला की तरफ उठ गई होगी—गुरुजी ने उसे किस तरह देख लिया, पता नही । भीड़भाड़ काफी थी किन्तु बीच में चलते-फिरते 5-6 स्वयंसेवकों की एक टोली जब गुरुजी के सामने पड़ गई तो उन्होंने उस टोली को रोककर कहा, "महिलाओं के मुख की ओर नहीं चरणों की ओर देखना चाहिए ।" इतना कहकर गुरुजी आगे बढ़ गए । कोई सन्दर्भ नहीं—किसी व्यक्ति विशेष की ओर इंगित नहीं । कोई जान भी नहीं सका कि गुरुजी ने किसके लिए कहा है—यद्यपि उस टोली में वह स्वयंसेवक भी अवश्य मौजूद रहा होगा और वह समझ भी गया होगा कि गुरुजी ने उसे देख लिया है । सबकी दृष्टि में उसकी फजीहत भी बच गई और सदा के लिए सबक भी हो गया ।

कालान्तर से कई वर्षों बाद उन्हीं सज्जन के यहाँ बेटी के ब्याह का आयोजन हुआ । आमंत्रण में गुरुजी पधारे । महिलाओं से घर-बाहर भरा है । वर-वधू को आशीर्वचन के समय बड़े-बुजुर्ग पुष्पाक्षत डालकर आशीष देते हैं । पुरोहित मंत्र-पाठ करते जाते हैं । आशीर्वचन के लिए गुरुजी भी खड़े थे । बीच में वर-वधू । पुरोहित के मंत्र-पाठ के समय गुरुजी हाथ में पुष्पाक्षत लेकर निरन्तर नीचे दृष्टि गड़ाए हैं—सामने तमाम महिलाएँ खड़ी हैं । वर-वधू पर पुष्पाक्षत डालते समय भी गुरुजी की दृष्टि पृथ्वी की ओर ही स्थिर रही । यह थी उनकी मातृ-दृष्टि ।

—वचनेश त्रिपाठी

उन्होंने कहा था…

जून 1983

तुच्छ काल उनकी ध्येय-निष्ठा की परीक्षा लेने आया और पराजित हुआ। कैंसर का जिन्दगी की डोर से कौन सा नाता है, इसे कौन नहीं जानता ? उस प्रतीति की भीति किसका मन दुर्विचार चिन्ताओं से आक्रांत नहीं कर देती—किसका वजन नहीं घटा देती ? किन्तु वे सम्मुख आसन्न मृत्यु की काली छाया देखकर भी अविचल रहे—उनकी स्थितप्रज्ञता डोली नहीं, यद्यपि वे क्या जानते नहीं थे कि कैंसर ने उनके शरीर में जो स्थिति प्राप्त कर ली है—उसकी चरम परिणति का अर्थ सिवाय दीप-निर्वाण के और कुछ नहीं—तब भी देश के दूरस्थ प्रदेशों का उनका प्रवास-क्रम अभग रहा। एक प्रवास का प्रस्वेद सूख भी न पाता था कि दूसरे प्रवास के लिए वे पवित्र-चरण रेल के डिब्बे में पहुँच जाते थे। किसी ने प्रज्ञतावश कभी उनसे पूछा था, "आपका निवासस्थान कहाँ है ?" गुरुजी ने सहज भाव से कह दिया था, "रेल का डिब्बा।" यह कथन किसी दिन भी झुठलाया नहीं जा सका—जीव-जीवान्त में भी नहीं। काल उनकी काया को शनैः-शनैः अपने कुण्डली-चक्र में ग्रसता जा रहा है, यह वे प्रत्यक्ष देखकर भी मौन रहे। उसकी उपेक्षा कर हँसते-हँसाते रहे। संघ-कार्य में सतत संलग्न रहे। पं. दीनदयाल उपाध्याय के आकस्मिक निधन के बाद नागपुर में एक बैठक हुई थी—उसमें गुरुजी ने जो थोड़े से शब्द कहे थे, उन्हें सुननेवाला कभी भूल नहीं सकता। 'कार्यकर्ता' के जय-जयकार की बात उस दिन उन्होंने कही थी। और कहा था, "उसका जयनाद करते हुए आनंदातिरेक में मैं स्वयं को भी भूल जाऊँ"…संभव है, मेरे लिखने से यहाँ इन शब्दों में कुछ हेर-फेर हो गया हो परन्तु उन शब्दों की सूत्र रूप में सनातन व्याख्या मैं नहीं, 'तू ही' है। अपने कार्यकर्ता की जय-जयकार में आह्लादित-आनन्दित होने की यह बात अविस्मरणीय है—निखिल नेतृ-वर्ग के लिए अनुकरणीय भी है। फिर उसी क्षण उन्होंने धीरभाव से बड़े ही शांत व व्यथित स्वर में दीनदयाल जी की निर्मम हत्या के सन्दर्भ में कहा था, "मैं ढाल पर खड़ा हूँ और अब अपने को रोक नहीं पा रहा।" इन शब्दों ने वहाँ समुपस्थित कार्यकर्ताओं के हृदय हिला दिए थे। उसका मर्म विगत 5 जून को 9 बजे काल-रात्रि में प्रकट हुआ। नन्दा-दीप निर्वासित हो गया। ज्योति ज्योति में समा गई। उस महान व्यष्टि के पंचतत्त्व भी तो समष्टि को समर्पित थे—उसी में लय हो गए। अब चर्म-चक्षु उन्हें देखने को तरसेंगे, अर्ध के नीरव-निशीथ में जाने कितने नयन बरसते रहेंगे। भरे-भरे बादलों का दिल उनका रहस्य समझे न समझे—गुरुजी जहाँ कहीं भी होंगे, वह निभृत नीराजना नकारेंगे नहीं। अश्रुओं का वह अर्घ्य उन तक पहुँचेगा ही।

काल की वह क्रूर रजनी आने के पूर्व साढ़े सात-आठ बजे तक वे कितने शांत थे, कितने संयत थे। आप सहज ढंग से डा. आबाजी थत्ते से कहते हैं, "प्रार्थना में जाऊँगा।" 7 बज रहे थे। कष्ट बहुत था। साँस नहीं ले पा रहे थे—फिर भी संघ-प्रार्थना में जाने

के लिए धोती की फैंट कसने की कोशिश करने लगे। आबाजी ने मना किया, प्रार्थना में जाने से रोकते हुए कहा, "अपने कमरे से ही प्रार्थना सुनिए।" तब पूछते हैं, "क्या यहाँ से प्रार्थना सुनाई देगी ?"

यही उनका अन्तिम प्रश्न था। आबाजी ने कहा, "हाँ, सुनाई देगी।" फिर कुछ नहीं बोले। वहीं कुर्सी पर बैठे-बैठे प्रार्थना की। ऐसी प्रार्थना कौन कर पाता है ? कौन जानता था, उनकी वह अन्तिम प्रार्थना सिद्ध होगी ! 8 बजने के पूर्व जब वे लघुशंका के लिए गए तो अपने आप हाथ-पाँव धोने की चेष्टा में थे कि बेहोशी आ गई। फिर नहीं उठे। पछाड़ खाती रात किसी तरह विदा हुई—लाल-लाल सूरज पूर्वी क्षितिज पर उगा किन्तु वह कितना निस्तेज था, कितना उदास ! वह प्रभात प्राणों को पहले जैसी पुलक प्रदान करने में असमर्थ था। वातावरण में हाहाकर और रुदन भर उठा था। हर आँख में आँसू। गुरुजी अब कहाँ ?

उस दिन 'हेडगेवार-भवन' में भूमि-शयित उस निस्पन्द-निश्चेष्ट काया पर इतने फूल चढ़े—इतनी पुष्प-मालाएँ समर्पित हुई कि स्वयंसेवकों के हाथ हटाते-हटाते थक गए। चढ़ा लो जितने फूल चाहो, गुरुजी अब मना नहीं करेंगे। खींच लो जितने चाहे उनके चित्र, अब वे नाराज होकर अपना चेहरा रूमाल से नहीं ढक लेंगे। हाँ, अब वे किसी को कुछ भी निषेध नहीं करेंगे। उनकी प्रशस्ति में लिख लो चाहे जितने गीत, वे मौन रहेंगे—अवश्य ही 5 जून के पूर्व ऐसी धृष्टता उनके सामने करने की कोई हिम्मत नहीं कर सकता था। मैंने 'हेडगेवार-भवन' में रहनेवाले संघ के एक पुराने प्रचारक श्री रामभाऊ जामगड़े का नाम देकर यह लिख दिया था कि "गुरुजी के संबंध में एक दिन डा. हेडगेवारजी ने उत्साह से कहा—'अवेलेबल बेस्ट'।" पढ़ा तो गुरुजी बड़े नाराज। यह नाराजगी उन्होंने जितने जोर से व्यक्त की—उससे कई लोग परेशान हो उठे। उन लोगों ने मुझसे कहा, "आपने तो छाप दिया, हमारी मुसीबत हो गई। हमने कहा भी कि वह तो वचनेश जी ने छापा है, किन्तु वे कहते ही रहे कि 'रामभाऊ से मिलने पर पूछूँगा कि राष्ट्रीय स्वयंसेवक संघ क्या उन्होंने ही खोला था ?' गुरुजी का यह क्रोध देखकर जिन्हें ज्यादा चिन्ता हुई—उन्होंने नागपुर इस आशय का पत्र भी लिख भेजा कि 'यह काम वचनेशजी का ही है, हमारा नहीं। यह स्थिति देखकर मैंने सीधे पूज्य गुरुजी को पत्र लिखा कि उस लेख में यदि कोई गलत सूचना है तो वह मेरी त्रुटि है, किसी अन्य की नहीं। रामभाऊ जी की भी नहीं किन्तु सही सूचना की भी आपसे जानकारी जरूर चाहूँगा कि अगले अंक में भूल-सुधार की गुंजाइश हो सके। इस पर 'हेडगेवार-भवन' से गुरुजी के बजाय एक अन्य कार्यकर्ता ने उत्तर भेजा कि "गुरुजी को आपका तथा एकाध और भी पत्र मिले हैं किन्तु आप कोई चिन्ता न करें।" फिर भी गुरुजी जब सन् 1970 में कानपुर आए तो मैं इसी उद्देश्य से एक दोपहरिया को बैरिस्टर नरेन्द्र जीतसिंह जी के यहाँ गया। वहाँ बाहर लखनऊ के संघचालक श्री झामनदास जी बैठे थे, उन्हे भी मिलना था। उस दिन पूज्य गुरुजी के पास डेढ़ घंटा रहा, कई प्रसंग आए किन्तु उन्होंने रामभाऊ जी के लेख का नाम तक नहीं लिया। मैं समझ गया कि

अपनी प्रशस्ति के लिए लिखा गया उक्त शब्द ही उन्हें खला होगा और कुछ नहीं । मेरे हाथ में 'राष्ट्रधर्म' का एक अंक था । सन् 70 का फरवरी अंक । बात करते-करते उसी को लेकर लगभग 20 मिनट तक पढ़ते रहे, झामनदास जी भी तब तक बैठे रहे । वह लेख तीर्थंकर महावीर के 'स्यात्वाद' के सन्दर्भ में था । फिर वह प्रति हाथ में ही लिए-लिए कार में बैठकर जहाँ जाना था, चले गए । सत्यसाई बाबा से संबद्ध एक अन्य लेख पर भी कुछ शंकास्पद चर्चा लोगों की थी और कहा था, "गुरुजी ने ही उसका उल्लेख किया है ।" उस दिन कानपुर में मैंने स्वतः उसका जिक्र किया । गुरुजी ने लापरवाही से कहा, "अरे वह, अगले अंक में वह आया तो है ।" बस । मैं सोचता हूँ कि वे कितने सहज थे, कितने सुलभ ! उनके निकट जाने में कभी कोई झिझक नहीं हुई—शंकाएँ और प्रश्न आगे भी उठेंगे किन्तु अब उन्हें कहाँ लिखूँगा, कहाँ-कैसे पूछूँगा कि "गुरुजी ! त्रुटियों का जिम्मेवार मैं ही हूँ । फिर भी भूल-सुधार की अपेक्षा आपसे करता हूँ ।" और वे कहेंगे, "ये देर से आए । कोई इनके लिए भी चाय लाओ…!"

राष्ट्र-रथ के हे महान् रथी ! मुक्ति-मार्ग के हे अग्रदूत ! जानी-अनजानी हमारी भूलों को क्षमा कर देना । हे प्राक्तन परिव्राजक ! हमारे प्रणाम स्वीकार करना ।

—वचनेश त्रिपाठी

मैंने देखा शूलों की शैया पर इच्छा-मरण

5 जून, 1973

सबेरे का समय, चायपान का वक्त । पूजनीय श्री गुरुजी के कमरे में (उसे कोठरी कहना ही अधिक उपयुक्त होगा) जब हम लोग प्रविष्ट हुए तब वे कुर्सी पर बैठे थे; चरण-स्पर्श के लिए हाथ बढ़ाए । सदैव की भाँति पाँव पीछे खींच लिए । मेरे साथ आए स्वयंसेवकों का परिचय हुआ । उनमें आदिलाबाद के एक डाक्टर थे । श्री गुरुजी विनोदवार्ता सुनाने लगे कि एक मरीज एक डाक्टर के पास गया । डाक्टर ने पूछा, "क्या कष्ट है, सारी कहानी सुनाओ ।" मरीज बिगड़ गया । बोला, "अगर मुझे ही अपना रोग बताना है तो फिर आप निदान क्या करेंगे ? बिना बताए जो बीमारी समझे मुझे ऐसा डाक्टर चाहिए ।"

डाक्टर एक क्षण चुप रहे । फिर बोले, "ठहरो, तुम्हारे लिए दूसरा डाक्टर बुलाता हूँ ।" जो डाक्टर आया वह जानवरों का डाक्टर था । बिना कुछ कहे सब कुछ समझ लेता था ।

कथा सुनकर हँसी का फव्वारा फूट पड़ा । रात्रिभर के जागरण की थकान, पलभर में दूर हो गई । श्री गुरुजी स्वयं हँसी में शामिल हो गए फिर और एक किस्सा सुनाया :

हँसते-हँसते पेट में बल पड़ गए।

इतने में चाय आ गई। चाय सबको मिली या नहीं इसकी चिन्ता श्री गुरुजी स्वयं कर रहे थे। कौन चाय नहीं पीता, किसको दूध की आवश्यकता है, इसका उन्हें बड़ा ध्यान रहता। सबके बाद स्वयं चाय ली। कप में नाममात्र को चाय थी। उन्होंने उसे और कम कराया। शायद हमारा साथ देने के लिए ही वे चायपान कर रहे थे, निगलने में बड़ा कष्ट था। साँस लेने में अत्यधिक पीड़ा थी।

किन्तु, चेहरे पर थी वही मुक्त मोहिनी मुस्कान। हृदय-हृदय को हरने वाला हास्य। मुरझाए मन की कली-कली को खिलाने वाली खिलखिलाहट। निराशा, हताशा और दुराशा को दूर भगाने वाला दुर्दम्य आत्मविश्वास।

कमरे के किसी कोने में मौत खड़ी थी। शरीर छूट रहा था। एक-एक कर सभी बन्धन टूट रहे थे। महामुक्ति का मंगल मुहूर्त निकट था। एक क्षण के लिए मुझे लगा, शूलों की शैया पर भीष्म पितामह मृत्यु की बाट जोह रहे हैं : इच्छा-मरण।

6 जून 1973

हेडगेवार-भवन। एक दिन में कितना अन्तर हो गया! कल सब शान्त था, आज शोक का निस्तब्ध चीत्कार हृदय को चीर रहा था। कल सब अपने काम में लगे थे, आज जैसे सब कुछ खोकर खाली हाथ खड़े थे। आँखों में पानी, हृदयों में हाहाकार, कभी न भरने वाला घाव—कभी न मिटने वाला दर्द।

पूजनीय गुरुजी का पार्थिव शरीर दर्शन के लिए कार्यालय के कमरे में रखा था। आज उन्होंने मुझे चरण-स्पर्श करने से नहीं रोका। अपने पाँव पीछे नहीं हटाए। सिर पर प्रेम से हाथ नहीं फेरा। प्यार भरी मुस्कान से नहीं देखा। हाल-चाल नहीं पूछा। वे अनन्त निद्रा में निमग्न थे। हंस उड़ चुका था, काया के पिंजड़े को तोड़कर पूर्ण में विलीन हो चुका था।

गुरुजी नहीं रहे। उनका विराट व्यक्तित्व छोटी सी काया में कब तक कैद रहता? जीवन-भर तिल-तिल कर जलकर लाखों जीवनों को आलोकित, प्रकाशित करने वाला तेजपुंज मुट्ठी-भर हाड़-मांस के शरीर में कब तक सीमित रहता?

लेकिन गुरुजी हमेशा रहेंगे। हमारे जीवन में, हृदयों में, कार्यों में। अग्नि उनके शरीर को निगल सकती है, हृदय-हृदय में उनके द्वारा प्रदीप्त प्रखर राष्ट्रप्रेम तथा निःस्वार्थ समाज-सेवा की चिनगारी को कोई नहीं बुझा सकता।

उनकी पुनीत स्मृति में शतशः प्रणाम।

—अटलबिहारी वाजपेयी

गुरु जी का अन्तिम प्रश्न
'प्रार्थना सुनाई देगी क्या ?'

आखिर वह भीषण दिन भी आया। 5 जून 1973, एक अत्यन्त दुर्दैवी-क्रूर दिवस। प्रातः से ही पूजनीय गुरुजी की साँस बेहद कष्ट दे रही थी। मैंने कहा भी। इस पर उन्होंने कहा, "ऐसा लगता है, आखिरी घंटी बज रही है। वैसे मैं तैयार हूँ। पर वर्ग चल रहे है। लोगों के दौरे चल रहे है। उसमें बाधा पड़ेगी, अतः लगता है ऐसा कुछ नहीं है।" मैंने समझाते हुए कहा, "पिछली बार भी ऐसा कष्ट हुआ था पर फिर ठीक हो गया।"

किन्तु विधि का लेख अलग ही था। ओषधियाँ चल रही थीं। भोजन के समय उन्होंने कहा, "थोड़ा सा ही दो। क्योंकि खाते समय भी साँस कष्ट दे रही है।" आखिर के दो-तीन दिन उन्हें अमरस देना शुरू किया था। पर उस दिन रस भी थोड़ा ही लिया। दो-तीन दिनों में उन्होंने भोजन बहुत कम कर दिया था।

5 जून को दोपहर पौने तीन बजे आधा कप दूध लिया। साढ़े तीन बजे एक घूँट चाय पी। 6 बजे पुनः दूध के लिए कहा तो बोले, "सच पूछो तो नहीं चाहिए पर लाए हो तो दे दो।"

इसी बीच डाक्टरों को बुलवा लिया था। उन्होंने कुछ इंजेक्शन दिए। सायं 7 बजे के करीब वे प्रार्थना में आने के लिए कहने लगे। उन्हें कष्ट हो रहा था फिर भी धोती की फेंट कसने का प्रयास किया। तब मैंने उनसे कहा, "आप अपने कमरे में ही रहिए" इस पर उन्होंने कहा, "प्रार्थना सुनाई देगी क्या ?" मैंने कहा, "हाँ।" उन्होंने अपने कमरे में बैठकर ही प्रार्थना सुनी और की।

सायंकाल की प्रार्थना के बाद रोज कृष्णराव, विष्णुपंत मुठाल तथा अन्य उपस्थितों के साथ वे चाय लेते थे। पर उस दिन उन्होंने चाय नहीं ली। हमसे कहा, "मैं नहीं ले रहा तो क्या हुआ, तुम लोग लो।"

साढ़े सात से 8 तक मैं नीचे गया था। इस बीच वे अपने कमरे से निकलकर लघुशंका के लिए गए। विष्णुपंत मुठाल और बाबूराम चौथाई वाले उन पर बराबर ध्यान रखे हुए थे। लघुशंका के बाद हाथ-पैर धोने का प्रयास कर रहे थे कि मूर्च्छा आई। उन्हें उठाकर कुर्सी पर बिठाया। उसके बाद वे कुछ नहीं बोले। 8 के करीब मैं आया। पल्स नहीं मिल रही थी। प्रातः से लाया हुआ आक्सीजन दिया। इसी समय डा. रामदास परांजपे, डा. इंद्र पवार आदि पहुँचे। पल्स आ गई, ऐसा लगा, पर वह आभास मात्र ही था। उसके बाद स्थिति नाजुक होने लगी। डाक्टरों ने सूचना देने के लिए कह दिया। श्री गुरुजी कुर्सी पर बैठे हुए थे। धीरे-धीरे साँस कम हो रही थी। मिनट में 30-25-22-22-20-21-15-10-7 घटते-घटते 9 बजकर 5 मिनट पर अंतिम साँस ली। घर घर नहीं, हिचकी भी नहीं—केवल शांति के साथ गर्दन टेढ़ी हो गई। बस ! ध्यान में आ गया कि अब सब समाप्त हो गया।

—डा. आबाजी थत्ते

उनकी पावन स्मृति

प्रायः प्रत्येक महापुरुष की अन्तिम आकांक्षा यही रहती है कि उसके चले जाने के बाद भी उसकी कीर्ति-पताका फहराती रहे । इस प्रकार की आकांक्षा उनके कार्यों एवं साधना के अनुरूप ही होती है । किन्तु परम पूजनीय गुरुजी का व्यक्तित्व इसका अपवाद सिद्ध हुआ और उन्होंने अपने अन्तिम पत्र में एक प्रकार से यह आज्ञा दी है कि उनका कोई स्मारक आदि न बनाया जाए । अपने पत्र में जहाँ उन्होंने स्मारक आदि न बनने का आग्रह किया वहीं दूसरी ओर एक ऐसा संकेत भी था जो कभी भुलाया नहीं जा सकता । स्वयंसेवकों को भगवान के रूप में सम्बोधित करते हुए उन्होंने सन्त तुकाराम के शब्दों में कहा, ''करा छाया कृपेची''...

इस प्रकार के उदात्त भावों को हृदय में सँजोकर उन्होंने अपना जीवन व्यतीत किया । अहंकार एवं लोकेषणा से दूर रहकर गुरुजी ने यद्यपि अपना कोई भी स्मृति-चिह्न शेष न रहे, इसका प्रयास किया और इस कार्य में नियति ने भी उनका साथ दिया किन्तु भविष्य में भी ऐसा ही क्रम चलता रहे, इसकी कोई सम्भावना नहीं है । यह असम्भव सा है । नियति को भी मात देने वाली कुछ अज्ञात एवं अदृश्य शक्तियाँ होती हैं । अपनी ओर से समस्त स्मृति-चिह्नों को मिटाने का प्रयास गुरुजी ने भले ही किया हो किन्तु उन स्मृति-चिह्नों का क्या होगा जिन्हें मिटा सकना किसी के सामर्थ्य की बात नहीं है । उनके पद-चिह्नों पर चलने वाले, उनका अनुसरण करने वाले लाखों स्वयंसेवक स्वयं ही उनकी जीवित जागृत स्मृति नहीं हैं ?

यही क्यों, जिस हिन्दू समाज को संगठित करने के लिए उन्होंने अपने शरीर को चन्दन की भाँति छिपाया, वह महान् हिन्दू समाज भी उनके पीछे खड़ा है । भारत माँ का यह महान पुत्र यद्यपि पार्थिव रूप में हम सबके बीच से उठ गया है फिर भी उसकी पावन स्मृति को जागृत करने वाली गरिमामयी मातृभूमि तो है ही । क्या यह अपने उस प्रिय पुत्र की स्मृति को कभी भुला सकेगी ?

जिस भारतभूमि को अखण्ड एवं समृद्ध देखने की आकांक्षा लेकर उन्होंने एक कोने से दूसरे कोने तक निरन्तर प्रवास किया, क्या उसका कोई भी रजकण उनकी पावन स्मृति को भुला सकेगा ?

नर्मदा के जिस पावन जल में उनकी अस्थियाँ विसर्जित की गई, वह कलकल नादिनी नर्मदा युग-युग तक उनकी पावन स्मृति का स्मरण कराती रहेगी ।

—श्री मोरोपंत पिंगले

'मधु' अर्थात् स्व. श्री माधवराव (गुरुजी) का शैशव

आज उन्हें 'स्वर्गीय' लिखते हुए हृदय विदीर्ण होता है । कल तक जो निरन्तर लाखों-करोड़ों लोगों को प्रेरणा, उत्साह और ध्येयवादी जीवन की कर्मचेतना प्रदान करते हुए सामने दिखाई पड़ते थे, वे आज लोक-चक्षुओं से लुप्त हैं । देश में बहुत थोड़े लोग होंगे जो उनका नाम न जानते हों परन्तु ऐसे लोग भी कम ही मिलेंगे जो उनके जीवन की जानकारी रखते हों । अपने जीवन के बारे में वे कभी कुछ बताते नहीं थे ।

उनका पूरा नाम श्री माधवराव सदाशिवराव गोलवलकर था । 'गोलवलकर' शब्द स्थान-वाची है, और इसका संबंध 'गोलवली' गाँव से जुड़ा हुआ है । यह गाँव सह्याद्रि पर्वतश्रेणी के दाक्षिणी हिस्से में पड़ता है । चारों ओर घनी अमराई और सुपारी के पेड़ों की शीतल छाया । यह गाँव गुरुजी के पूर्वजों को कान्होजी आंग्रे ने एक सुन्दर प्रशस्ति-पत्र के साथ भेंट किया था । कान्होजी आंग्रे छत्रपति शाहूजी के जलसेनाध्यक्ष थे । गुरुजी के जिन पूर्वजों को यह भेंट प्राप्त हुई वे 'पाध्ये' कहलाते थे । यह 'उपाध्याय' शब्द का पर्याय है; व्यवसायवाची भी है । इसी तरह 'गोलवली' शब्द 'गुणवल्ली' किंवा 'गुणावली' का अपभ्रंश हो सकता है । पाध्ये-वंशी 185 गाँवों के पुरोहित माने जाते थे । सन् 1725 में इसी पुरोहित-कुल के श्री काशी पाध्ये गोलवलकर का नाम काफी प्रसिद्ध था । गोलवली गाँव इन्हीं को भेंट में मिला था । बाबा पाध्ये इनके नाती थे । सन् 1761 में इन्होंने एक बड़ा सुन्दर ग्रंथ लिखा, नाम था 'धर्मसिन्धु' । बाबा पाध्ये को पंढरपुर रहना पड़ा था—अतः परिचय देते समय वे 'गोलवलकर पाध्ये' कहते थे । धीरे-धीरे पाध्ये शब्द जो वस्तुतः वंशवाचक था—नाम से तिरोहित हो गया—रह गया पाध्ये वंश का ग्राम-परिचायक केवल 'गोलवलकर' शब्द । कालांतर से इस वंश के लोग पैठण, नागपुर, रायपुर, कवर्धा, कामठी आदि स्थानों पर भी रहे ।

नागपुर में शुरू-शुरू में पाध्ये वंश के सखारामजी पंत गोलवलकर आकर आबाद हुए थे, गुरुजी इन्हीं के प्रपौत्र थे । सखारामजी गोलवलकर के पुत्र थे श्री बालकृष्ण पन्त गोलवलकर (बाबाजी) । यही गुरुजी के पितामह थे । सदाशिवराव जी इन्हीं के पुत्र थे । आपने पहले बड़ी गरीबी में दिन गुजारे । सदाशिवराव जी डाक-तार विभाग में एक मामूली क्लर्क थे, जबकि इनके पिता श्री बालकृष्ण पन्त अंग्रेज मजिस्ट्रेट के पेशकार (Reader) थे । अंग्रेज बहादुर के साथ ही वे भी घोड़े पर दौरा करते थे । एक बार घोर जंगल को पार करते समय वे घोड़े से गिर गए—निधन हो गया । गृहस्थी का बोझ आ पड़ा श्री सदाशिवराव पर । पढ़ाई छूट गई । 10वीं कक्षा ही उत्तीर्ण कर पाए थे । भाई को पढ़ाने का भार अलग । पत्नी भी थी क्योंकि आपका विवाह 15 साल की उम्र में ही कर दिया गया था । पत्नी 'रायकर' अर्थात् लक्ष्मीबाई (ताई) की वय थी सिर्फ 9 साल । आगे गुरुजी को जन्म देने का सौभाग्य इन्हीं को प्राप्त हुआ । तीन सन्तानों के बाद विक्रम संवत् 1962 की माघ कृष्ण एकादशी (19 फरवरी 1906) के पुण्य-प्रभात में माता लक्ष्मीबाई (ताई) ने एक युग-पुरुष को जन्म दिया । नाम 'माधव' । प्यार से बालक को 'मधु' कहकर पुकारते । बड़ा भाई था 'अमृत' ।

इसके पूर्व दो सन्तानें कम उम्र में ही जाती रही थीं। पिता सदाशिवराव जी को अध्यापक-जीवन में बड़ी रुचि थी। 'माधव' के जन्मने के दूसरे वर्ष ही वे एक मिडिल स्कूल में शिक्षक नियुक्त हो गए। यह विद्यालय सरायपाली (जिला रायपुर) में था। उन दिनों मिडिल स्कूलों में अंग्रेजी पढ़ाई जाती थी। वे चाहते थे कि अध्यापक रहकर अपनी पढ़ाई भी पूरी कर लेंगे। यही हुआ। यहाँ पढ़ना-पढ़ाना दोनों शक्य थे। 30 वर्ष का व्यवधान कम नहीं होता किन्तु उन्होंने एफ.ए. कर लिया—फिर ग्रेजुएट भी हो गए यद्यपि इंटर के बाद बी.ए. करने में 7 साल लग गए। उग्र प्रकृति थी। चापलूसी से घृणा करते थे। अपने काम से काम। फलतः उनका स्थानांतरण होता रहता। कभी दो साल भी एक जगह नहीं रह पाए। इसी तरह 21 वर्ष बिता दिए। वे सच्चे शिक्षक थे। लालच छू नहीं गया था। गरीब छात्रों पर बड़े सदय थे—उन्हें घर पर भी बड़ी मेहनत से बिना एक भी पैसा लिए खूब पढ़ाते थे। तात्पर्य यह कि 'मधु' (गुरुजी) उस गरीब गुदड़ी के लाल थे, जिसने कभी किसी के आगे हाथ नहीं फैलाया और न कभी स्वयं को हतभाग्य या दरिद्र समझा। गरीबी या अभावग्रस्तता और दरिद्रता में बड़ा अन्तर है। बालक 'मधु' (माधव) अपनी शैशवावस्था में ही आँख खोलकर देखता रहा था कि अपूर्व ममता एवं वात्सल्य भाव से समाज के गरीब बच्चों को किस तरह मनोयोग से पढ़ाया जाता है—पिता का वही आदर्श युवा होने पर एक दिन 'मधु' के छात्र-जीवन में ही ज्वलन्त रूप से चरितार्थ होता दिखाई पड़ा और जिसके कारण छात्र माधवराव शेष सहपाठियों के लिए 'गुरुजी' बन रहे तो क्या आश्चर्य ! यद्यपि वे माँ की 9 सन्तानों में अकेले ही जीवित बचे थे, बड़ा भाई 'अमृत' भी अकाल ही काल-कवलित हो गया था।

किन्तु पिता को इसी में सन्तोष था कि 'मधु' तो है। लाखों तारे न सही, एक चन्द्रमा क्या कम है ? 'एकश्चन्द्र तमोहन्ति, न च तारा गणैरपि।' निविड़ अंधकार के लिए एक चन्द्रमा उनके आँगन में काफी था। उसकी दिव्य ज्योति से माता-पिता भाव-विभोर थे। पिता ने एक दिन कहा ही, "मेरे एक ही पुत्र है—आठ नहीं रहे तो क्या ? 'मधु' को पाकर मैंने सबको पा लिया है।" यह वाक्य प्रत्येक उस पिता के लिए प्रेरणाप्रद है जो चाहता है कि उसका बेटा देश-कार्य में खपे। श्री सदाशिवराव ने यह वाक्य तब कहा, जब माधवराव (गुरुजी) सरसंघचालक के रूप में संघ का कठिन दायित्व पूर्ण कर रहे थे और रेल का डिब्बा ही उनका घर बन गया था। उनके पिता जी ने यह उद्‌गार भुसावल में प्रकट किए थे। सन् 46 चल रहा था। संघ-कार्य खूब बढ़ रहा था।

पुत्र 'मधु' ने ब्याह नहीं किया—इसका पिताजी को मलाल नहीं रहा बल्कि 78 साल की उम्र में एक दिन उन्होंने कहा, "बच्चे प्रेम के ही लिए तो होते है—संघ रूप में मुझे वह प्रेम जिस प्रकार अनन्त होकर प्राप्त है—उसका मुझे कितना आनन्द है।"

—वचनेश त्रिपाठी

□□

www.ingramcontent.com/pod-product-compliance
Lightning Source LLC
LaVergne TN
LVHW010940051026
849532LV00003B/1067
* 9 7 8 9 3 9 5 1 4 5 2 8 2 *